图说门球技战术

张玉生　闫俊起　著

北京体育大学出版社

策划编辑　李　飞
责任编辑　钱春华
审稿编辑　李　飞
责任校对　张　洋
责任印制　陈　莎

图书在版编目(CIP)数据

图说门球技战术/张玉生,闫俊起著．－北京:北京体育
大学出版社,2008.3
ISBN 978－7－81100－935－4

Ⅰ.图…　Ⅱ.①张…②闫…　Ⅲ.①门球运动－运动
技术②门球运动－竞赛战术　Ⅳ.G849.919

中国版本图书馆 CIP 数据核字(2007)第 202878 号

图说门球技战术　　　　张玉生　闫俊起　著

出　　版　北京体育大学出版社
地　　址　北京海淀区中关村北大街
网　　址　www.bsup.cn
邮　　编　100084
发　　行　新华书店总店北京发行所经销
印　　刷　北京市昌平阳坊精工印刷厂
开　　本　850×1168 毫米　1/32
印　　张　11.75

2008 年 3 月第 1 版第 1 次印刷　印数　6000 册
定　价　22.00 元
(本书因装订质量不合格本社发行部负责调换)

作者简介

　　张玉生，原北京交通大学体育部主任，曾任中国火车头门协副秘书长、北京市门协委员兼教练委员会秘书长、技术部副部长等职。系《门球之苑》杂志创始人之一，自1994年至今，历任《门球之苑》杂志编辑、副主编、编辑部主任等职。从1985年开始打门球，1986年担任门球教练员，1987年~1995年先后任中国火车头队、北京市门球队主教练。多次参加全国性门球赛，并多次取得第3~第8名的好成绩，1990年在全国教练员培训班上，被评为六佳教练员第一名。1991年被北京市门协评定为国家一级教练员。2003年全国教练员培训班上，被中国门协宣布为荣誉国家级教练员。曾多次受聘为全国教练员、裁判员培训班的讲课老师。并为全国20多个省、市讲授门球技战术课及《门球竞赛规则》，深受广大球友的称赞。1989年曾出版《门球技术训练及战术研究》一书，近10年来发表门球技战术文章约50多篇，对门球技战术打法及套路有创新发展，是我国门球界知名的理论专家。

闫俊起，军队离休干部，现为北京市门球运动协会副会长兼技术部主任。早在 1985 年离休时，适逢门球运动在我国兴起，他随即投入到此项运动中来，20 多年来，曾做过运动员、教练员、裁判员和门协工作者，在门球运动实践中，不断勤奋学习钻研，探索求知，在门球技战术上有一定造诣，多年坚持勤学苦练，熟练掌握门球技能，积累了较丰富的实践经验，在一些技战术课题上，有所创新，见解独到。多年来，曾多次在北京市和部分省市举办的门球教练员培训班上讲课和示范表演。撰写了多篇文章，先后在《门球之苑》等刊物上发表，有的汇编成册内部发行。1997 年参与中央电视台拍摄的二十集门球教学片"老张教我打门球"，担任主编并承担排演工作，先后在中央台一、四、十二频道播出。20 多年来，他所训练和组织指导的门球队参加全国门球赛曾多次获得过名次，并三次打入过前三名。在历年的评奖活动中，曾多次被评为北京市优秀教练员和先进工作者，还被授予门球技术能手称号。2000 年被评为全国优秀教练员。到目前为止，他虽已是 77 岁的高龄老人，仍不倦地在门球运动中耕耘，驰骋在门球场上，坚持老有所学、老有所为、老有所乐，保持着纯朴的竞技运动境界，乐于奉献，实现着晚年的门球人生价值。

特约编辑简介

郝长水，北京体育大学原教材、竞赛管理干部，现为北京体育大学门球协会副主席兼秘书长，北京市门球协会副会长。

1983 年日本门球队首次访问北京体育大学并传授门球技术时，郝长水第一个向日本队学习门球，并在 1986 年组织编写了中国第一部门球教材。1997 年退休后，在中国教育工会全国委员会、教育部老干部协会、原国家体委三老联谊门球俱乐部、《门球之苑》联合和先后举办的五届全国高校老年门球邀请赛中，均为大会秘书长，工作受到好评。作为北京体育大学门球队教练兼队员，带领全队在国家体育总局系统连续四届门球比赛中、全国高校连续三届比赛中和近三届地坛杯比赛中均取得优异成绩。

序

　　如果说门球运动是从 1985 年 4 月在上海举办"全国门球训练班"开始正式落户于我国，至今年已经有 22 年了。今年，又是中国门球协会成立 20 周年。在这欢庆的日子里，我国著名教练员张玉生和闫俊起两位同志编著的《图说门球技战术》一书，由北京体育大学出版社出版了。在这里我向他们二位表示衷心祝贺，致以崇高敬意！

　　这本书的两位作者，都是我 10 多年的同事和战友。张玉生同志从《门球之苑》创办就是该刊的编委；闫俊起同志则是我在北京市门协工作多年的同事，现为副会长兼技术部主任。可以说，我们经常有机会见面，探讨我国的门球事业。他们两位不仅是我国著名的教练员，而且也是门球场上的打球好手。他们两位不仅多次参加全国门球大赛担当临场指挥员和调查员，而且还在门球技战术方面颇有建树。而今，欣闻他们两位合著的书面世，我又怎能不为之祝贺呢？在此，借机略谈三点感受：

　　一、门球是一项技术性和战术性都很强的群众体育。正如日本门球理论研究者佐佐木秀利著所说：门球的发展，有技术——战术——技术加战术——智术四个阶段，而且这四个阶段又不是独存的、孤立的；他们是相互关联、循序渐进的一个整体。初学门球，主要是练好技术基本功，练到有一定基础，需要前进一步时，必对战术产生兴趣。技术不过硬，战术必屡遭失败。实践表明，只有把精湛的技术同相应的战略、战术有机融合、组成一体，才能收到较好的效果，才能战胜对方。

我们大家都知道，所谓门球技术，就是在比赛中体现出的经验和知识。也可以说是在比赛中所运用的各种动作的总称。具有严格的科学性、鲜明的实用性、浓厚的趣味性、技巧的可观性、球艺的欣赏性。而强调的是：要求队员在"稳、准、巧和失误少"方面下功夫，克服"粗、慌、蛮和失误多"的现象，做到务实全面，有所专精。所谓门球战术，就是在比赛中，进攻和防守时集体配合与协调行动的组织形式。也可分为基本战术、套路战术和深层次战术等。应强调的是：攻击性、防御性和协作性的配合运用，以多变、多样的针对性战术取得胜利。

总之，要想战胜对方，还必须因人、因时、因地制宜，取决于队员的精湛球艺、教练的指挥才能、全队的有力配合、临场的发挥、以及队员和教练的心理素质等多种因素的较量，才能获得成功。

这本书就从门球技术和战术这两个方面提供了有关原则、方法、手段、细节等的详尽资料。全书篇章结构安排精巧，内容形式匹配相宜。先是门球技术概述了门球基本技术；再讲门球应用球技术；接讲门球战术概论；再讲门球基本战术球及其应用；最后阐述门球阶段战术和门球基本战术等。该书分成为上、下两篇共七个章节，各章节内容翔实，通俗易懂，深入浅出，利于掌握。它不仅可供读者学研和运用，而且也可选作培训班讲课教材。此书也必会更好地为门球文化在理论上完整、条理、系统工程的添砖加瓦做出贡献。

二、从他们两位的笔耕著书可以看到，他们对门球事业的独钟挚爱和不懈奋斗的精神。他们在 10 多年间，于各类门球技战术培训班上讲课和执教，从实践探求中多次反复修改书稿，使之成为了今天这本充满浓郁球场生活实践气息的厚书。这其一是他们有着深厚的门球生活积累和门球场上经历：自己打门球、亲当教练员、培训班上讲课；参加全国大赛；与门球人长年累月打交道，并在《门球之苑》杂志上连续不断地发表文章，从而熟知门球及其各种打法，熟悉门球人及其需求。所有这一切，都是他们取之不尽的创作源泉。可以说，如果没有这些门球经历，便没有今日这本著作；其二是他们有着孜孜不倦地学习和一往情深的探求精神。他们结合自己打球的实际经历不断充实自己，废寝忘食，笔耕不止，这才获有撰写成该书的成就。这本书不仅是他们门球生活经历的记录，实际上也是他们留下来的一段心灵的证词；这完全是他们勤奋、刻苦、专注、追求、奉献、投入、研究、热爱门球事业的成就。诚祝他们两位百尺竿头再进一步，继续不断地钻研门球理论，写出更多、更新、更好的作品，让自己有限的余年投入到无限的追求中去。正如我国老作家葛文在诗中所讲："花开晚香石中玉，七老八十正青春。"他们两位"不信青春唤不回"的这种意气风发、豪气万千、不服老的年轻心态，正是我们老年人所需要的精神。

三、他们两位作品的面世又丰富了我的书柜。多年来，我珍藏着朋友们赠送来的许多有关门球理论研究、门球技战术和门球诗词歌画等方面的书册。这些书册的作者来自各种岗位，都是一些中老年人，他们的作品也都带着各自独有的风格、情调、色彩、味道，各具特色。但千差万别不离其踪——门球的普及和提高，推广和创新。这说明我国门球界已有许多门协领导者不仅着力于培养教练员和尖子队员，致力于竞技水平的提高，而且都关注起门球理论和技战术的探讨，重视起调查研究和经验交流等等。由此可见，我国门球运动已正更好地向着纵横方面发展。愿勤学笔耕者与日俱增。

在这"已见夕阳无限好，更看晚霞铺满天"和"潮平两岸阔，风正一帆悬"的今天，衷心期望我国门球运动更加日益兴盛发达，企盼我国门球界有更多的著名门球理论家、教练员、裁判员和球星名将以及优秀工作者，从而使我国的门球运动更好地服务于人民群众，促进人民群众的身心健康，为我国全面建设小康社会和构建社会主义和谐社会以及迎接党的十七大和2008年奥运会胜利召开，参与到"全民健身与奥运同行"活动中去做出自己的贡献。

姚 见

（原《门球之苑》杂志主编、中国作家协会会员）

2007 年 3 月 30 日

目　　录

上篇　门球技术篇

下篇 门球战术篇

上篇 门球技术篇

第一章　门球技术概述

第一节　什么是门球技术

简括地说，门球技术是指击球员按照门球竞赛规则和战术要求，运用球槌击打自球的技能和方法。它是运动员的智能、体能和门球器材性能相结合的产物，是人的聪明才智与门球运动相融汇的结晶，是赛场上的竞争之术、制胜之术，自然也是强身健脑、祛病养生之术。

门球技术，从理论上说是一门科学，从实践上说是一种方法。它与许多相关学科，诸如力学、物理学、数学、生理学、心理学等相关，也与许多体育项目特别是球类运动项目相通。门球技法具有严格的科学性，鲜活的实用性，引人入胜的竞技性、趣味性和可观的艺术性，以及脑体运动的物质性。在门球队战斗实力的诸要素中，门球技术是基础性要素，它从实践到理论、再从理论到实践循环往复地发展，又是一个特殊的系统工程，必然要经历一个漫长的无止境的发展历程，形成一个独具风采的门球文化。

第二节　门球技术的分类

门球技术可谓多种多样、丰富多采，并不断创新提高。如把纷繁复杂富于变化的门球技术从运动形态、本质内涵、动作特点、应用领域和效果等方面加以概括区分，大体可分为两大类。即一类为门球基本技术，亦称基础技术，包括两项，一为击球技术，二为闪击技术。而掌握这两项技术的本领和功夫，就是习惯上常说的门球基本功。另一类为比赛应用球技术，它是基本技术结合实战有目的、有效果地运用，同时又有不同特点和要求。其中包括许多小项，诸如撞击球、撞顶闪顶球、攻门和撞终点柱得分球、擦边球（擦顶球）、造打多杆球、击（闪）送到位球以及各种技巧球等等。

上述两大类技术是一个相互联系、相互贯通、相辅相成的统一体。基本技术是各项应用球技法之本，是基础，它贯穿在各项技术活动之中，可谓是击打各项应用球的"通用技术"。而各项应用球的技术打法又是基本技术在比赛实战中有目的和效果体现战术意图"歼敌制胜"的实际运用，是基本技术的延伸和变化发展。尤其是许多高难度球和观赏性强的技巧球，更是基本技术的超常发挥和深层次运用。当然实战中的各种应用球又有各自的特点和技术要求，形成各自的运动形态和艺术魅力，获得功能多样、效益丰厚的技术效果。所以，门球技术亦可称谓"门球技艺"。

第三节　门球技术的发展历程

门球技术的产生和发展，运动员和教练员对门球技术的学练、实际操控和运用，必然要经历一个从无到有、从低到高、从少到多、从粗到精、从简到繁、再从繁到简、从实践到理论、再从理论到实践循环往复不断发展提高的历程。在这个历程中会呈现一定的阶段性，一般可分为初级、中级和高级三个阶段。

初级阶段是打门球的"入门"阶段。初学者投入门球运动，初步学习和掌握门球竞赛规则和基本打法，掌握各种应用球的技术要领和打法，能够上场参加比赛，击打各种应用球，并有一定成功率。这一阶段，最为紧要的是打好基础，练好基本功。

中级阶段是全面掌握门球技术并不断发展提高的漫长阶段。运动员的各项技术动作规范熟练、准确稳定、基本功扎实过硬。各种应用球不仅技法娴熟，有较高命中率和成功率，而且对门球技术理论和运动规律，有了较深的认知和理解，并用以指导技术实践，步入从盲动到自觉的转变，在比赛实战中，能自觉做到技术与战术相结合，提高应用球的技术质量和战术性，积累了较丰富的实践经验。各项技术动作已正确定型，运用自如，并不断开拓创新向竞技高峰攀登。

最后进入技术高级阶段，运动员和教练员具有相当高的门球技术造诣，深蕴门球运动规律，积累了丰富的实践经验，各种应用球技艺精湛，有很高的命中率，甚至达到"百发百中"。逐渐把门球技艺推向高峰，门球人才辈出，高手林立，门球竞技光彩夺目，促使门球运动向竞技体育发展。

第四节 门球技术与战术的关系

门球技术对战术而言，是基础，是"第一性"的，它的发展提高和创新，必将促使战术的变化和新战法的诞生，从这个意义上说，技术决定战术。它一经成立，就会反作用于技术，并具有了相对独立性，对技术提出了更高、更新的要求，成为技术活动的灵魂、指针和组织形式，制约和指导技术活动。实战中的技术运用，都有一定的战术性，这是技术和战术相结合的一个鲜明的"结合点"，在这里，技术活动成为战术运用的载体和实现战术意图的保证，而战术则要指导技术活动，为技术的充分发挥创造条件，架桥铺路，提供服务。这就是门球技术与战术二者之间相互结合、相互依赖、相互促使、相辅相成、辩证统一的关系。

第五节　门球技术与心理素质的关系

门球技术与心理素质的关系，也是一个辩证统一的关系，如同物质和精神的关系。用最简短的两句话加以表述，就是"艺高人胆大，心静技艺精"，运动员扎实过硬的基本功、精湛的技艺是实战中心态平稳的物质基础，上场竞技，实力做底，就会沉着应战，敢打敢拼敢胜，具有良好的竞技状态和精神风貌。而平静沉稳的心态、优良的心理素质则是技术临场发挥的精神力量和思想保证。上场打球，就会保持良好的竞技状态，打出气势，打出水平。相反，如果没有良好的心态，上场打球，就会失常，不在状态，技术发挥必然大打折扣。这就是技术与心理素质二者相互作用、相互促进的辩证关系。

第二章 门球基本技术

在门球运动中，击球技术和闪击技术是打好门球最基本的方法，是打好各种应用球的技术基础。打好这个基础，对于门球技术的发展提高，意义非常重大。因此，本章拟着重研究基础技术动作要领、挥杆击球方法、规范化要求和击球模式，促使基本技术动作科学合理、规范准确、正确定型，符合击打运动规律和门球竞赛规则，并应适合运动员个人身体条件和活动习惯。讲究杆法，最大限度地挖掘和发挥运动员的脑体潜能和门球器材性能，提高击球质量和效果。

第一节 击球技术

击球技术是指击球员挥动球槌击打自球的技能、方式方法和动作要领。总的特点是易学难精，会打易，打好难。击球技术包括以下几项内容和要素。

一、击球姿势和站位

（一）竖向正打，俗称正向跨打（如图1）

主要体势要求是击球员面向目标方向，两脚拉开等距横跨在目标方向线上，球槌置于两脚中点，身体半直立并稍向前躬，站位必须正稳，保持肢体平衡。调整双脚站位时，应做到下列各点（如图2）。

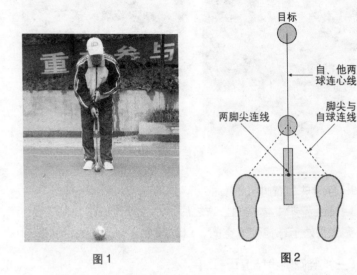

图1　　　　　　　　　　　图2

1. 两脚平拉间隔，一般与肩同宽或稍窄于肩，不宜过大横跨。

2. 两脚尖连线要与目标方向线垂直，这一点对于站正十分重要。

3. 两脚与自球形成等腰三角形，脚尖距球约25厘米～30厘米。

4. 槌头放在自球之后两脚中间，距自球3厘米～5厘米。不宜过近，以免调整槌位时触球犯规。槌头平落地面或前端稍上翘，以利瞄准和挥杆击球。

（二）竖向侧打，俗称"中国式正向侧打"（如图3）

正向侧打与正向跨打相比，站位与姿势都有变化（如图3）。主要变化有三点：

1. 击球员面对目标站在自球与目标连线的左侧，取势时上体稍向右倾，左脚自然向左后方向伸出，上体重心落在右腿上。

图3

2. 自球处于右脚尖的右前方，距脚边10厘米左右。

3. 槌头置于上体右侧自球之后，距自球3厘米~5厘米。击球员头部要处于球槌上方空间，以利瞄准。

（三）竖向箭步站位正打

箭步站位正打，是正向跨打的一个变种，姿势稍低（如图4）。

图4

此势击球的主要特点是左右脚前后拉开，形成低势箭步站位，膝关节适当弯曲，保持弹性，双脚拉开步幅可大可小，因人而异。以有利于瞄准和挥杆击球为原则。

（四）横向侧打

横向侧打，近似高尔夫球的击球姿势，是国际门球运动通用的击势（如图5）。

图5

横向侧打姿势和站位的主要形态要求如下：

1. 击球员面对自球两脚横向拉开站位（近似打高尔夫球的站位）。身体近于直立，击球姿势较高，挥杆自然优美。

2. 两脚站位时，应注意使两脚尖连线与自球、目标连线平行，平行的间隔一般应在20厘米～60厘米之间。两脚间隔以与肩同宽为宜，不可过大。

3. 挥杆击球时，槌头走向要严加控制，切实把"击向"保持在目标方向线上，严防向后"拉杆"。

（五）贴脚击球

贴脚击球姿势和站位，近似箭步站位击球。主要不同点是把槌头贴靠在左脚突出部上出杆击球（如图6）。

图6

贴脚击球姿势的要求有以下几点：

1. 贴脚出杆击球一般以高势或中势站立为佳，两脚前后拉开步幅不宜过大，以利挥杆击球。

2. 在构成瞄准线槌头定位后，将左脚前脚掌突出部轻贴在槌边上，也可贴靠在前掌和后跟两个突出点上。形成出杆时的固定依托，恰似一个发射轨道。

3. 球槌挥动时，左脚必须稳固不动，做到"槌不离脚，脚不挤槌"，以免槌头变向变角偏离瞄准线。摆杆幅度以小为佳，后拉杆时，以槌头不离左脚贴靠点为限。击球瞬间，如左脚移动或槌头离脚，就失去了贴脚击球的意义。这一点对于提高击出方向的准确性十分重要。

4. 击球前可以"试杆"，前后或上下活动一两次槌头，检验贴靠是否合适，注意调整槌位并校正瞄准线。

上述几种击球姿势和站位各有特点和利弊，运动员可依自身条件和活动习惯，择优选用，注意扬长避短。无论采用何势，都要做到科学合理、灵活协调、规范稳定、优质高效。既要适用，又要美观。

二、合理握杆

握杆击球，无论是正打，还是侧打，也无论是重打，还是轻击，都有一个合理握杆的问题。

（一）左右手和各手指要合理分工，协调配合

一般是以右手为主，左手为辅，左下右上，"虎口"朝下，两手相对靠拢握在杆柄上。两手上下握点间隔以 5 厘米 ~ 10 厘米为宜。

握杆的各手指分别承担发力击球任务。握法不同，各手指承担的任务也不同。一般地说，手指合拢握杆时，大拇指、食指和小指承担更重的发力挥杆任务，中指和无名指则辅助发力和稳控杆柄。假如以食指下伸贴附杆柄控杆的握法击球，大拇指和中指以及小指则承担握杆的主要任务，食指则辅助控杆，提高出杆的准确性。

（二）握杆高低，因人而异，不强求统一

握杆部位大体可分为高、低、中三种。各有其优缺点。各有其利，又有其弊。

1. 高握杆。

高握杆即两手握在杆柄上端，握点距槌头 70 厘米 ~ 80 厘米。一般可选用加长杆。高握杆有如下几个优点：（1）击球员

站得高、看得远，视野广阔，利于瞄准。易于较准确地以视线扫瞄目标方位的点、线、角、距形成瞄准线。（2）挥杆击球操作时，动作小，易掌控，并可发挥杆柄的"杠杆"作用，适合于运用手腕翻转力发力击球。（3）击球员身体较协调稳定，舒展优美，自我感觉舒适自如，有利于脑体保健。

主要缺点有两点：一是槌头摇晃幅度易大，增大了控向难度。二是由于视线高、视距大，盯看击点不易精确。

2. 低握杆。

低握杆的握点位于杆柄下部。距槌头约 30 厘米~40 厘米。一般以低势或下蹲式击球，要深度曲体，降低姿势，此势击球的主要优点如下：（1）击球员与自球和槌头视距近，视线低，较易看清看准确槌头动势动向和击点，利于以视觉控杆。（2）槌头动态易于掌控，出杆的稳定性和准确性较好，利于击准打正。（3）有助于以多种击球方式和杆法击球，尤其是能以较灵活多变的姿势击打各种技巧球，利于更有效地发挥手臂的助推力平行出杆击球。

此势击球的主要缺点有二：一是因头部低，视野狭小，不利于以视线扫描和校正瞄准线，给瞄准带来困难。二是挥杆过程双臂前后摆动幅度大，较易变形。同时，由于过度曲体低头，击球员会有不舒服感。

3. 中握杆。

中握杆的握点一般在杆柄中部。握点距槌头约 50 厘米~60 厘米。处于高和低的握点中间。它兼有高和低两种握杆的优点，减轻了二者的弊端。是一种较为适中的击球握杆法，适合多数人的身体条件和活动习惯。有助于扬长避短，发挥人体优势。故为多数运动员所选用。

在采用高、低、中三种不同握杆法时，杆柄的长短应予选择和伸缩调整，做到长短合适，灵活实用。

（三）握力大小适中，握杆松紧适度

握杆的基本要求是要服务和服从于挥杆击球，适合于击打多种应用球。握得当松则松，当紧则紧。一般是轻打松握，重打紧握。强调根据击球任务，从实际需要出发，调整握力和松紧度。做到握力适中，松紧适度。实践证明，握力过大，握得过紧，挥杆易僵硬死板不灵活。而握力过小，握得过松，球槌易摇晃，受到冲震则变形。

三、准确瞄准

击打任何一种应用球都离不开瞄准。门球瞄准的基本方法是击球员俯视地面目标，调整槌头方位角度，使槌头轴心线穿过自球中心点，指向目标中心点，构成瞄准线即"四点成一线"（槌头、槌尾、自球、目标四个中心点构成一条直线）。这是瞄准的基本方法。实际上这是一条虚拟线，瞄准时要求击球员以目测方法看出这条线，以点连线的精度越高越好。无论是竖向瞄准，还是横向瞄准，都是如此。

瞄准的功夫主要是放在调整和校正槌头在自球后的方位角度上。无论目标大小远近，处在何方，击球员都要凭借"直线感"，精雕细刻地把槌头的轴心线调整到自球与目标的连心线上。瞄准时的具体运作，有下列几点要求。

（一）找准"点"

瞄准点不是指整个目标体（球、门、柱），而是目标体上的中心点或其他某个"点"。为提高瞄准精度，并易于目测，最好能在瞄点方位或附近，寻找一个小标志物，作为瞄准的目标点。例如球体号码笔道、印痕、球体顶端临界点、球门上梁的数字标牌或红白道、球门立柱等等。这种选择标志物的瞄准,视觉清晰准确,可提高瞄准精度,远比"虚瞄"效果好。

(二)找准"角"

槌头瞄准定位时,必须找准槌头前端横切面与目标方向线形成的角度,即端面横切线与目标方向线形成直角,横切线与方向线垂直(如图7)。

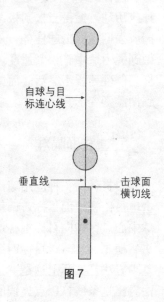

自球与目标连心线

垂直线

击球面横切线

图7

有了如图所示的槌头定位角度,就确保了瞄准方向的准确性,即使构成瞄准线时槌头轴心线与目标方向线稍有错位,对出杆击球的出击方向影响也不大。只是击打球体的瞬间,要注意防止在"偏心力"的作用下,出现"偏击"。槌头调角必须精细准确,要多反复校正几次,切勿粗心大意。一旦角度偏差,就会造成严重后果。

(三)找准"位"

找准"位"是指击球员在瞄准时的位置必须站正。把眼睛的空间方位找准。这是能否瞄得准的重要前提。因此,要求击球员把视线准确调整到目标与自球连心线的自球垂直上方或后上方空间,为俯视扫描构成瞄准线创造最佳条件。最大限度地发挥视觉功力。为提高目测准确性,还可降低视线或后退几步,扫描和测定瞄准线,并调准槌头的方位和角度。无数事实证明,位置站正瞄得准,站歪必瞄偏。

四、灵活多样的击球方式和杆法

在完成取势站位和瞄准的基础上，就要进一步掌握和运用灵活多样的击球方式和杆法。以适应和满足击打多种应用球的需要。主要而常用的击球方式和杆法，有以下几种。

（一）平击式

平击式球槌的运动过程，主要动态特征，是槌头沿地平面平行出杆击球（如图8）。

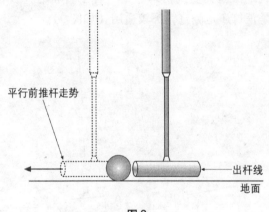

图8

如图所示，击球面触球后，槌头保持平行动态顺势前推，俗称"伴送杆"，其动向直指目标向前"收杆"而不上挑。槌底与地面平行时，间隔约在1厘米~1.5厘米之间。

此式击球的主要优点是：

1. 击球面触球瞬间，可与目标方向线保持垂直，确保击准打正。"力向"直指目标。

2. 槌头前击过程，槌尾一般不擦地或较轻擦地，可有效避免因过重擦地导致的槌头变形击向走偏。

3. 击球面与球体相击瞬间，接触时间稍长（约 $> \frac{1}{6}$ 秒），有利于击力的顺畅传递，且力度传递量较大。

此式的缺点是挥杆动作较大，加大了双臂前推的幅度，不完全符合手臂自然悠动的习惯，这在某种程度上增大了控杆难度。此式较适用于中低势握杆。高握击球，控杆难度会加大。

（二）挑击式

挑击式是指槌头上挑击球，是一种手臂自然悠摆的击球方式，无论是正打还是侧打，都较适用（如图9）。

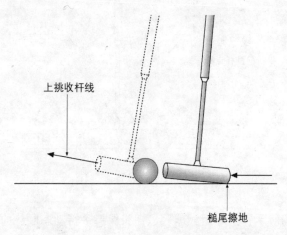

上挑收杆线

槌尾擦地

图9

在瞄准和槌头定位条件下，拟挥杆击球时，槌头提离地面沿瞄准方向线先后拉，再前击。槌头呈"仰弧"状态上挑击球并顺势朝前上方自然"收杆"。

此式击球的主要优点是：

1. 出杆动作比较自然协调，符合人的击打运动规律和活动习惯，槌头动势流畅，有助于发挥体能和提高击球质量。

2. 能较好地运用惯性力和上旋力击球。被击出的球在一定程度上加大上旋转速，球体在地面运动的稳定性较好，有利于提高运动方向线的准确性。

3. 击球动作较协调灵活，球槌易控，除适用于打一般常用球，更适用于打各种技巧球。故此式为多数运动员所采用。

主要缺点是击球面不易与目标方向线保持垂直，击点易偏高。控制不好易形成"偏击"。由于"收杆"时槌头上挑，后尾极易擦地，如果地面不平或擦地过重，对击向的准确性和力度的传递有一定影响。

（三）顿击式

顿击式也俗称弹击式，此式击球的主要动态特征是击球面触球后槌头既不前推也不上挑，而立即停顿在触球地面处（如图10）。

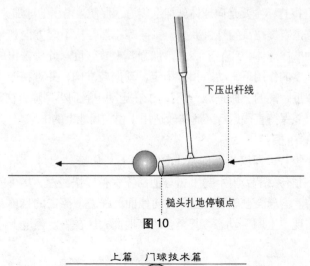

下压出杆线

槌头扎地停顿点

图10

此式击球的主要优点是：

1. 由于出杆摆幅小，动速快，停顿也快，槌头易保持直线运动，击准打正的质量高，效果好。槌头在运行中一般不摇晃。

2. 击球面触球瞬间与球体接触时间短，冲击动能传递量相对较小，同时又向球体施加了一定量的下旋力，因此，被击出的球停止快，因此，顿击法最适用打中近距离的到位球和一些特殊的定位（换位）球以及数量较大的轻小球、压线球等。

它的缺点则是力度控制有难度，不易准确。击球过程，虽然槌尾不会擦地，而槌头前端则可能擦地，控制不好则可能影响击球质量。

（四）擦击式

擦击式击球，主要是运用击球面的摩擦力以不同角度出杆，向不同方向擦打旋转球。包括上擦、下擦、左右擦和斜擦打等等。此式击球，十分讲究杆法、出杆角度、杆形和击点的科学合理而精准，十分讲究击球手法的巧妙。

1. 上擦打

上擦打，主要是向球体施加上旋力，促使被击出的球加速上旋。在杆法上有提拉、勾打、平擦、斜擦等。都是从不同方向和角度以击球面摩擦球体，产生上旋力，加强其上旋转度。此法击出的球在上旋转度的作用下，动态相对稳定，动向较准确，并可在撞击球后形成较近距离的"跟进球"，有时虽在运动中遇到小型障碍物球体上跳，仍能保持直线运行。此法较适用于粗糙场地上的击球。

2. 下擦打

下擦打，即以击球面从上倾斜向下"切挤"自球，亦称"扎杆"（扎杆系借台球用语）。击球时，需保持较快槌速，尽可能施加下旋力。击球面触球后，立即扎向地面。强力下擦击的自球，运动初段出现"上飘"动态，甚至会跳离地面，这在一定程度上减弱了地面摩擦形成的上旋转度。球体减速快，停止也快。此式击球较适用于打定位球、换位球、撞顶球、近距离到位球、压线球等。

3. 左擦打

左擦打，即以槌头击球面从右向左摩擦球体，加强右旋转速，使球体产生弧线运动。为打出更好效果，杆法要灵活巧妙，如以一定弧线出杆，力求击球面沿球体圆弧左擦，延长右旋力矩和摩擦时间，加大摩擦力的传递量，从而加快球体转速，形成弧线运动。此法最适合于打压线球和一些特殊技巧球。图 11 为单手握杆横向左擦打压线球。

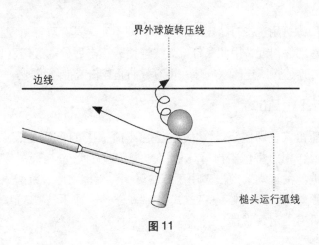

界外球旋转压线

边线

槌头运行弧线

图 11

如以此法打侧撞分球，在右旋力的作用下，借助侧撞反弹，可使自球的偏分角有所加大。

4. 右擦打

右擦打与左擦打比较，杆法相同，方向相反。改变出杆方向，即要从左起杆向右擦打，被击出的球产生左旋弧线运动。右擦打的运动形态，一般是双手握杆，向右发力击球，更符合挥杆动作习惯，协调自如，擦打效果会更好。

5. 斜擦打

斜擦打是一种特殊的击球方式，出杆姿势和杆法有较大变化，控杆要更加精准灵活。斜擦击球点多选择在自球左或右侧上部位，槌头以较大弧度运行，以击球面摩擦球体侧上部，以此改变球体运行方向，完成特殊技巧球进攻使命（如图12）。

图 12

斜擦打用于击打特定的双杆球。即不完全具有双杆角度且自、他两球相靠很近，用此法打成弧线连撞或撞击后分球过门双杆球。也可打连体弧线连撞双杆球，可有效防止连击或推球犯规。

（五）压击式

压击式，即槌头以立角从上倾斜向下压打自球后上部，借助地面反作用力将球击出。球体以"抛物线"形态飞行一定距离再落地向前运动。此法多用于打跳球，包括擦顶球、跳撞跟进球和越顶球等。压击姿势和方式多种多样，击球手法技巧富于变化，具有一定观赏性。

五、发力击球

发力击球是击球技术"五要素"中最主要、最核心的关键要素。取势站位、握杆、瞄准等都是为发力击球创造条件做准备。各种击球方式和杆法也都要在击球过程中灵活运用。应该说发力击球是击球技术动作的最后完成，是最本质、最起决定作用的技术，是打好门球最重要的基本功。

沿瞄准线发力出杆，击准打正，是击球技术的基本要求。围绕这一要求，应着重研究和掌握科学规范、准确实用的各项技术动作要领和控杆方法。概括起来要做到如下几点。

（一）挥杆要稳

发力击球的整套动作，必须要"稳字当头"。这个稳当然是指动态中的"稳"。包括站势要稳、肢体协调动作要稳、出杆击球动作更要稳，无论采用哪种方式和杆法击球，从起杆、后撤、前出击打直到"收杆"等一系列都要稳而有序，规范协调，准确到位，灵活而稳定。要在稳中求准，在稳中求击球质量和效果。挥杆过程，严禁身体前倾或后仰，左摇右晃。也不可在匆忙慌乱状态下出杆击球。并力戒多余动作，例如"耍杆"、踢腿、歪斜身体向击出的球使劲"纠偏"等。这些情不自禁的多余动作，应力求避免。

（二）发力要"柔"

打门球的击打力最为需要的是一种柔和力。尤是打轻小球、技巧球和攻击中、近距离的目标，更是如此。故发力强调柔和。各部发力动作，务必做到放松、协调、平衡、适度。根据进攻需要，严控力度。出杆速度适中，应先慢后快，顺势逐步加速。提倡以手腕翻转力为主击球。槌头动势流畅，动向准确。切忌猛加力和暴发力。槌头动速以视线能见为宜，过快易失控。

（三）击点要准

运用常规方式击球，无论是正打还是侧打，槌头必须顺沿瞄准线前击，击球面触球瞬间要与目标方向线垂直，务必使槌头中心点与自球中心点准确相击，即俗说的"击准打正"。

为保证击准，击球员在击球全过程中，必须做到全神贯注，把心神精力和视线全部凝聚在槌头动向和击点上。切勿只顾抬头向前看目标。更要防止在出杆击球时分心走神。尤其是攻打近目标，因其在视野之内，更易向前看目标，而不看槌头动向和击点，结果造成低级失误。因此，要把"眼盯槌头动向和击点"，定为击球必不可少的重要程序，给予高度重视。

（四）摆幅要小

挥杆击球，球槌总得前后悠摆，形成大小不等的摆动幅度。一般地说，摆幅大难控，摆幅小则易控。提倡小幅度摆杆击球，原则是"只要击力够用，摆幅越小越好"。出杆摆幅的大小，较难以数字准确量化，并予限制。不过，为便于掌握和控制，可依据击球任务的需要，把摆幅分为三个档次。即小摆幅约10厘米左右，中摆幅15厘米左右，最大摆幅以不超过一个槌头长度（24厘米）为限。击打轻小球，甚至可不后摆而直接定距出杆击球。这样有助于减小控杆难度，提高出杆击球的准确性。切忌大幅"甩杆"击球。

（五）走杆要直

这里不妨把沿瞄准线出杆击球形容为"走杆"。直线走杆，既不左右摇晃，又不变角，也不出现弧度，是"击准打正"的重要前提和保证。为做到这一点，要从下述细微处下功夫。

1. 要想杆走直线，两手和双臂发力击球必须协调配合，平衡稳定，严控出杆的力向和动向。只允许施加指向目标的前推力和准确的击出方向，不允许左右推拉或扭转杆柄。以免槌头改向变角走斜线，导致"偏击"。

2. 采用正向跨打或正向侧打姿势时，球槌定位在瞄准线上，杆柄力求与地面保持垂直，以利直线走杆。假如杆柄出现倾斜，则会增大控杆难度，槌头悠摆过程，极易变线走偏。

3. 槌速适中，且可稍快。这样，有助于槌头的稳定和杆走直线。

4. 击球员的肢体要构成出杆击球的稳固"支架"。切勿摇摆转体。提倡多以手腕的转动挥杆，力求减少双臂的摆动。由于以右手为主发力击球，要注意防止"右拉左推"，导致槌头变线。

5. 贴脚出杆击球，因槌头有了运行中的依托和发射轨道，使"杆走直线"有了可靠保证。当然脚必须稳固不动，但不"挤槌"。

6. 平静的心态是杆走直线、槌不变形的精神保证。因此，击球员上场击球前要有意识地自我调整心态，做做深呼吸，全身放松，做到平心静气。心态稳，出杆才会稳。

(六)"收杆"要正

"收杆"是完成击球的最后一个动作，同样要认真做好。必须直朝目标方向"正收"，切勿"偏收"、"甩收"或过高上挑。收杆时的动作要恰到好处，不宜过早或过晚，要随着槌头击球后的惯性，顺势将槌头收住。假如收杆过早，就有可能把球带偏或影响力度的正常传递。

上述击球技术五项内容，可称为击球技术"五要素"。他们是相互衔接不可分割的一个整体。五项技术动作要领和要求构成了一个完整的系统。每一项技术动作，都关系到击球的质量和效果，尤其是最后一项"发力击球"，是击球技术系统中的核心，最后决定击球的成败。

第二节 闪击技术

闪击，是指击球员运用球槌击打踩在脚下的自球而将他球震出，自球仍留在脚下的独特形态和方式的击球。闪击技术是门球两大基本技术之一，是完成闪击球的基本方法。为研究和掌握上的方便，拟分如下几项内容，加以阐述。

一、闪击姿势和站位

闪击姿势和站位多种多样，各有特点、优缺点和技术要求。选取何势闪击，击球员可依据自身条件择用。下面简介几种闪击姿势供参考。

（一）高势闪击

所谓高势，即击球员以直立或半直立的体态，双手握在杆柄上端，从右向左横向挥杆，实施闪击（如图13）。

图 13

此势闪击的主要优点是：

1. 站势高，看得远，视野广。利于以视线控制槌头动势和动向。

2. 挥杆动作自然流畅，易于把槌头稳控在目标方向线上。

3. 出杆闪击力度大，适于"重闪"。踩球牢固，即使加力闪击，自球也不会离开脚下。

4. 击球挥杆动态洒脱优美，感觉舒适自如。

主要缺点是击球员头部远离地面，视距加大，不易看准击点。挥杆摆幅易大，击点掌控不准，较易"闪偏"。甚至槌头击脚打地，闪击失败。

（二）低势闪击

低势闪击运作过程是在左脚踩球完成瞄准定位后，右脚大步后撤站位，上体卷曲降低，头部靠近脚下球，球杆置于胯下，杆柄后伸，单手挥杆完成闪击。为稳定上体，左手可贴握在左膝上，起支撑作用（如图14）。

此势闪击的主要优点是：由于击球员头部低，距自球的视距近，视线低，有利于瞄准

图14

和看清击点。闪击动作连贯快捷，有所简化，减少了完成瞄准后再站起身来挥杆闪击的动作，出杆也快，更适用于"快闪"。

主要缺点是：槌头挥动过程易形成弧线，击点易偏前，闪击方向则易偏后，形成向后"抠杆"。亦即槌头偏离了瞄准线。踩球的下压力较小，易向前"挤压"脚下球，受到击打震动后，易出现变向移动。加力重闪时，双球则可能击脚犯规。

（三）竖向正闪

竖向正闪，近似箭步站位正向击球姿势。主要区别是左脚前出以一定角度斜向踩球，他球在前，自球在后。身体重心落在右

腿上。双手挥杆向前闪击（如图15）。

图15

竖闪的主要优点是：正向瞄准，能充分发挥视觉优势，利于以视线扫描和调整瞄准线，提高瞄准线的精确度。由于正向出杆闪击，利于把槌头控制在瞄准线上，易"闪准击正"，提高闪击方向的准确性。

最大缺点是踩球难度大，倾斜踩球感到"蹩脚"费劲，不易踩牢。

（四）蹲式闪击

蹲式闪击的体态是下蹲，双腿均卷曲在上体之下，既不前出，也不后伸，左膝撑顶在左胸或腋下，单手挥杆闪击（如图16）。

图16

此势是由低势闪击姿势演变而来，有低势闪击近似的优缺点，但其挥杆动作小，球杆较易于掌控，槌头挥动过程易保持在瞄准方向线上，"抠杆"现象有所减轻。

二、闪击的踩球

闪击的踩球是门球独有的动作。一般多用左脚踩球，特殊情况下才改用右脚。自球要重踩，他球轻踩，轻闪近球时，甚至可只踩自球，将他球贴靠在自球旁而不踩。

（一）踩球的部位要合理适当

闪击踩球的脚形，一般是脚跟着地，脚尖上翘，踩在自、他两球上部。脚底与地面形成一定角度。踩球部位以把自、他球踩压在前脚掌下（脚掌与脚指之间的关节窝部）为佳。脚尖与两球前边横向切线持平或稍凸均可。尽可能减小脚底与地面形成的角度。一般地说，踩球越靠前，角度越小；越靠后，角度越大，越易向前挤压脚下球。踩

图 17

压自球时，必须留出槌头击打部位（如图 17）。

脚踩自球后，一般不宜抬脚改踩，以免球移动或超时犯规。如有必要调整，可踩牢自球转动改向。摆放他球瞄准定位时，要注意清除球体上粘附的泥沙杂物，并切实把两球贴紧靠实，不留间隙。以免影响将他球震出和力度正常传递。在过软场地和人造草坪场地踩球时，球体受压后易下陷，极可能造成两球之间出现缝隙或错位，影响正常闪击。这一点应予特别注意。

（二）直角踩球

踩球角度是指脚的中心线与目标方向线形成的角度。大体分为直角和斜角两种角度踩球。一般横向侧闪时，要求直角踩球。亦即脚的中心线要与目标方向线垂直。宁可大于直角，也不要小于直角，以利瞄准和出杆闪击（如图18）。

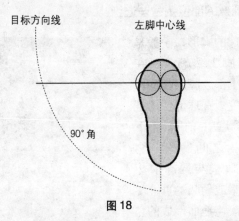

目标方向线　　　　　　左脚中心线

90°角

图18

直角踩球的功夫主要应花在调整踩球脚的方位角度上，击球员要以准确的视觉，检验和校正脚的中心线是否与目标方向线垂直。在脚踩自球定位后，再把他球放在脚下，并把其横轴线准确调整到目标方向线上。这样，他球的横轴线恰好与脚的中心线垂直。这就完成了比较规范的直角踩球。

（三）斜角踩球

斜角踩球，是依闪击姿势和方式的改变以及闪击任务的要求而采用的一种踩球法。此法要求脚的中心线（有时可能形成曲线）与目标方向线形成大小不等的斜角。简称"正放斜踩"，即把他球正放在自球与目标的连心线上，而脚斜向踩球（如

图 19）。

斜踩球最主要的难度是用脚尖斜压他球，既较费力又不习惯。需要多练才能逐步适应。此法主要用于正向闪击的踩球。有时也用于避开障碍的踩球。包括球门、终点柱、他球等形成的障碍而无法正常踩球时，改用"正放斜踩"法踩球。

图 19

（四）踩压力合理分配，并力求"正压"

踩球的压力不宜平均在两球上。一般是自球应重踩，他球轻踩，甚至不踩，只将其稳贴在自球上即可。轻闪小球更是如此。以免轻闪时他球不击脚或离开脚下不足 10 厘米犯规。

踩球的脚底由于与地面形成一定角度，很难避免产生"前挤力"。因此，强调踩压力的力向力求垂直向下，提倡用前脚掌向下"扣压"。以免球体受到闪击冲震时在脚下移位或两球产生错位，导致闪击方向偏差。踩球的基本要求做到"稳、紧、实、牢"。切实保证槌头加力击打自球时，自球不离脚下，而把他球顺利震出。

三、闪击的瞄准

闪击瞄准的基本方法是"三点成一线"。即自球、他球、目标三个中心点构成一条直线。槌头一般不参与瞄准。假如参与，就要再增加槌头槌尾两个中心点，变为"五点成一线"。闪击球由于踩球的脚遮盖了自、他两球中心点，视线扫描时不易看准，故可改用球边瞄准。即使自球、目标（球）和他球的前沿球边临界点构成一条直线，"三边成一线"。瞄准的具体动作方法和要求如下。

（一）视线精确扫描

自球与目标之间必有一条连心线。临场目测实地，它是一条"虚拟线"。击球员要凭借"直线感"和清晰准确的眼力测出这条线。这是摆放他球构成瞄准线的依据和前提。由于横向侧瞄视力较弱，易出现视觉偏差。这就更强调提高目测的精确度，多细致扫描和校正几次。为弥补横向目测视力弱的缺点，击球员可先站在自球与目标的连线方向上正向侧描，甚至可后退几步"测线"。并可在自球前后的地面附近处选择一两个小型标志物，作为校正瞄准线的"参照点"。

（二）精确放准他球

闪击瞄准的功夫就看能否摆准他球，这是能否瞄准，构成高精度瞄准线的关键。因此，要求精雕细刻地调整和摆放他球的方位。切实把他球的中心点调整到自球与目标的连心线上。为提高调整他球方位的精度，在将他球置于脚下后，把左手固定在脚背上，而以一两个手指拨动他球进行"微调"。切勿不调则已，一调就过。强调精细，力戒粗糙。

（三）摆正眼睛的空间方位，降低视线目测，是提高瞄准精度的最重要前提

无论是横向侧瞄，还是竖向纵瞄，击球员眼睛的空间方位，均应准确处在自球与目标连线的自球上方或右后上方，既不要偏前，也不要偏后。避免形成"斜角目测"瞄准线。一旦形成前后"错位"目测，则难以测准。为克服横向侧瞄视觉误差大的

缺限，还可把横瞄改为纵瞄。即在直角踩球后，上体右转90°，实施"正向纵瞄"。当构成瞄准线后，上体再复位横闪。

闪击的瞄准力求降低视线，缩短视距，击球员的头部尽可能靠近脚下球，实施近距离的目测扫描"点和线"。这样，有助于提高瞄准精度。

四、发力挥杆闪击

发力挥杆闪击，是闪击技术系统中最后一个技术环节，也是完成闪击的最后动作。它决定着闪击的质量和效果。因此，需下功夫研究和掌握此项技术。

（一）顺沿瞄准线（目标方向线）挥杆闪击，真正做到"闪准击正"，是发力挥杆的最基本要求。要做到这一点，还必须解决如下具体运作方法。

1. 准确控制挥杆的走势、走向和闪击点。

从理论上说，只要把槌头准确控制在瞄准线上出杆闪击，槌头中心点与自球中心点相击，即"闪准击正"，似较简单，并不难做到。而从实践上说，真正做到杆杆如此却非易事。在球槌挥动过程中，其动势动向很难保持在瞄准线上，总难免出现偏左偏右或偏前偏后的偏差，导致出杆方向走偏。尤其是低势单手挥杆横向侧闪，槌头最易偏离瞄准方向线，一般是呈较大弧线偏前出杆，形成闪击点偏前，闪击方向和出球方向偏后，俗称"抠杆"闪击。防止或减轻这一弊病的方法有两种：一是尽量减小出杆时槌头的运行弧线，呈直线出杆，即俗说的向前"推杆"闪击。力求在击球面即将触球的瞬间，把槌头准确保持在瞄准线上；二是出杆空间方位适当后移，从瞄准方向线延线之后出杆，槌头运行过程，不得向前超越目标方向线。有了这一限制，即可有效防止向后"抠闪"，避免闪击方向"后偏"（如图20）。

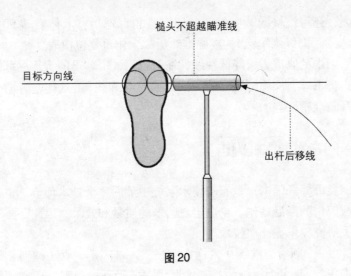

目标方向线

槌头不超越瞄准线

出杆后移线

图20

当然，运用此法出杆闪击时，仍应尽可能减小槌头运行中的弧线，力求"直线走杆"。

2. 沿脚下两球轴心连线的指向出杆闪击，俗称"槌打连心线"。

在完成瞄准、脚下球定位后，两球轴心连线的指向就是目标方向线。而这条线的自球边缘切点，就是闪击点。两球的接触点，就是力向和力度的"传递点"。击球员挥杆闪击时，不可能也不应该再抬头去看目标方向，也难以用视线全程随视槌头运行线，而却可看出两球轴线连线和球边切点。当槌头的运行进入视野后，就要以视线掌控其动向，使击球面准确闪打在两球轴心连线的球边切点上，这就是所谓的"槌打连心线"。如能真正做到此点，就可大大提高闪击方向的准确性。

3. 依靠规范定型、娴熟习惯的技术动作和"自我方向感"，控制挥杆走势和闪击方向，这也就是习惯上常说的"凭感觉控向"，槌头跟着感觉走。这种闪击控向法，虽不够科学，但还有效。前提是挥杆技术动作已定型，运作熟练，有良好的"球感"和习惯，有了这些，控向感觉才会准确，才可自然地凭借习惯性的技术动作，控制出杆方向。

"自我方向感"是门球运动员的一种运动本能，可以说凡以视线能够对外界方向和物体环视，就会获得一种方向感，具有辨向和控向能力。凭借这种"自我方向感"，可概略性地掌控挥杆方向。"方向感"越准，控向也越准。就像木匠挥锤砸钉子，铁匠抡锤打铁一样，不看锤子的走势走向，而靠定型动作和感觉，就打得很准。击球员有了这种本领，同样可以较准地控向。当然此法只是可用，而不宜完全依赖。但凡槌头走势进入视野，还是要强调以视觉控向。

（二）准确掌控闪击力的"二层传递"，提高闪击方向和力度的准确性。

所谓闪击力的"二层传递"，即一层为槌头冲击力传递给自球，二层则为经由两球接触点，通过自球把闪击力传递给他球，而使他球受力后产生运动。从控向角度说，准确控制好这种"二层传递"，要求做到下列几点。

1. 脚下两球必须贴紧靠实，定位准确，不留间隙，不夹杂物，以免形成闪击力"二层传递"的障碍。为此，放球时，击球员要认真清理球面接触点，放球尽可能听到两球碰撞声，以检验是否贴实。在调整他球方位用手指轻拨时，球体能产生转动。这样，即可验证两球确已零距离贴靠。

2. 以前脚掌稳牢控球，尤其要牢控自球。确保受到击打时不移位不转动不变向。在湿软沙场地或人造草坪场地上踩球，要适度控制踩压力，以免球过多"下陷"。假如自、他球受力不均，极易造成两球接触点错位或形成缝隙，影响闪击力向和力度的正常传递。

3. "闪准击正"是保证力向力度正常传递的先决条件。击球面在触球瞬间，要与两球连心线垂直。槌头轴心与自球中心两点相击。严防击球面偏斜变角。此即所要求的"闪准击正"。也就是通常所说的准确沿瞄准线（目标方向线）出杆闪击。在整个挥杆闪击的运作过程中，击球员的身体力求体态稳定，动作协调。当然挥杆的单臂或双臂总得随球杆挥摆，但要做到"臂摆身不摇"，手动脚不动，即使上体肩部稍有转动，也要做到相对协调平衡。这是沿瞄准线发力出杆闪击的重要保证。

4. **巧控踩球摩擦力，促使闪击力的顺利传递。** 闪击力的传递与踩球摩擦力息息相关，二者是相互依赖相互作用的关系。一般地说，踩球摩擦力的大小决定于闪击力的耗损及其传递量。踩球摩擦力越大，闪击力的耗损就越大，而力的传递量则越小，反之亦然。这就要求击球员巧妙控制踩压力（摩擦力），确保闪击力的顺利传递。一般是自球重踩，加大摩擦力；他球轻踩，减小摩擦力。以保自球不离脚，他球被闪出。轻闪小球，他球则更要轻踩，甚至只与自球贴靠而不踩。闪击踩球摩擦力的大小，一般由闪击球的任务和地面摩擦力的大小而定。重闪球，如闪带球、闪击对方球出界和远距离的闪送球到位等，则要加大踩球摩擦力。轻闪球，如近距离闪送球到位和轻闪各种小球等，则要减小踩球摩擦力。一般闪送球可适当减小踩压摩擦力，以利闪击力的准确控制和力度的传递。

（三）闪击力的控制法。

闪击力的大小，一般由闪击任务、地面摩擦力和闪击方式决定，较难准确量化。这里不拟计算其理论数值，而着重研究一些施控闪击力的方法，有一定实用价值。

1. 以挥杆速度和幅度施加和控制闪击力，并使二者结合运用，是最为常用的方法。在结合运用时一般多采用如下几法：一是加速加幅，用于重力闪击；二是减速减幅，用于轻力闪击；三是加速减幅，有利于控向和减小控杆难度。此法应予提倡；四是减速增幅，发出的力较柔和，控向增大了难度。此四法各有利弊，可依闪击任务对力度需求灵活运用。在实践中，力戒"大甩杆"闪击。

2. 改变出杆角度和闪击点，控制力度传递。

闪击的施力，除沿瞄准线直线平行出杆击打自球外，还可采用改变出杆角度和闪击点位置的方法，控制力的传递，减少闪击力度向他球的分配，以达控制他球出脚后滚动距离的目的。具体运作方法有如下三种：（1）以一定"立角"下压出杆闪击。击点在自球右上部，即提高自球的受力点，只以自球受到冲震后的"侧分力"传递给他球，这样，他球接受的力度会大大减少。其行程也会相应变近。此法用于近距闪送球到位效果好。（2）以"平斜角"从右前向左后方向出杆闪击，形成力度"变角变向"传递，他球接受的同样是一变向"侧分力"，此法俗称"正放斜闪"。不仅可控制闪击力度传递，而且还可躲避球门、终点柱或其他球等形成出杆障碍时闪击。（3）以击球面"边棱"击打脚下自球斜侧点，施加"侧向力"，从而减小力度向他球的传递，这样，自然可减轻球槌的闪击力度。最适于轻闪小球。

3. 凭借发力感和控力经验信息控制闪击力度，这是最为常用而有效的控制闪击力度的基本方法。

闪击的发力大小很难以数字量化加以掌控，而是靠发力出杆的一种感觉控制力度，也就是发力时的关节、肌肉等的收缩感和手臂的摆动感，控制发力的大小。门球运动员经过长期的训练和比赛实践，积累了丰富的控力经验，取得了较为准确的"发力感"，大脑中储存了大量控力信息，并领悟和掌握了许多控力要领和方法，当再度发力闪击时，这些类同或近似的经验，就会反馈出来发挥作用。这也就是常说的"凭经验控力"。这里要特别强调动脑用脑专心于闪击力度的准确控制。

以上所阐述的击球和闪击两大基本技术是贯穿于击打各种应

用球之中的基本方法，也就是通常说的门球两大基本功。扎实的基本功是打好门球、提高命中率和发展门球技艺的基础。打好基础，意义重大，俗话说"基础不牢，地动山摇"。没有精湛过硬的基本功，就难以打出高质量、高水平、高效果且具有艺术观赏价值的各种应用球。

第三章　应用球技术

应用球，是指在门球比赛中，以技术手段达到战术目的，夺取技战术效果和比赛胜利的各种球。应用球技术，是门球基本技术结合实战有明确目的和效果的实际运用，因此，应用球技术，亦称实用技术。诸如撞击球、过门得分球、击闪到位球、擦边球、造打双杆球、撞顶闪顶球、跳球以及特殊技巧球等多种球的技术打法。在各种应用球技法中，既有共性的基本技术，又有各自的不同特点、动作要领、运行规律和作用领域。因此，在本章中，既要突出重点，着重研究应用球共同运用的"同类项"技术，又要深入探讨各种球的特殊打法。研究和掌握应用球技术，要坚持一般和特殊相结合、理论与实践相结合、借鉴相关学科和其他球类运动原理与门球运动实际相结合的方针原则。坚持科学化、系统化、规范化、艺术化、实用化的发展方向。要在"稳、准、灵、高、精、巧"六字要求上下功夫。各项技法精雕细刻，精益求精，开拓创新，不断把门球的应用球技艺推向新高度。

为研究论述上的简便和力避重复，拟合并"同类项"技术，进行综合探讨。根据这一思路，侧重选择"控向、控角、控力"三大掌控技术展开论述。这是击打各种应用球都离不开的"共用技术"。

第一节 击、闪方向和球的运动
方向的掌控技术

从理论上说，击向与球被击出后的运动方向是同一的。而在实战中，却非完全如此。由于场地质量和条件的制约、时空因素的影响，击、闪球方式、手法的不同，被击出的球的运动方向与击向则不完全同一。而是同中有异，异中有同。因此，二者予以分别论述。

一、击、闪方向的掌控技术

无论是撞击球还是闪带球，或击打其他任何一种应用球，首要的共同技术要求就是准确控向，确保命中。从技术运用角度说，基本技术是控向的基础，是基本技术结合实战有明确目的和任务、有实际效果的运用。由于基本技术已在第二章中做了详述，这里不再重复。而着重研究准确控向的特殊要求。把击、闪方向和球的运动方向的掌控方法与基本技术结合起来，用于应用球，提高控向的准确性和命中率。

控制击、闪方向的基本方法是稳准地沿瞄准方向线直线出杆击球，使击、闪方向线准确指向目标，这是一个总的理论要求。而实际上，当把在瞄准线上定位的槌头提离地面在空间挥摆时，击球员就很难再看清看准原定的瞄准"虚拟线"，这就给顺沿瞄准线出杆造成了困难。如何控制槌头不变形、不改向、不偏离瞄准方向线，"击准打正"，还需分析和掌握一些具体运作方法。根据多年来积累的实践经验，下列几法可供选用。

（一）依靠清晰敏锐的视觉控向

以视觉控向，不只是以固定的视线盯看击点，而需要以"动态视线"制导槌头的走势和动向，从追随扫描槌头悠摆到击点，必须以视觉控制槌头保持瞄准时的方向不变形、不改向，使出杆方向准确指向目标。至少要做到即将触球的瞬间，击向直指目标。这时，要求击球员要全神贯注在出杆走势和击点上，切勿分散眼神环视其他方向，更不再抬头去看目标。以防槌头变向而不能察觉。

可以毫不夸张地说，视觉是控向先导，"直线动感"是准确掌控槌头运行方向线的主要保证。挥杆过程，看则准，不看则偏。击球员要养成"出杆即看槌，触球盯击点"的良好习惯。由于挥杆击球过程，一般处在视野之内，以视觉控向完全可以做到。据观察，有些击球员打近撞或小球时，总要抬头看目标，视线离开了槌头动向和击点，只凭手臂动感控向，结果击向走偏，撞击未中，造成不应有的低级失误。

（二）选用地面小型标志物作为控制"参照点"控制出杆方向

在赛场上，攻击既定目标，由于出杆时，难以再看清瞄准线，控向失去了明显标志和依据。假如能在槌头与自球前后的中心线位置上选定一两个多至几个地面上的小型标志物，如大沙粒、印迹、草屑等作为控制槌头运行方向线的"参照点"，准确地沿这些"参照点"出杆闪击，则可有效提高出杆方向的准确性。从人的视觉习惯上说，槌头的走势和动向，有物可依，则易准；无物无迹可循，则易偏。

（三）利用单脚或双脚平行线控向

利用脚的平行线控向，实际上是把脚作为控向的"参照点"控制出杆方向线，即在瞄准线构成槌头定位后，运用脚与瞄准线的平行线控向。

1. 以左脚中心线"单脚单控"。

以单脚平行线控向，要求击球员箭步站位，左右两脚前后拉开，左脚的定位十分重要，必须做到脚的中心线与瞄准线平行，间隔约10厘米~12厘米，即脚与槌头相互靠近（如图21）。

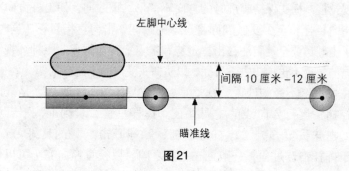

左脚中心线

间隔10厘米—12厘米

瞄准线

图 21

运用此法控向，要求出杆击球时，槌头运行线必须与左脚中心线（实地看得见的是左脚边）保持平行，而且槌头与脚的间隔要保持等距运行，借以控制出杆方向。

2. 以双脚中心线控向。

对出杆方向的双脚双控与单脚控向近似，所不同的是槌头夹在两脚的中间，槌边距脚边较近，间隔约为2厘米~3厘米，两脚形成对槌头的"夹控"。槌头前后挥动时，尽可能与双脚边保持等距运行，借以控向。在运用此法时，要注意防止脚或腿触碰球槌，以免变向。而且出杆瞬间，双脚均不可移动。以便更好地发挥双脚夹控的作用。

（四）贴脚出杆控向法

贴脚出杆击球的基本运作方法和要求，是把槌头贴靠在左脚里侧凸出部位上，使脚边形成固定的槌头发射轨道，使其前出运行方向线有了依托，可有效防止左右摇晃或变角。可以说贴脚出杆击球是最佳控向法，技术发挥稳定准确，命中率高于其他控向法。具体运作方法和要求如下：

1. 槌头贴脚出杆控向法的运作程序和定位。

贴脚控向的实施，有三种程序：（1）先行放槌瞄准，构成瞄准线，把槌位固定在自球之后 3 厘米 ~5 厘米处。再以左脚贴向槌边，进入"发射"状态。（2）先把左脚站在自球之后靠近目标方向线的方位，以左脚内线进行粗略瞄准。然后再把槌头贴在脚边，精调方位角度，最后构成瞄准线。（3）槌与脚同时置于自球后的目标方向线上，相互贴靠，并调准方位，构成瞄准线，准备击球。以上三种运作程序和方法相互比较，以第一种为佳，其最大优点是所构成的瞄准线较为精确。

调整槌与脚在自球后的方位时，球、槌、脚三者之间要保持适当竖向间隔，为球槌的挥动留够空间。并且在正式出杆击球前要检验出杆是否顺畅，可前后推拉槌头，进一步调整槌与脚的位置。如果一定要确定三者间隔大小的数字，则不妨把击球面与自球的间隔确定为 3 厘米 ~5 厘米。左脚尖应在槌头前端之后，距自球的间隔为 10 厘米 ~15 厘米。这样，就不至于在槌头摆动幅度稍大时，造成槌头"脱脚"。

2. 槌头贴脚要"虚实适度"。

槌与脚的贴靠点有两个：一是前脚掌凸出部。另一是脚跟凸出部。两个点可双贴，也可单靠前脚掌一个点。贴靠宜轻不宜重，虚实适度。以槌头活动时脚能获得"触动感"为好。槌头挥动过程要做到"槌不离脚，脚不挤槌"。

槌头挥动幅度要严加限制，不可过大。要以槌头前端不脱离贴靠点为限。如需加大击力，最好采用"减幅加速"的办法而不以加幅的办法解决。出杆时，左脚必须稳固，纹丝不动。

3. 贴脚出杆击球方式的选择。

贴脚出杆击球，槌头的挥动受到局限，对击球方式手法要求很高，所有挥杆动作必须与贴脚控向相适应。保证槌头与脚边轻擦时不变形、不改向，准确沿瞄准线出杆，充分而有效地发挥脚边"发射轨道"的控制作用。根据多年来的实践经验和贴脚出杆的特殊条件，有下列三种击球方式可供选用。

（1）贴脚平击。槌头沿地面和脚边平行前摆，槌头底线距地面应控制在1厘米左右，不可擦地。槌头触球后顺势平行前推而不上提，使击球面与目标方向线保持垂直动态将球击出，提高贴脚控向的准确性。

（2）贴脚挑击。槌头贴脚定位形态为前端稍上翘，后尾触地，出杆击球过程稍呈"仰弧"状态，槌头贴脚边前摆时，顺势自然上提"收杆"。

（3）贴脚顿击。向后撤杆时，槌尾稍上提，注意用脚跟凸出部控向，槌头呈前低后高动态倾斜下压击球，击球面触球后，立即停顿在地面，借用地面摩擦制动，既不上提也不前推。上述三法均可采用，以第一种为佳。

4. 选择贴脚击球适用的球杆和运动鞋。

由于槌头贴脚运行，宜选用22厘米～24厘米较长的槌头，以便增加贴脚滑动长度，利于挥杆控向槌不脱脚。目前穿用的运动鞋下半部均为橡胶材质，鞋帮皱涩不光滑，而且还有深浅不同方向的纹路。尤其"立向纹"极易形成贴脚出杆障碍，造成槌头变形。因此，应选用鞋帮没有纹路或只有横向细纹的运动鞋，而且要质软轻薄。

二、自球被击出后运动规律和运动方向的掌控技法和要求

当自球被击出后，就进入了一个不以人的意志为转移的运动过程，但也有其一定的运动规律。在地面和时空等条件制约下，

球的不同运动阶段会呈现不同的运动形态、运动速度和运动方向。既有规律性的运动，又有不规则运动，变化多端。球在地面运动的特点是从击球瞬时加速到逐步减速和最后停止，从理论上说，是一个直线运动过程。可在实践上并非如此，由于地面条件的影响，会出现曲线、弧线等不规则运动。这给运动方向的掌控造成了许多困难。对控球技术和击球员的控球能力，提出了更高更严的要求。要把控向的技术措施和办法，施用在自球被击出之前，要"行前制导"。准确的击向为命中目标奠定了基础，创造了条件，但还不等于命中。要准确命中，还必须从实际出发，依据场地条件和球在地面运动的规律，研究控球技法，从理论与实际的结合上找"门道"。

（一）依据门球地面运动规律，掌控运动方向

自球被击出后，从静止状态转入运动过程，经过瞬时加速度，过渡到逐步减速运动，直到最后停止，球的动态、动速、动向均会出现一系列变化。运动初段，由于受力强劲，球的出速最快，呈上飘动态，受地面摩擦力较小，上旋转度较慢，平滑直行。此段球的行程较短。当过渡到运动中段后，显现出下沉滚动形态。地面摩擦力加大，上旋加速，球的动态相对稳定，可保持直线减速运行。如偶遇地面微小障碍物，则会产生跳动。在较强转速作用下，一般不改向或出现微小改向运动。此段行程较长，是完成进攻使命效果最好的阶段。球的运动进入后段，受地形地势的制约作用逐渐加大，动速减慢，在倾斜不平地面上，必形成沿坡下滑乱滚的不规则运动。最后，动能耗尽停止在低洼处。

上述球在地面运动的三个段程是一个相互衔接连贯的完整过程，不可能截然分开。这三段的不同运动形态和规律，为我们击打各种应用球，尤其是中远距离的进攻球，掌控运动方向，提高命中率，提供了依据。

1. 运用高速上飘运动初段前冲力强、转速慢的特点，打撞顶球、定位换位球、同归于尽球、撞终点柱球、擦边击球等各种应用球。

2. 运用直线减速运动的中段，击打各种中远距离的进攻球，如远撞远冲、中远距离攻门等。由于此段球的上旋转速加强，动态相对稳定，能保持较长的中速运动时间和距离，运行方向也较准确，是击球进攻要运用的主要阶段，即使撞击三、四米近距目标球，也要靠中速命中，防止慢速方向走偏而失误。

3. 球速渐慢直到停止不规则运动的后段，尽管其运动方向多变，难以预料，但不少应用球要运用此段完成。如打轻粘轻靠球、溜撞球、压线球、到位球等，做到球到命中或到位立停。在特定条件下，还需利用运行弧线打战术球和高难度技巧球。

（二）利用地形地势，掌控球的运动方向

在300平方米的门球场地上，不管是沙土场地，还是人造草坪场地，不可能做到处处"绝对水平"。总会有高低倾斜不平、粗糙不整、凹凸不一的地形地貌，球在这样的地面上不可能保持直线运动。动态不稳，改向偏行，蹦跳不断，则是必然的。这就突显了利用地形控向的重要性、迫切性和必要性。无数事实证明，重视并用好地形控向，攻防必获成功；否则，必失败。利用地形有效控球，是一个技术难题，也是门球运动员的控球必修课。要以刻苦拼搏精神和科学态度，下苦功夫研习和掌握利用地形控球技法。解决这一技术难题，下述几种作法仅供参考。

1. 熟悉场地，看清摸准赛场各区域地面状况，是利用地形控球的重要前提。

实地勘验地形的主要内容如下：（1）场地各处平整状况，尤其是三个球门前后的平整度，有无偏坡，坡度大小及其走向，有无"龟背"、"鱼脊"和不对称的错位坡。（2）比赛线附近的

地形地势，有无里高外低和线下凸起的现象，进场压线球有无障碍。（3）一门开球区击球进场的位置和球门方向，有无滚压的轨迹沟及其深浅和走向偏正。（4）地面各处干湿软硬、沙层薄厚、沙粒粗细、有无小型障碍物等等。搞清场地状况，为利用地形控球，提供可靠依据。

勘验场地的方法有如下几种：

第一，赛前"试场地"，摸地形。每次门球比赛，尤其是未打过球的陌生场地，最好能在开幕前，到赛场勘测检验熟悉场地。通过实地击打各种应用球，认真观察球在地面不同距离和位置上的动向与行程，检验地面的平整度和摩擦力的大小，为正式比赛提供依据。某一场球开赛前，还有机会试打一轮。但不要总在开球区试进一门攻二门。场内关键部位焦点区也应试验。

第二，运动员在场外待击或击球员上场击球前，要注意从不同方向以不同视角，通过目测扫描，尤其要降低视线测量拟进攻区域和目标方向线上的地形地势，有无小型障碍，必要时，在不违规的前提下，做必要的清理。

第三，仔细察看地面上已滚压过的运行轨迹线，看清不同地势上该线的曲直程度，从而判断地势高低和坡度走向。这是摸准地形简易有效的方法。

第四，虚心热诚地向熟悉地形的球友或场地管理者咨询求教，请他们介绍场地状况。本队的教练和队员也可相互交流勘验场地的结果，弥补自己的不足。

第五，空闲时，只要有机会，就要积极参与清理平整场地，借以熟悉场地。

2. 依据地面倾斜坡，以调整瞄准点的方法控向。

依据地面坡度大小及其走向，以适当调整瞄准点的方法，控制自球被击后攻击目标的运行方向线，提高命中率，这是控向常用的有效方法之一。运用此法，要求把常规瞄准点从目标中心点调到地势高的一侧。调整多少则依坡度大小和目标远近而定。一般地说，坡度大目标远，应适当多调；而坡度小目标近，则要少调。如果不对称的左右相互交错的走向复杂的坡度，则可不调。要巧用坡度走向相背或前后错位的地形制约作用控向。调整瞄准点的幅度也因目标大小不同而异。例如撞击球，可把瞄准点从球心调整到球的某一边，甚至调到球外。攻门球则可把瞄准点从球门中心点调到左右半门和门柱，甚至可调到门外。而撞终点柱球，因柱的直径小，应适当少调。如此调整的目的，就是要巧用地面斜坡制约自球的运行弧线，以求准确命中。此法近似抗侧风射箭和移动靶射击的瞄准法，留出合适的"提前量"。瞄准点的调整幅度，实难量化。要靠丰富的实践经验，加以掌控。

3. 凭借球速控向。

凭借球的运动速度控制其运行方向线，是门球运动员最熟悉的控向方法。大家熟知在倾斜不平的地面上击球，无论是打撞击还是过门，在地坡的左右下，不可能以直线冲向目标。但如能加快球的运动速度，则可在一定程度上削弱地形的影响，在一定段程上保持直线运动。提高自球运行方向线的稳定性和准确性。提高"以速控向"的命中率。球速越快，越走直线，越慢越易变向，这是不言而喻的浅显道理。当然提速要以球不出界为限。提速和限速必须依攻击任务和球的总行程以及地面摩擦力大小而定，并非一概无限制地加速。

在实践中，以调整瞄点控向和以球速控向，二者往往要结合运用。在特定距离、特定斜坡的前提下，"调点定速"应同时考虑和拟定。球速快，瞄点少调；球速慢，则要多调，以便准确控向。

充分利用地形地势控制球的运动方向，以求准确命中，是一项难度很大的掌控技术，击球员要肯于下苦功夫学练和掌握此项技术，提高控球能力。这一点，要向高尔夫球选手学习，高尔夫球场的坡度和控球难度远大于门球。他们非常重视反复观察地形，并依地面斜坡设定球的运行弧线，再击球沿坡下滑进洞。门球场地远比高尔夫球场平整，因此，要有信心熟练掌握依地形控向的高超技能。

三、几种应用球控向技术要求

（一）不同距离撞击球控向技术要求

这里说的撞击球，仅指以命中为惟一目的的一般性撞击。技术理论上的要求应是槌心、自球心、目标球心"三心对撞"。击出方向和自球运动方向均不允许有丝毫偏差。如在实践中也能达到这种要求，并且杆杆如此，自然很好。而实际上却很难做到。总会出现或左或右或大或小的偏差。这种偏差在不同距离上有不同限度，这种限度则可称为"允许偏差"。不管距离远近，只要击向和球的运动方向不超过限度，即可命中。一旦超限就要失误。控向的基本要求，就是千方百计地把偏差值严格控制在"允许偏差"限度内，确保命中。下面略画一个撞击"允许偏差"图表供参考（如图22）。

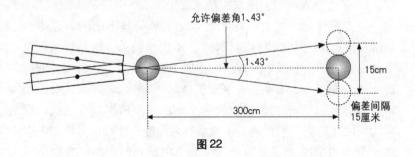

图22

目标球间距（厘米）	300	600	900	1200	1500	1800
击向允许偏差角（度）	1.43°	0.72°	0.48°	0.36°	0.28°	0.24°

　　此图不是按比例绘制的。表中所计算的几组数值是不同距离目标球的最大允许偏差角，是一种理论上的击向允许偏差角数值。从数字排列中可以看出，撞击球的距离越近，击向允许偏差角越大；球距越远，击向允许偏差角越小。6米撞击球的击向允许偏差角0.72°，比3米撞击球的击向允许偏差角1.43°小一倍。而9米撞击球则小两倍。这说明撞击目标越远，击向精度要求越高，命中率则越低。这些数值，不仅对控向技术提出了限制性的严格要求，而且为选择攻击目标的决策提供了依据。它提醒我们，中近距离的撞击可放开手脚去打。而远距撞击则需慎行。对远距单个目标，不是十分必要，不宜勉强去打。假如遇有密度大的集团球、错位球、三角球、"眼镜球"，目标增多，密度增大，命中的可能性也大，一旦撞中则效益很高，不妨大胆远冲。撞击球不管远近，瞄准和击出方向的调控都必须精雕细刻、一丝不苟，严格把击向控制在允许偏差角限度内。

（二）攻门球击向掌控技术要求

　　1. 正面垂直攻门击向掌控技术要求。

　　正面垂直攻门球击向技术基本要求是"被击出的自球中心点准确通过球门中心点过门得分"。不出现偏差，这是技术理论上的要求。而在实战中，攻门的击向总难免偏差。这种偏差同撞击一样，也有一个限度。大家知道球门内宽为22厘米，中心点距门柱则为11厘米，球体直径为7.5厘米。依据这些数值，则可计算出在远近不同距离上正面垂直攻门能否成功的允许偏差限度。图23中的数值，是以球门中心点为准，向一侧单方向偏差（门半径）计算的，仅供参考。

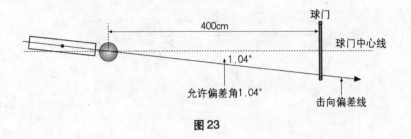

图23

门距（厘米）	400	600	800	1000	1200
击向允许偏差角	1.04°	0.63°	0.52°	0.41°	0.315°

图23中4米正面攻门，假设为过一门，击向从球门中心点向一侧偏差的允许偏差角为1.04°，如以球门内径计算，数值则增大一倍。假如在门前8米远正面攻门，击向允许偏差角约为0.52°，与4米正面攻门相比，允许偏差角小一倍。击向技术精度则高一倍。击向偏差角超过此限，则不能过门。

2. 小斜角过门的技术要求。

自球处于二、三门斜侧面，与球门线形成大小不同角度，击球过门的技术精度要求很高，斜角越小，精度要求越高。击向允许偏差角也越小。斜角过门的"可能宽度"，或称斜角过门垂直宽度随着角度的大小变化而变化。角度越小，过门的"可能宽度"就越窄。当自球所处方位与球门线形成的角度到达"极限角"或称"临界角"时，击球过门的"垂直宽度"将能通过一个球（直径7.5厘米），击向则不允许有丝毫偏差。小斜角击球过门一般分为两种：一是空心直线过门；二是"撞远门柱"折线过门。搞清这两种击球过门的可能角度和宽度，对准确判断能否过门和提高小角度过门率，具有重要的理论意义和实践意义。下面绘制一个概略性的简图（如图24）和一些角度数值，作为控角控向参考。

此图的几点说明：（1）图中的角度、距离、体积等均不是

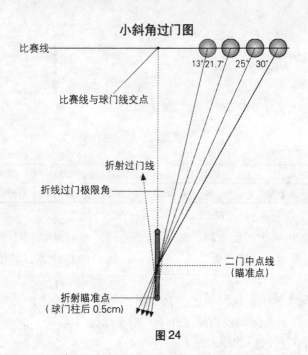

小斜角过门图

比赛线

13° 21.7° 25° 30°

比赛线与球门线交点

折射过门线

折线过门极限角

二门中点线
（瞄准点）

折射瞄准点
（球门柱后 0.5cm）

图 24

按比例绘制，所计算的数值也是概略性的近似值。（2）空心过门的瞄准点为球门中心点，球体过门的"垂直宽度"要大于7.5厘米（球体直径）。（3）撞门柱折线过门的瞄准点设定在门柱后沿线临界点（球门线连接点），或门柱后距柱0.5厘米处，球体过门的"垂直宽度"要大于半个球，约为4.5厘米～5厘米。宽度过窄，球体撞门柱折射过门的难度大。（4）球体通过球门如到了"极限角度"和"极限过门垂直宽度"（7.5厘米），从理论上说，可以过门，而在赛场实践中却很困难。即使勉强击球过门，成功率也很低。因此，应适当放大"过门垂直角度"和放宽"过门垂直宽度"。一般地说，如把斜角设定为25°角，过门垂直宽度大于8厘米，球体通过球门就比较容易了。斜角过门的成功率也必然会有所提高。撞门柱折线过门的斜角也应大于13°

角。这样，可有效提高撞门柱折射过门率。

赛场测角、测向、测距等不可能用量角器、测向测距仪等工具去丈量，也无法在现场做数字运算，只能靠眼力、靠头脑进行概略性的直观目测和数值估算，较难精确。但这种目测和估算又必不可少，而且要尽可能提高其准确性。因此，应从实用出发，找点儿"窍门"。研究一些目测的"土办法"，作为测角测距的辅助手段。

（1）量比赛线长度而知角度，决定能否过门。

所谓量比赛线长度，就是击球员（待击队员）当自球处在二、三门右前侧一号位时，在不违规的前提下，运用槌头丈量球门线与比赛线的交点起到自球停落点上这一线段的长度，即可知斜角的大小，从而判断自球能否通过球门。当然这样做必须事先知道线段长短与角度大小的关系。图25中的概略性数字可供参考。

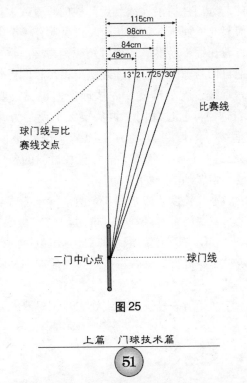

图25

图中线段长度分为三个档次，一个是49厘米，形成的斜角约为13°角，用如图20厘米长的槌头丈量，则需量出2.5个槌头，这个线段长度和形成的角度，适用于打撞远门柱折射过门。第二个线段长度为84厘米，用20厘米长的槌头丈量为4.2个槌头，与球门线形成的角度约为22°角。在此线段长度处击球，则可空心直线过门。第三线段长度为98厘米，已接近1米长度，形成的斜角约为25°角。用20厘米长的槌头丈量，为4.9个槌头。这是线段加长、角度加大的放宽条件，击球空心过门的难度大大减小，可保证一定的过门率。在赛场上，击球员完全可以这三个线段长度为据，再依线段长度变化，判断和决定是否击球过门得分并续击进攻。

（2）目测垂线长度便知"门宽"。

所谓垂线，是指自球所处方位与球门中心点连线到门柱的垂直线，或自球与远门柱后沿连线到近门柱的垂直线。这是一条很短的线，一般只有4厘米~5厘米。人的视觉有一个特点，目测直线长度时，看长线不易准确，而看短线则易准。在现场球门附近，只要能把自球与球门中心点连线测出，再目测此线与门柱很短的连线——垂线，就易准确。先从理论上说，只要垂线达到3.75厘米，自球便可通过球门。再从实践上说，为确保过门则应加长这段垂线，一般可设定为4厘米。也就是说，过门的"可能宽度"已达8厘米，具备了空心直线过门的条件。这一点在现场目测是不难做到的（如图26）。

图中标出的垂线长度4厘米和4.5厘米，对击球空心过门或撞门柱折射过门来说已留有余地，并非过门的"极限宽度"。只要击向不出偏差或稍有微小偏差，自球还是可以过门得分的。此法在比赛实践中简易可行，会获得一定过门成功率。

（3）隔门能"望角"，击球可过门。

假设球在二、三门一号位压线或处比赛线附近，如想判断球

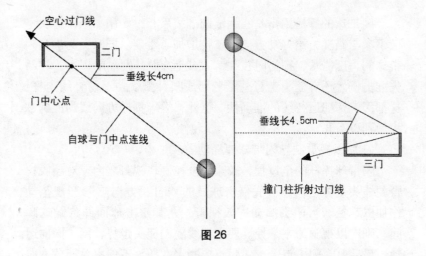

图 26

能否过门，最简易实用的办法就是击球员站在自球处，降低视线隔门扫描球场的二角或四角（隔二门观望四角，隔三门观望二角），只要能见角，出杆击球便可空心直线过门。这是因为球、门与二、四角的连线同球门线形成的斜角均大于30°角。在这样大的斜角上击球，自然可空心过门。

（三）闪带球控向技术要求

闪带球的控向技术，是门球基本技术之一的闪击技术结合比赛实际，尤其是进攻战术任务的实际，有目的、有效果地具体运用，是最具杀伤力的制胜手段。闪带球控向技术精度要求高，难度大，操作环节也多。为提高闪带球的质量和命中率，必须结合赛场实际，充分运用在第二章第二节中阐述的闪击技术的各项动作要领和技术要求，发挥基本技术的应有作用，就是说，闪带球能否命中，要靠扎实过硬的基本功，尤其要在下述三个环节上下功夫。

1. 准确掌控挥槌运行方向线。

闪带球的挥槌闪击是在构成瞄准线后相继实施。由于槌头一般不参与瞄准，给挥动方向的掌控增加了难度。同时，为满足闪带球的力度需求，挥槌时往往"高提远扬"，大幅度挥摆，较易失准击偏。还有槌头走势总难免形成某种弧线，不易直线走杆。这都影响挥槌运行线的准确性。据此，要求挥槌方向线的准确掌控做到以下几点。

（1）以视觉制导闪带球挥杆动向。

闪带球挥杆的全过程，较难完全控制在视野之内。对超脱视野的槌头走势动向，可凭借击球员的"自我方向感"和规范动作加以掌控。当槌头挥动进入视野，尤其是击球面即将触球瞬间，则应以视觉为主掌控。要求视线随同槌头走势，同步同向运动，最后盯在闪击点上。着眼点要凝聚在槌头不偏离目标球方向线的掌控上，做到"闪准击正"。

闪带球快速出杆的槌头空间运行线一般无标志可依，视线的制导较难准确。为解决这一问题，不妨在目标球方向线的自球之后1米以内的地面上，搜寻一些小物体，如大沙粒、印迹、草屑等作为视觉制导槌头动向的标志，以助提高控向准确性。

（2）以三球连线掌控闪带球出杆方向。

一般闪带球，三球（自球、他球、目标球）连线与瞄准线是同一的。沿三球连线出杆闪带，闪击方向的掌控易于准确无误。但在挥杆闪击过程中，尤其是打远闪带，击球员的视线已集中在控制槌头动向上，很难也不应再远视目标球。这时，踩在脚下的两球连心线却在视野之内。这一特点提醒我们，注意沿自、他两球连心线的指向——目标球方向出杆闪带，则可提高闪击方向的准确性和命中率。

（3）以"限幅加速、避弧走直"的挥杆方法控制闪带球方向。

从控杆难易程度上说，挥摆幅度小易控，反之难控。越是高提高举、大幅度"甩杆"，控杆难度就越大。但挥动幅度过小，则难以满足闪带球力度大的需求。这就需要加快出杆速度加大击力（向槌速要力度），以满足闪带球所需力度。因此，提倡以适当限制槌头挥摆幅度加快动速的方法打闪带球。

"避弧走直"出杆闪带之法控向效果最为明显，是沿目标球方向线"直线走杆"，闪准击正，确保命中最佳方法。但闪带球较大幅度挥杆的运作，却总难免形成或横或竖、或大或小的运杆弧线，从而导致闪带球闪击方向偏差，影响命中。尤其是低势单手握杆横闪，极易形成横向弧线运杆，槌头向前超越目标球方向线，而造成向后"抠闪"。被闪击的他球向后偏离目标球方向线，结果不能命中。这就要求力避弧线运杆。而沿目标球方向线，直线前击闪击，尤其在槌头击球面即将触球瞬间，要准确保持在目标球方向线上直线运行。使击球面横向线与目标球方向线保持垂直，借以提高闪带方向的准确性。

上述以视觉导向、以三球连线控向和"避弧走直"之法，是掌控闪带球挥杆方向的三大关键。过好"三关"，控向必准。这是打好闪带球、准确控向的第一个技术环节。

2. 稳控两球接触点，确保闪击力和闪击方向"二层传递"准确无误，是提高闪带球命中率决定性一环。

闪带球的闪击力和闪击方向，经由自球闪击点，把槌头冲击力传递给自球，再经两球接触点传递给他球，将其震击脚向前运动。这是门球特有的传递途径，谓之"二层传递"。理论上要求传递方向准确地指向被闪带的目标球，不允许有丝毫偏差。而在实践上，却难以做到杆杆如此，每杆必中。总会产生或大或小的偏差，而且目标球越远，形成的偏差间隔越大。当然，如能把闪击方向控制在"允许偏差"范围内，仍可命中。这是要努力争取的结果。图27中计算的闪带不同距离目标球，闪击方向允许偏差角的数据仅供参考。

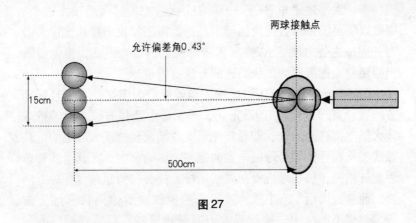

图27

目标球距离（厘米）	200	500	1000	1500	2000
闪击方向允许偏差角	2.15°	0.43°	0.22°	0.14°	0.11°

从图表中的数值可以看出，目标球距离越远，允许偏差角越小。闪击方向的精确度要求越高，而闪带球的命中率，必然越低。例如5米闪带球的允许偏差角为0.43°，10米闪带球的允许偏差角只有0.22°，相差一倍。无论是闪击点偏差，还是两球接触点"导向"偏差，只要闪击方向超过允许偏差角，闪带球则不能命中。

3. 正确而稳固地踩球是闪带球控向的重要保证。

正确而稳固地踩球是掌控闪带球闪击方向、保证命中的最后一个技术环节。要求做到踩球的脚形态稳定，踩压力分配合理，对自球重踩，他球轻压。脚下球在受到槌头冲震时，两球接触点不错位。自球牢固不移位，他球能顺畅出脚。鞋底尽可能不向前挤压且不碾转脚下球，以防改向变角。在地面沙层厚的场地上加力闪带球时，要特别注意重踩加压自球，防止受到强力冲震时，双球在脚下错位，甚至双球脱脚。而在湿软场地上打闪带球，踩压力要控制适度，不宜过大，做到槌头冲震自球不过分变位即可。这样可防两球下陷过量或因受力不均倾斜变角，导致他球出脚方向走偏，影响闪带命中。

第二节　角度分球掌控技术

侧撞角度分球，即指两球非对心碰撞后产生的一定角度分球运动。它是撞击球功能和用途的深层次发展，是门球技艺的升华。其目的不单是撞击命中，而是通过撞击产生的分球运动，完成更多、更深层次的攻防战术使命，开拓门球技术更加广阔的应用领域，发挥更多、更大的作用。

侧撞角度分球的种类和用途，极其繁多，效果奇特。具有鲜明的战术进攻的隐蔽性、突发性、多样性、层次性和技艺观赏性。是令对手防不胜防、难躲难藏的"杀手锏"，往往能出奇制胜。诸如侧撞分球调位找角实施进攻，夺势造势，组合攻防，擦边远攻，角度分球连撞或过门双杆球，单效双效撞顶闪顶球等等。擦撞角度分球，技术理论深奥，实践方法精湛，难度大，变化多，实战运用量大面广。它是比赛制胜的法宝，是门球技艺的精髓。很值得深入研究探讨。下面拟遵循理论联系实践、避繁就简、通俗易懂、注重实用的原则，对擦撞角度分球技法加以阐述。

一、擦边球（侧撞分球）掌控技法

擦边球（侧撞分球）掌控技法的特点是正击、侧撞、偏分球，以瞄准点（构成瞄准线）控制侧撞点，以擦撞厚度控制分角，以击力和碰撞动能交换控制自、他两球分程。依据这些特点和比赛中的战术要求来研究掌控技法。

（一）筛选科学简易有效的瞄准法

擦边球（侧撞球）的瞄准方法多种多样，有繁有简，有粗有细，有难有易，各有所长，效果不一。现筛选两种瞄准法简介如下。

1. "横轴线"选点瞄准法。

所谓"横轴线"，系指被擦他球轴心横向切割线。擦边（侧撞）瞄准点即在此线的球上和球外选定。薄擦边要从球边起到球外3.75厘米止的界限内选定，厚擦边（侧撞）则要在他球中心点到球边的界限内选定。如从瞄准点、擦撞点、偏分角三者因果关系和依赖关系角度说，应是偏分球的角度（目标方向）决定擦撞点厚度，擦撞点厚度决定瞄准点方位。而从技法运作程序角度说，则要反过来，变为以瞄准点控制擦撞点，以擦撞点控制偏分角。明确了这一点，就可以较合理、较准确地选择瞄准点和掌控擦撞分球。

下面拟按形象化、数字化要求，绘制一个图表参考（如图28）。

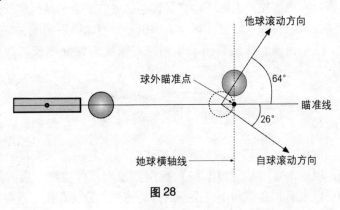

图28

此图是依据直角分球原理绘制的，瞄准点设定在他球横轴线球外 3 厘米处，瞄准点定位后，两球交叉厚度约为 0.8 厘米，擦撞点厚度为 0.4 厘米，自球偏分角约为 26°角。若以此法进行推算，则可得出一系列数值，用于指导擦边球。下表中的几组数值可供参考。

擦撞点厚度（厘米）	0.50	0.40	0.30	0.20	0.10
球外瞄点距离（厘米）	2.75	2.95	3.15	3.35	3.55
瞄准状态下 两球交叉厚度（厘米）	1.00	0.80	0.60	0.40	0.20
自球偏分角	29.43°	26.71°	23.04°	18.80°	13.27°

从表中所列数字可以看出如下几点变化。

（1）球外瞄准点距球边越远，擦撞点就越薄，自球偏分角也越小；反之，就越近、越厚、越大。当瞄准点定在球外 3.5 厘米时，擦撞点厚度仅为 0.1 厘米，自球偏分角约为 13.3°角。像这种超薄擦边球，理论上自然应予肯定，但实践上却很难，"擦空"失误的几率大，不宜勉强去打。一般地说，球外瞄准点的距离，以选定在 2.5 厘米 ~3 厘米处为宜。这样，可保持一定厚度擦撞，获取较高的成功率。

（2）从图表中可清楚看出，瞄准厚度与擦撞厚度非同一厚度。二者的比例总是 2：1。无论瞄准点远近怎样变化，这个比例不变。例如当瞄准点在球外 3.35 厘米时，瞄准状态下的两球交叉厚度为 0.40 厘米，擦撞点厚度则为 0.20 厘米，二者为 2：1。瞄准点在球外 2.75 厘米时，瞄准厚度为 1 厘米，擦撞厚度为 0.5 厘米，比例仍是 2：1。这是由球体的圆弧决定的，也是以擦撞点厚度选定球外瞄点位置的依据之一。只有当两球以 0°角相撞时，二者才能合一。

（3）图表中几组数字计算，无论加大还是减小，均以直角分球理论为据，以瞄准方向线的延长线为准，以"点、线、角"的依赖关系和运作程序的变化进行的。而瞄准的基本方法仍是"四点成一线"。沿此线准确控制出杆方向，打好正击和侧撞，控制自球偏分角。图表中数字排列说明，球外瞄准点从近向远推移，必然是"点距"依次递增，擦撞厚度依次递减，自球偏分角依次变小。"点距"最远为3.65厘米，自球偏分角最小为9.37°。假设再减，直到两球间的公切线的公切点相擦，厚度为0，自球不产生分球或产生微小分球，近于直线向前运动。这样的超薄擦边球，成功率很低。实际运用要慎之又慎。横轴线选点瞄准法虽较为简便易行，但所选之点实际上是一个"虚拟点"，地面没有标志，不易准确。而这个"点"又非常关键。它的准确与否影响全局。因此，要把瞄准的功夫花在"定点"上。

2. 槌边选点瞄准法。

槌边瞄准法，即把瞄准线从槌头轴心移动槌边。以槌头左或右边为"瞄准基线"，在槌头轴心线与自球中心点相对准的前提下，使槌边指向瞄准点，构成瞄准线。一般是指向他球边，拟向左擦边分球，以槌头右边线切过自球某一点指向他球左边，拟向右擦边分球，以槌头左边线指向他球右边，恰好相反。假如需要，也可把槌头中轴线与自球中心点调成"错位"形态，再以槌头边线切过自球一侧的某个点指向他球边。这样可调整擦撞点厚度和控制分球角度。但需注意击球时可能产生的"偏心力"，如控制不好，可能影响击向准确性。图29为槌边对球边构成瞄准线的示意图。

此图为在槌头轴心线与自球中心点对准前提下，以槌边对球边固定点和固定瞄准线向右擦边分球的瞄准法。瞄准时的自、他球交叉厚度为1.5厘米，擦撞厚度为0.75厘米（按槌头直径

4.5 厘米计算。如用直径 5 厘米槌头计算，则两球交叉厚度为 1.25 厘米，擦撞厚度为 0.625 厘米），这是一个较厚的擦边球。由于瞄准点和擦撞点都固定，自球的分球方向也固定。这使擦边进攻方向和领域受到局限。但此法瞄准有明显优点。首先是瞄准点和瞄准基线有明确方位和明显标志，有助于提高瞄准精确度，远比"虚拟点"瞄准优越，进而提高分球方向的准确性。再就是擦撞点较厚，擦边保险系数较大，即使击球方向有些偏差，也能擦中，可提高擦边成功率，减少失误。此法尤其适用于自、他球间距较远的擦边球。

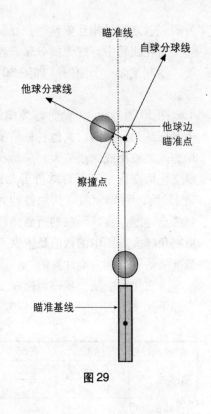

图 29

（二）以准确的侧撞厚度，控制自、他两球各自的偏分角

在一定冲撞力的作用下，侧撞厚度的加减，决定自球和他球偏分角的大小。一般是侧撞越厚，自球偏分角越大，他球偏分角越小；反之，侧撞越薄，自球偏分角越小，他球偏分角越大。在直角界限内，自、他两球偏分角的变化总是此大彼小或此小彼大。这一分角运动规律，是我们控制自球侧撞后分球运动方向、靠近拟攻击的目标或调位找角续击进攻的依据。而侧撞厚度又是依拟攻目标的方向所形成的角度确定的。这说明自、他球和目标

方向三者之间是相互依赖、相互制约的关系。

为在比赛中打好侧撞分球，较准确地掌控侧撞厚度和分球角度，绘制下面一个简图（如图30）并计算几组相关数字，供参考。

图30为等角45°角分球简图，侧撞厚度约1.10厘米，是一个座标性的分球图。其他各种角度分球，自、他两球形成的角度均为此大彼小或此小彼大，总是在90°角界限内，随着侧撞点薄厚变化而变化。计算自球折射角的方法，是180°角减自球偏分角45°角，为135°角。其他各种大小不同角度的计算以此类推。侧撞点越厚，自球形成的折射角越小；侧撞点越薄，自球形成的折射角越大。图中的数值是依据直角分球原理和轴心线球外选点瞄准法的瞄准线为准计算的。

为在比赛中便于掌控侧撞厚度和分球角度，计算几组数字列表如下。

侧撞点厚度（厘米）		0.55	1.10	1.98	2.77
瞄准点位置	球外（厘米）	2.65	1.55		
	球上（厘米）			0.21	1.98
自球偏分角		22.5°	45°	60°	75°
他球偏分角		67.5°	45°	30°	25°
自球折射角		158°	135°	120°	115°

从此表中的几组数字看出，前两组为稍薄的侧撞球，瞄准点在球外2.65厘米、1.55厘米处。后两组为较厚的侧撞球，瞄准点从球外移到球上。厚度为0.21厘米、1.98厘米的点。打侧撞分球，在运作程序上一般是以瞄准点控制侧撞厚度，以侧撞厚度控制分球方向（角度）。因此，选准瞄准点并构成瞄准线十分关键。侧撞分球的瞄准点不是固定不变的，它随着分球角度和瞄准

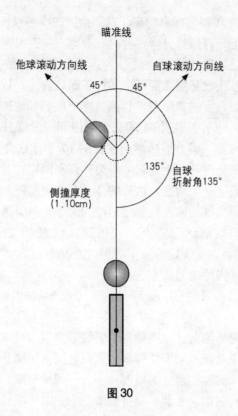

瞄准线

他球滚动方向线

自球滚动方向线

45°　45°

135°　自球
折射角135°

侧撞厚度
(1.10cm)

图30

法的变化而变化。

　　打侧撞分球，除了明确相关原理和计算必要数据外，还要解决简易实用的控制方法。

　　1. 要打好侧撞分球，准确掌握分角，就要首先掌握和灵活运用观测角度的方法。现场观测角度，测准的难度颇大。即使眼力很好，现场直接观测扫描角度，也不易准确。假设击球员上场打角度分球，看不出或看不准角度，就失去了准确控角的前提。根据以往经验，以直观方式实地测角，有如下一些具体做法可供选用。

（1）选择和利用标志物充作观测角度的参照点。

在赛场上，打侧撞分球，有时在分球方向上没有目标可作测角标志。于是就以"虚拟角度"为据确定撞点和瞄点，很难准确。弥补的办法就是留意赛场上的许多固定物体，以这些物体所处方位为观测角度的参照点，目测角度。例如场地的比赛线和四个角（直角）、场内固定位置的三个球门和一个终柱。相互间都形成了固定角度。场上不断运动变化的 10 个球也会形成许多新的大小不等的角度。甚至连场地周边的许多固定物，也与场内的球和球门构成了一定角度。这些物体及其构成的各种角度，均可用来作为观测角度的标志物测定角度的大小。只要通过视线扫描观测，测出自、他球与各点之间的连线（在场上一般为虚拟线），即可较准确地测定其所形成的大小角度。这是在赛场上可以做到的简易实用的测角方法。

（2）多方位目测自、他球与目标方向形成的角度，提高测角准确性。

以视线现场测角，原本就是概略性的测定，很难准确。如果只从单一方位对场地上形成的角度实行目测，特别是以单一斜向目测，则更难测准。因此，提倡从多方位观测角度，减少视觉误差和视线的局限性。尤其是在可能条件下，以俯视地平面姿态从上向下观测，较易测准。

不管用什么方法以什么姿势测角，首先要"懂角"。提倡学习必要的角度知识和相关理论原理，用以指导测角实践。力求打"明白球"，减少技术上的盲目性。

（3）以杆柄、手指充当标杆，透视投影观测角度，提高测角准确性。

在赛场以视线测角，有时在自、他球连线的延长线方向或偏分球方向上，找不到标志物作测角依据，看不准角度的大小，解决的办法就是把杆柄或一个手指竖在自、他两球连线的上方空间，以单眼透视的方法测准自、他球连线的延长线与目标之间形成的角度。这样，有助于把目标与自、他连线形成的角度测准。同样，如果自、他球连线的延长线上有其他球或标志物，而分球方向上没有任何标志物，也可把杆柄或手指竖在他球后的上方空间，透视预定的分球方向线与自、他球、标志物连线之间形成的角度，则可把自球与他球侧撞后的偏分角测准。如能把偏分球的角度测准，就为确定侧撞厚度和瞄准点位置提供了依据。当然，如果击球员具有准确观测"虚拟角"的视觉能力，靠直观即可把角度测准，则不必多此一举。此法近似台球击球员运用球杆测量球台上的角度的作法。门球击球员也不妨一试。

2. 依据直角分球原理和门球侧撞分球特点，控制自、他两球侧撞后的"分离角"。

直角分球原理是打角度分球，控制自、他两球分球运动方向的基本理论依据。无论是角度理论、数字计算，还是赛场实地掌控，都是以直角分球为据进行的，这一点是肯定无疑的。但门球的侧撞分球的"分离角"，由于多种因素的制约和影响，都总是小于90°角，难以形成直角分球。据现场观察和验证，自、他两球侧撞后的"分离角"多数为70°～85°角。"缩角"现象主要产生在自球的分球运动中。

如图31所示，自、他两球侧撞后的实际分离角约为84°角，而非直角。门球分球运动的这一特点是我们控制自球分球方向（角度）的特殊依据和着眼点。把握这一特点，对于提高控角准确性、确保自球分球到位具有重要意义。据此掌控分球方向，打角度分球连撞两球双杆或侧撞分球过门以及分球到位等，均可提高成功率。

3. 侧撞分球技术的根基是沿瞄准线正击，准确掌控击出方向。

决定侧撞分球方向准确性的主要因素有三：一是瞄点准；二

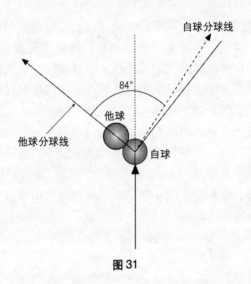

图 31

是击向准；三是侧撞厚度准。做到"三准"，分球必精。其中最根本的因素就是沿瞄准线"正击"，做到击出方向准确无误。尤其要严防"偏加力"，导致击向偏差。实践证明，上述三个技术环节，无论哪个环节失准，都将造成分球方向（角度）偏差。特别是那种下意识地向分球方向"使偏劲儿"击球，结果必一偏全偏。要做到准确"正击"，要靠扎实过硬的基本功，靠精湛高超的控球技能。

打侧撞分球，在确定瞄准点并构成瞄准线的前提下，分球方向的掌控应是"二层掌控"，即一层为击向的掌控，二层为分球方向（角度）的掌控。从二层之间的相互关系上说，分球方向（角度）准确与否，取决于侧撞点厚度是否准确，而侧撞点厚度准确与否，又取决于击向（自球被击出后的运动方向）是否准确。这就是说，打好侧撞分球的根基在于"出杆一击"。这一点必然引起足够重视。

4. 选择几个易控的侧撞厚度，打侧撞分球。

选择几个固定厚度打侧撞分球，是从实用效果出发，易于掌控而提出的分球方向控制方法，并非理论阐述，自然会有局限性。因为侧撞厚度固定，分球方向（角度）也固定，必使分球进攻方向受到局限，难以与赛场上复杂多变的进攻方向的需求相对应。但为易于掌控，提高成功率，此法也不妨一用。

例如以球半径的 $\frac{1}{2}$ = 1.875 厘米厚度侧撞，瞄准点恰在他球边，构成瞄准线状态下的自、他两球交叉厚度为 3.75 厘米。此法俗称"瞄半球"，易于控制。侧撞后的自球偏分角约为 60°角。尤其是在赛场上打自、他球距稍远（2 米~3 米）的侧撞分球，成功率较高。在调整瞄准线时，要做到槌头和自球中心点与他球边形成一条直线。拟向左侧撞分球，瞄准他球左边，拟向右分球，瞄准他球右边。

再如拟减薄侧撞厚度，减小自球偏分角，则可以球半径 $\frac{1}{3}$ = 1.25 厘米厚度侧撞，瞄准点移到他球外亦为 1.25 厘米处。侧撞后的自球偏分角约为 51°角。如再把侧撞厚度减到球半径的 $\frac{1}{4}$ = 0.9375 厘米 ≈ 1 厘米，瞄准点则要移到球外 1.9 厘米处，侧撞后的自球偏分角约为 38°角。一般地说，确定了侧撞厚度，即可较易推算出瞄准点的位置。再按"四点成一线"的方法实施瞄准，进而控制侧撞厚度和分球角度，靠向拟攻目标或战术落点。

（三）以一定击打力，通过侧撞厚度，实现动能交换和分配，控制自球和他球的分程

自、他两球侧撞后的分程远近，是由侧撞时产生动能交换，自、他球所接受的动能量大小决定的。一般地说，接受动能量大者行程远，小者行程近。例如在侧撞厚度较薄的条件下，自球接受反作用分力动能量较小（亦可理解为自球冲撞动能消耗量小），行程则远，他球接受动能量也较小，行程则近；而当侧撞厚度较厚时，他球接受动能量较大，行程则远，而自球接受动能量较小（亦可理解为自球冲撞力消耗较大），行程则近。这就是说，自、他球侧撞后各自分程的远近，随着击打力的大小和侧撞厚度的变化而变化。总是此远彼近，或此近彼远。只有两球以45°角1.10厘米厚度侧撞，才可能产生等距分程。

打侧撞分球，较少考虑他球的分程，而主要是掌控自球侧撞后分程的远近。击球员应依据进攻任务、场地摩擦力大小和拟攻目标的距离，估算和确定自球分程所需的击球力度和侧撞厚度，掌控动能分配量，以确保自球侧撞后的分球，靠近拟攻目标或到达预定战术位置。在侧撞分球掌控实践中，控力、控向、控角如能按要求达到预想结果，恰到好处，自然好。但由于诸多因素的影响，在千万次侧撞分球过程中，不可能没有偏差，不出现失误。为减少可以避免的失误，应遵循下列原则。

1. 击球力度力求恰如其分，并要"宁小勿大"。宁可分球不到位，也不可因击力过大，造成球出界或分球"过头"。

2. 侧撞点"宁厚勿薄"。严防撞空失误。

3. 侧撞分球"打近不打远，打易不打难"，提高成功率，减少失误率。

4. 分球方向线上，如有被撞过的他球，宁可不打侧撞分球，也不可"重复撞击"犯规。

二、角度连撞或侧撞分球过门双杆球的掌控技法

连撞两球双杆，也可称角度双杆，也有的称为平地双杆，其实是一个意思。就是利用一定角度，通过侧撞分球，连续撞击单球或双球，打成双杆球或多杆球，实施全方位多层次的战术进攻。

（一）运用垂线选点瞄准法，实施瞄准

垂线选点瞄准法（简称垂点瞄准法）与其他诸多瞄准法比较，最适于打连撞双杆球。所谓垂线，即指以两目标球连心线为基线，从第一目标球中心点按直角引出一条直线，此线即垂线。它切过的球边切点即侧撞点，球外3.75厘米（球半径）处的点即"垂点"，这个点就是瞄准点。两个点同处在垂线上，间隔3.75厘米（如图32）。

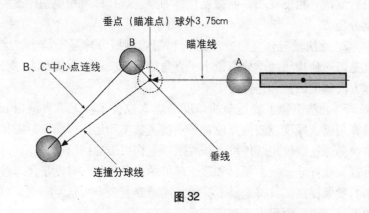

垂点（瞄准点）球外3.75cm

B、C中心点连线

瞄准线

B

A

C

垂线

连撞分球线

图32

图32中的A、B、C三个球形成了不等边三角形，具有分球连撞两球打成双杆的角度。从图中可以看出B、C球的连心线按直角从B球心引出的垂线，此线的球边"切点"即侧撞点，球外3.75厘米处的"点"即瞄准点。以此点为准构成瞄准线并出杆击球，就会打成连撞双杆球。

垂线选点瞄准法的运作程序并不复杂。在测定三个球所形成的角度具有双杆可能性的前提下，第一步先以现场直观方式测定B、C球连心虚拟线，再以俯视姿态测出垂线。第二步在B球外的垂线上3.75厘米处确定瞄准点，把此点定准极其关键。对角

度连撞能否命中起着决定性作用。第三步以垂点为准构成瞄准线并沿此线出杆击球，打成双杆。

垂线选点瞄准法的主要特点如下：

1. 以此法瞄准，可自行调整瞄、撞点位置和侧撞厚度，并进而控制分球角度。这是因为瞄点和撞点同处一条垂线上，瞄点在球外 3.75 厘米处，撞点则在球边。垂线随着目标球角度的变化而变化，该线上的瞄、撞两个点也必然随着移位。这种变化的结果，必自行调整侧撞点厚度。一般是目标球角度变大，侧撞点自行减薄；角度变小，侧撞点自行加厚。这样即可用侧撞厚度控制分角。

2. 此法较符合直角分球原理和门球侧撞分球运动特点，尤其是门球侧撞后两球分离角小于直角的特点。可有效提高自球分球方向的准确性和连撞命中率。

3. 此法简化了较复杂的角度分球掌控技术。无需再测定和计算角度、厚度、瞄撞点位置等项技术数据和运作程序，只需依据目标球连线确定球外垂点，并依垂点构成瞄准线出杆击球，即可打成双杆球。技术项目和运作环节的这种简化，有助于门球技术的发展提高。且符合科学技术从简单到复杂，再从复杂到简单的发展规律，值得提倡和广泛运用。

4. 垂线选点瞄准法适用范围较广。除用于打大小不同角度连撞双杆球外，同样适用于打球门前侧撞分球过门双杆球和多杆球，还可用于打侧撞分球到位和擦边球等。

（二）角度连撞双杆球的"可能角度"和"最佳角度"

角度连撞双杆球，即利用自球与两个目标球形成的大小不同角度，通过正击、侧撞、偏分球再撞击的形式打成的双杆球，简称连撞两球双杆。角度的大小决定掌控技术的难易和成功率的高低。其中有打成双杆的"可能角度"也有成功率较高的"最佳角度"。从理论上说，凡三个球形成的角度大于90°角小于180°角的各种角度，均是连撞两球双杆的"可能角度"。而在实践中，角度过大或过小，击向和撞点精度要求都很高，掌控技术难度大，成功率低。因此，应把最大和最小的"可能角度"，做适当调整。一般可把最大"可能角度"调整为小于165°角，最小"可能角度"调整为大于105°角。这样有助于减小技术难度，提高成功率（如图33）。

图 33 中 A、B、C 三球形成的角度为 165°角。A、B、D 三球形成的角度为 105°角。两种角度之间的不同角度均可视为打双杆的"可能角度"。即使如此，B、C 两球或 B、D 两球的间距稍远，拟打成最大或最小角度的连撞双杆，难度仍然不小。稍有偏差就可能失败。根据实践体验，打小角度双杆时，要防止侧撞点偏薄，过分加大自球折射角，导致连撞失误。而打大角度双杆时，既要防止侧撞点偏厚，导致自球折射角缩小而不能连撞命中，又要防止偏撞点过薄而擦空失误。

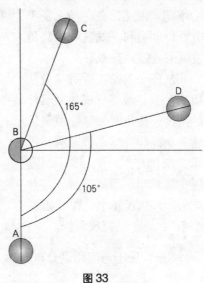

图 33

造打角度连撞双杆球，在"可能角度"范围内，存有"最佳角度"。根据理论计算和实践检验，125°角～135°角可视为"最佳角度"（如图34）。

图 34 中 A、B、C 三球形成的角度为 135°角。A、B、D 三球形成的角度为 125°角。这两个角度之间的角度，可视作连撞

两球双杆的最佳角度。这是因为它符合直角分球原理和门球侧撞分球运动特点。在侧撞分球运动中，它保持着较为适中的侧撞厚度和分球角度。在正击、侧撞、偏分球技术运作和掌控上，难度小，效果好，成功率高。因此，在赛场上要千方百计制造和寻找这种最佳角度，打连撞两球双杆。

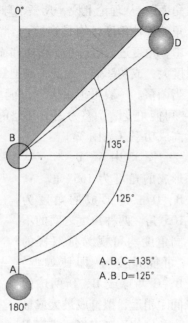

图34

从广义上说，所谓"最佳角度"就是最易打成连撞双杆的角度，是角度分球连撞最优越的条件和分球态势。例如拼靠"眼镜球"、"堆球"等。两个目标球的距离越近，与自球形成的角度越小，即"近距小角"，就越易打成双杆。

（三）正击方向和侧分方向的"二层掌控"

打角度连撞双杆球，从技术运作角度说，必然要经历正击、侧撞、偏分球的运动过程。连撞能否成功取决于自球运动方向的准无误。也就是正击方向和侧撞分球方向这二层方向的准确掌控。其中最具决定性作用的是在构成瞄准线前提下沿瞄准方向线出杆正击。击向准确，侧撞点自然准确，侧撞分球方向也必准确。运动方向的掌控总是和运动距离联系在一起，尤其是分球连撞，又和侧撞点准确与否联系在一起。自球侧撞后的分程越远，形成的方向偏差越大，侧撞分球的"允许偏差角"越小，控向精度要求越高。图 35 中的几组数字，可供控向参考。

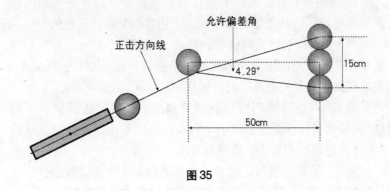

图 35

图中两目标球间距为 50 厘米，只要分球方向允许偏差角不大于 4.29°角，即可分球连撞命中。目标球间距越大，分球允许偏差角越小，控向精度要求越高。下表中几组数字，是一定间距内分球允许偏差角的近似值。

目标球间距（厘米）	30	50	100	150	200	250
分球允许偏差角	7.13°	4.29°	2.15°	1.43°	1.07°	0.71°

尽管图中计算的数字不很准确，但它却清楚地提示我们，目标球间距过远或三球形成的角度不合适，不宜"贪打"角度连撞双杆球。一般地说，把目标球间距限制在 1 米以内为宜，最好是 50 厘米以内。这样，击球员打起来有信心，可保证一定成功率。当然技术水平高、心理素质好的击球员，也可打间距 1 米以上的角度连撞双杆球。

（四）造打角度连撞双杆的途径和方法

造打角度连撞双杆的战术性很强，一般要实施多球调度组合完成。经常运用的有以下几种途径和方式。

1. 按照最易打成双杆的条件和最佳角度，通过击送和闪送到位球手段，造打角度连撞双杆。下述几例是易造易打的方法。

例1，目标双球并列贴靠，摆成"眼镜球"，为己方下手球造双杆。尤其是在边角处和相对安全区造打此种双杆，既安全，成功率又高。是易造易打的方法之一。

例2，以三球或四球传送调位制角，摆成"近距离、小角度"，即两目标球要近，三个球形成的角度要小。而侧撞分球的"允许偏差角"却较大，连撞易成功。

例3，密集"堆球"成角，连续造打双杆。如球数不够，可借用对方"后号球"，扎堆密布，形成多角度多层次双杆。

2. 按最佳角度要求，传送球调位找角，为己方先手球摆成双杆。具体运作方法有二：一是按佳角送球，一杆成功；二是直对主攻球送球，自球再调位成角（如图36①、36②）。

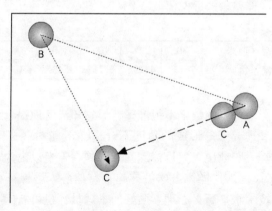

图36①　A球闪送C球成角

图36①为A球为B球造角，闪送C球方向与B球成最佳角度。如角度不理想，自球再稍加调位，即成双杆最佳角度（即

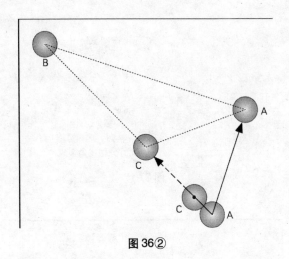

图 36②

小角度，近距离）。

图 36②直对主球方向闪击他球，自球调位成角或摆成"眼镜球"。

图 36②中的 A 球为 B 球造角打双杆，先将 C 球直对 B 球闪出，A 球再向其左或右侧稍加调位，即成最佳角度，此法可有效防止调位时重复撞击犯规。也是造打角度连撞双杆的简易方法之一。

3. 主攻球侧撞分球找角或过门到位找角打连撞双杆（如图 37①、37②）。

图 37①侧撞分球找角打双杆。

图中 A、B、C、D 四个球方位之间不具有连撞双杆的角度，A 球通过侧撞 B 球，分球找到连撞 C、D 两球的合适角度，再按角度连撞的打法，打成双杆球。

图 37②过门到位成角打双杆。

图中的 B、C 球是 A 球过二门后的接力球。A 球过门控球到位，与 B、C 球形成双杆角度，利用过门后的续击权，打成连撞

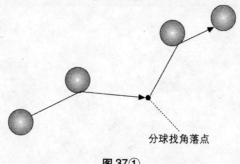

分球找角落点

图 37①

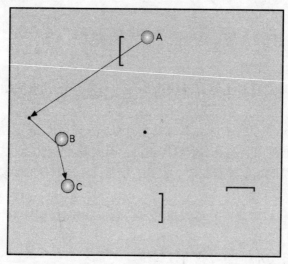

图 37②

B、C 球双杆。此法是在二、三门造打角度连撞双杆常用的方法，易成不易破。

　4. 自球通过撞击后的闪顶球调位或"组合撞顶"调位为自己制造双杆球（如图 38①、38②）。

图38①为闪顶球调位，为自己造打双杆。

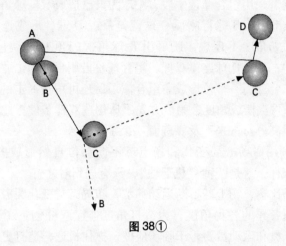

图38①

图中的四个球方位之间不具有连撞双杆角度。A球利用被撞击的B球，闪顶C球，靠近D球，使C、D两球与A球之间形成连撞双杆角度，A球再利用续击权，打C、D球连撞成双杆。这类双杆球往往出人意料，对方无法防范。

图38②为组合撞顶调位为自球造打连撞双杆。

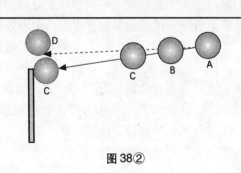

图38②

图中 A、B、C、D 四个球几乎处在一条直线上，没有连撞双杆角度。采用组合撞顶手段，A 球为自己造成双杆球角度。即 A 球正顶 B 球，B 球再侧顶 C 球调位靠近 D 球，形成连撞双杆角度。假如角度不理想，还可用 B 球再次闪顶 C 球调位成角。最后 A 球打 C、D 球连撞双杆。组合球是借用台球术语，这类球往往在二、三门一号位形成。组合撞顶后还可用被撞击的 B、C、D 三个球再次摆成角度，为己方先手球创造双杆条件。此法的战术效益很高。对方来不及躲避而"束手待毙"。

5. 利用赛场战局变化和场上球不断移位自然形成的角度，打连撞双杆，这是一种"机遇球"，只有遇到时才打。

一场比赛，场上球不断运动移位，布局态势变化无穷，总会形成形态各异的各种角度，为造打角度连撞双杆创造了许多条件，教练员和运动员要善于临场应变，抓住机遇，造打更多的角度连撞双杆球。

三、撞顶（闪顶）角度分球掌控技术及其应用

撞顶球包括正顶、侧顶球和单效、双效以及多效分球，其目的和打法与侧撞分球不完全相同。单效和双效分球的掌控技法也不完全一样。单效分球要的是他球被顶出后的单一效果，而不过多考虑自球。而双效就要考虑自、他两球的效果。撞顶球的运动形态多种多样，用途广泛。有正顶、侧顶、组合顶，其中又有先正后侧或先侧后正以及多球连环撞顶等等。这种球的战术性强，掌控技术要求高，它是赛场上技术与战术结合运用的统一体。要打好这种球，击球员不仅要有精湛技艺，而且要有很强的战术意识。下面拟着重研究撞顶球的掌控技法。

（一）撞顶单效分球技法及其应用

侧撞顶单效分球目的是通过撞击把他球"顶出"，完成一定的进攻使命。而不过多顾及自球的分球效果。瞄准点和侧顶点的选定和控制方法与侧撞分球不完全相同。主要方法是以拟攻目标或预定的分球落点与他球连心线为准，在此线的他球中心点后延线上球外 3.75 厘米处确定瞄准点。侧顶点则在后延线的球边"切点"上。此法可简称"后延线选点瞄准法"（如图 39）。

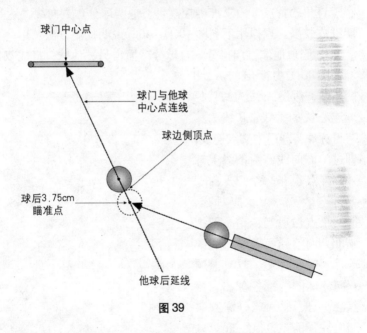

球门中心点

球门与他球
中心点连线

球边侧顶点

球后3.75cm
瞄准点

他球后延线

图 39

图 39 为侧顶他球过门得分的掌控技法。瞄准点和侧顶点均处于他球与球门中心点连线上。在构成瞄准线后出杆正击侧顶，即可打出图中标定的他球过门得分的效果。

（二）侧顶双效分球掌控技法

侧顶双效分球既要被顶他球的效果，又要自球的分球效果。在控球技术上，比单效分球复杂，难度大得多。瞄准点和侧顶点以及双球分球方向，必须兼顾并做适当调整，除遵循门球侧撞分球运动规律和特点，选择控球技法外，还可借鉴斯诺克台球的某些打法。从控角技术上说，直角分球原理则是掌控自、他两球碰撞后双效果的基本理论依据，同时又要考虑门球侧撞后的分离角小于直角的特点，力求准确控制自、他两球分球方向线，达到预期进攻效果。现拟用下列图40①～40⑤说明控制方法及用途。

1. 侧顶他球过门得分，自球分球撞击另一他球，打成双杆。

图40①中标出的 A、B 两条线，假设 A 线为两目标球连心线的垂线，B 线为第一目标球与球门中心点连线，即过门方向线，两条线上球外瞄准点也非一个点。由于要打双效分球，就应对瞄、撞两个点做适当调整。即把瞄准点调整到两条线之间的球外 3.75 厘米处。这种兼顾双向分球的瞄准控球法，自然会使自、他两球分球方向产生某些偏差，但在近距离内，因"允许偏差角"较

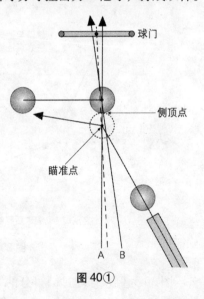

图40①

大，仍可打成双效球，侧顶第一目标球过门得分，自球分球撞中第二目标球，打成双杆。此法也可用于打双向分球到位。

2. 运用组合球方式，撞顶压线球出界，自球分球再撞击，

打双杆球。这种双效分球的技术精度要求较高，瞄准点、侧顶点和角度分球的掌控，必须求精控准，一丝不苟（如图40②）

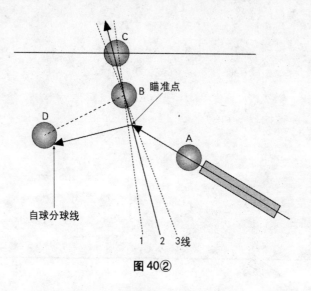

图40②

图中 A 球的进攻任务，是侧顶 B 球，把 C 球顶出界外，B球留界内，A 球分球撞中 D 球打成双杆。假设运用垂点瞄准法。瞄准点应在 3 线（垂线）球外 3.75 厘米处，而撞 C 球出界的瞄准点则应在 1 线（B、C 球连心线球后延长线）上。如按这两个瞄准点瞄准打单效分球，则较准确，而欲打双效分球则没把握，侧撞点偏差稍大，就可能失误。因此，应按双效兼顾的方法，适当调整瞄准点和侧撞点，即把瞄准点调整到 B 球外 3.75 厘米处的 1、3 两线之间的 2 线上，这样，必有助于控制双效分球，完成撞击 C 球出界又打成连撞 B、D 球双杆的进攻任务。

3. 利用侧顶分球手段抢高分（擦撞 5 分球）。图40③为已过三门的 A 球侧顶未过三门的 B 球过门得分并分球靠向终点柱，双撞柱抢 5 分。

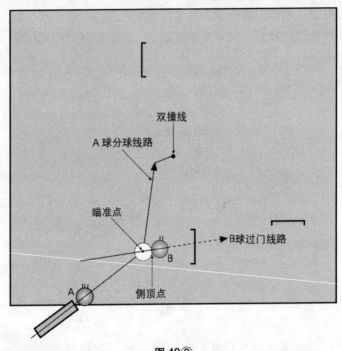

双撞线

A 球分球线路

瞄准点

B球过门线路

B

A

侧顶点

图 40③

　　图中的 A 球为已过三门的球，B 球未过三门，A 球以侧顶双效分球的控球技法，侧撞顶三门前的 B 球过三门得分，A 球分球靠近终点柱，闪 B 球撞柱，A 球再撞柱，共得 5 分。成败的关键是选准侧顶点和瞄准点，并以侧顶 B 球过门得分为控制重点。准确侧撞在球门与 B 球中心点连线的 B 球边缘切点上。确保 B 球过门和 A 球分球靠柱。退一步说，即使 A 球分球离终点柱稍远些，也要保证 B 球准确过门得分。因距柱 1 米 ~2 米仍能较有把握闪撞柱，抢得 5 分。假如 B 球不能过门，则只能 A 球撞柱得 2 分。分球打双效即告失败。

　　4. 侧闪顶单效或双效分球。

　　侧撞顶球瞄、撞点和分球掌控技法同样适用于侧闪顶球，闪击单效或双效分球。如图40④为闪顶压线球进场接力。

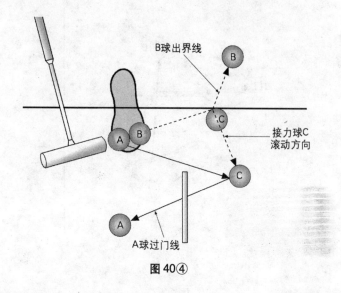

图中标注：
B球出界线
接力球C
滚动方向
A球过门线

图40④

　　图中的 A 球撞击 B 球的落点处在二门侧后，既没过门角度，又没其他球接力。采用侧闪顶之法，将压线的 C 球侧顶到二门前接力，B 球分球出界，A 球就为自己闪顶出一个接力球，创造了闪击后利用续击权，撞击 C 球再过门的条件。运用这种闪顶调位的方法，可为自球闪出多种角度和方向的接力球，为续击进攻开辟新的道路。

　　图40⑤借用对方球闪顶己方球门得分，对方球分球出界。

　　假设图中的 C 球为 A 球已撞击过的球，A、C 两球又形成了过门撞击的双杆条件，C 球的位置形成了打双杆的障碍，在这一特定局势下，A 球借用 B 球（对方球），以侧闪顶法闪顶 C 球过门得分，清除双杆障碍，B 球出界，A 球以最佳位置击球过门撞击 D 球，打成双杆，收到很好的战术效果。假如 B 球是己方球，则可适当控制闪击力度，在侧顶 C 球过门后，B 球分球不出界。

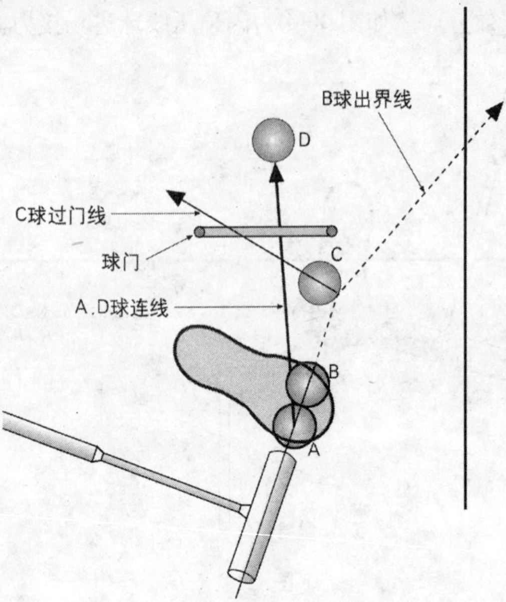
B球出界线
D
C球过门线
球门
C
A.D球连线
B
A

图 40⑤

（三）撞顶、闪顶多效组合球

“组合球” 意即三个以上的球按预定目的相互碰撞，打出多种效果。其中有多球正顶或侧顶，也有先正后侧顶或先侧后正顶。通过碰撞调位造角，制造连撞双杆、过门双杆和“搭桥”接力，而自球续击进攻或为己方下手球进攻创造条件，开辟球路，打出高效球。下举几例并加图解说明（如图 41①～41④）。

例 1，正顶或侧顶“组合球”，主攻球为自己造打双杆或接力球。这是对方无法预防的进攻手段。图 41①为正顶“组合球”过门得分并为“在杆球” 自己造成球门双杆。

图中 A、B、C 三个球在球门前同处一条过门直线上，采用对心正顶法由主球 A 正顶他球 B，再由 B 球正顶 C 球过门得分。

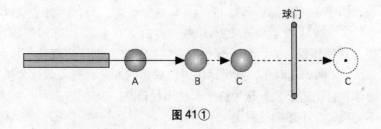

图 41①

C球落点与 A 球隔门相对，形成了门后双杆。当 A 球闪击 B 球后，就可较容易地过门打成双杆球。

图 41②先正顶后侧顶"组合球"，主攻球为自己制造双杆球或接力球。

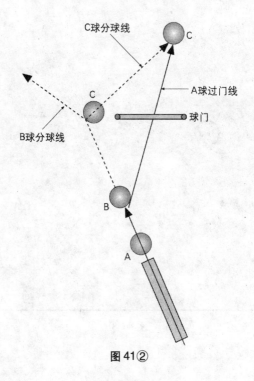

C球分球线

C

A球过门线

球门

B球分球线

B

A

图 41②

图中 A、B 球处于球门前侧，C 球处于球门旁，不具有双杆条件。主攻球 A 运用先正顶 B 球，再由 B 球侧顶 C 球的打法，把 C 球撞顶到门后，与 A 球的落点隔门对准，创造出双杆条件。如 A、C 两球未对正，则可运用过门找角的方法，把 C 球作为接力球，打擦边进攻。这种打法即使出现偏差，未达预期效果，也不受损失，不影响战局。

例 2，双效闪顶分送球到位。

双效闪送球的主因是主攻球处在最佳战术位置，或能获得更大进攻效果，不宜再移位时而采用的技术手段。

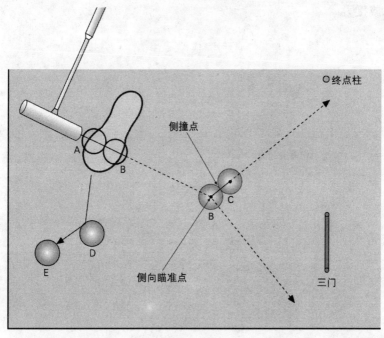

图 41③

图 41③为闪顶分球，两球分别到达战术位置。

图中主球 A 与 D、E 两球形成了双杆角度，不能再移位，但又必须以简捷有效方法把 B、C 两球分别闪送到三门一号位和靠近终点柱。可运用兼顾双效的打法选定瞄准点和侧顶点，控制双向分球到位。主球 A 再以续击权撞击 D、E 球打成双杆球。

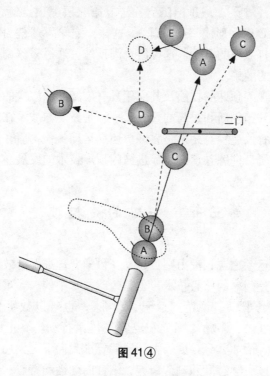

图 41④

图 41④侧闪顶分球过门得分并调位形成"眼镜球"，创造双杆条件。

闪顶"组合球"使多球调位造角并顶球过门得分是一种多功能高效果的战术球，技术精度高，难度大，而且要有一个重要前提就是在球门附近形成密集球，尽管赛场上出现不多，但作为一种球路和技术打法，不妨加以练习和掌握，提高闪击控球能力。

图中假设球门口的 C 球为主球 A 已撞击过的球，阻挡了进门线路，门侧又有 D 球可借用。A 球采用组合球闪顶法，选准侧顶点和瞄准点，以 B 球被闪出后的第一侧顶点，侧顶 C 球过门得分，并清除 A 球过门障碍，再以第二层侧顶点侧顶 D 球靠近门后的 E 球，形成"眼镜球"，这样，主球 A 球就为自己摆成了过门后打双杆的条件。这种组合闪顶球，通过多球调位，就打出了很好的效果。

撞顶、闪顶球的技法及其应用具有广阔的深层次的前景，是门球技术开拓创新和提高的重点之一，是技术与战术在实战中结合运用的有效途径。无论是教练员还是运动员，均应在这项技术上刻苦钻研、训练并掌握，促进撞闪顶球技术的发展。

第三节　击力的施控技法

力是运动之源，没力则没运动。科学合理准确有效地施加和掌控击力是门球的核心技术，也是门球技术中的一大难题。许多技术课题，难以"说清、道明、拿准"，也难以数字化、形象化。在实践中，多凭"感觉和经验"付诸行动。真正做到击力准确无误、恰如其分难度极大。这就要求我们下更大功夫，花更多精力，以科学态度和刻苦精神，结合门球运动特点，借鉴相关学科原理和体育运动项目的力学理论，提高门球施控力技术，既要学习理论知识，又要掌握实践方法和控力技能。

一、力的诸要素在门球运动中的科学合理运用

（一）门球运动的击打力由力的多种因素构成

球槌的质量加速度就是力。而速度则源于出杆击球的附加力和球槌的质量及其弹性力、惯性力、摩擦旋转力等力的多种因素。击球员应依据击球任务对力的需求，凭借"发力感"，运用各种击球方式手法，科学合理地把各种力的因素综合融汇于击球。尤其是准确掌控手臂施加给球槌的附加力。在掌控方法上，提倡先小后大先慢后快，随着槌头的走势和惯性，顺势逐渐加速加力，从而形成平稳柔和的击打力。忌用暴发力猛加速的方法施加附加力，以免力度失控。

击球附加力度的大小还与球槌的轻重、材质特性、工艺造型、弹性力强弱以及摩擦力的大小等相关联。一般地说，槌重、弹性力强、质量上乘的球槌，附加力宜稍小；而槌轻、弹性力弱、质量差、摩擦力小的球槌，附加力则应稍大。这样，有助于提高击球力度的准确性。目前使用的球槌，金属材料制作的球头和杆柄，重量大、刚性强、柔性差，击球产生的力不够柔和。尼龙玻纤和木质（电胶木）材料制作的球槌，特别是杆柄，弹性和柔性较好，击球产生的力较柔和。

（二）力的三大要素的准确掌控

击打和闪击任何球，都离不开力点、力向和力度这三大要素的合理运用和准确掌控。尤其是力度的准确施加和控制。

准确掌控击打力的传递点，对保证击力的顺畅传递至关重要，它直接关系到力度和力向传递的准确性。以常规方式击球或闪击，假如力的传递点不准，力的作用方向必偏，力度的传递量

也易失准。要求切实做到击球面与自球的中心点相击，实现力度的正常传递。防止力点偏斜而产生"偏心力"。

准确掌控力的作用方向，提高命中率。无论以哪种方式手法击球，攻击任何目标，包括送球到位，力的作用方向要准确指向目标。保证被击出的球能准确沿着瞄准线（目标方向线）流畅运行。

力度的准确掌控，是难度极大的控球技术。真正做到准确无误、恰如其分十分不易。无论在理论上和实践上，都较难量化，为施控力度提供可靠依据。就目前的现状来说，多是以概略性估算和"力度感"加以掌控。亦即凭借击球员的发力感和触球时的震动感，凭借在实践中积累的实践经验和大脑中储存的力度信息，施加和控制击打力度。一般地说，击打力度的大小应依据拟攻目标距离的远近和自球被击出后总的行程以及地面摩擦力大小而定。在击打各种应用球的赛场上，击球力度大、中、小的掌控应有一个限度。攻击远近不同距离目标的最大力度，应以自球不出界为限（同归于尽的"牺牲打"除外）。最小力度应以自球抵达预定位置为限。闪送球到位或过门得分也是如此。而闪带球则要以"双球出界"为准。尽管闪带球出界是门球运动中力度最大的球，但也不宜不加任何限制地加大力度。在控制上，只要两球碰撞后均能出界即可。适当控力有助于"闪准击正"，提高命中率，防止过大加力，动作变形，导致闪击失误。

（三）按照作用力与反作用力相等的原理，打好正撞顶和正闪顶"定位球"

据实践验证，撞、闪顶"定位球"主要是利用对心正撞时产生的反作用力，将他球撞出，自球定位在撞顶点"立停"。在掌控技法上要做到以下三点：一是必须对心正顶。撞顶点不允许有丝毫偏差，才可能形成"定位球"；二是力度适中，轻顶定位，成功率较高；三是采用巧妙手法击球，减弱自球前冲上旋力，最好能使自球在平滑状态撞顶他球，尽可能减小地面摩擦力。在击球手法中，以提拉法和切压法击球，均可减小前冲力和自球转速，打出较好的定位效果。

（四）遵循能量守恒定律，控制自、他两球侧撞时的动能交换和分配，进而控制侧撞后的自、他两球各自的分程

动能量的大小首先取决于击球力度的大小。因此，必须事先依据自、他两球分配所需的动能量的大小，确定和掌控击球力度。动能量需求大，击球力度则应加大；反之，则应减小。这就是说，击球力度是动能交换和分配的前提和能源。

冲撞动能的交换和分配一般是通过侧撞厚度的变化加以掌控和实现的。随着侧撞厚度的加厚或减薄，自、他两球接受的分球动能量，总是依照此大彼小或此小彼大的变化规律实现。两球各自的分球行程，也必然总是此远彼近或此近彼远发生变化。意即厚撞时自球动能消耗量大，分程近；他球接受动能量大，分程远。薄撞时自球动能消耗量小，分程远；他球接受动能量小，分程近。超薄擦边球，他球甚至只"原地打转"，不出现分程。只有当两球以 1.1 厘米厚度（撞角45°角）侧撞，才可能产生两球等距分球。这里还应该指出，两球分程所需力度相加还不等于击球力度。必须把侧撞前自球行程和碰撞摩擦的力度消耗量加进去，才能与击球力度相等。当然还有空气阻力未计算在内，地面摩擦力因素也未考虑。这是门球击打和碰撞运动中能量守恒定律的具体运用。这就是说，两球侧撞分力之和与侧撞后两球分程之和小于自球的击打冲撞力或同等力度打击自球的直线行程。例如打两球分程相加为 8 米的侧撞分球的动能消耗量小于同等距离击球到位的动能消耗量。这就提示我们，打侧撞分球到位既要满足两球分球动能的需求，又不宜过分加大力度，以免分球失控，甚

至造成分球过头或自杀性出界。这一点在技术上，既是个实践课题，也是个理论课题，应深入探讨研究并加以掌握。

（五）充分利用地面摩擦力和风力，控制击力的量和自球被击出（闪击）后的行程

从场地对球体运动起制约作用的角度说，地面摩擦力的强弱决定击力的大小。一般地说，沙土场地与人工草坪场地比较，沙土场地摩擦力较大。而人造草坪场地摩擦力一般较小，天然草坪摩擦力最大。即使是沙土场地，场地湿软、粗糙、沙层厚的场地，摩擦力则较大，击球力度应有针对性地相应增加。地面干硬、光滑、沙层薄的场地，摩擦力则小，击球力度要相应减小。而遇有地势复杂不平，有较大倾斜坡度，上坡击球，力度应加大，下坡则减力。万勿不管地面条件"一股劲儿"地击球，结果不是不到位，就是球出界。利用地形和地面摩擦力控制击球力度，应予高度重视。不可粗心大意或不管不顾。首先应赛前熟悉和掌握赛场各区域摩擦力的大小和地面倾斜状况，尤其是比赛线附近的坡度走向是否指向界外，即里高外低。其次是发力击球前，要依据击球任务和自球行程估算所需力度。最后是根据控力经验和大脑中储存的力度信息找准"发力感"，准确发力击球。施控击力的这种要求和方法，在实践中往往缺乏足够重视，发力击球时，不是对此不注意，就是被"忘掉"。尤其是上场轮击，连打几杆之后，就忘掉了利用地面摩擦力控制击球力度，导致力度失控。

除利用地面摩擦力控球外，还有借风控力。在比赛中，如果二、三级风，空气流动速度慢，对运动中的球影响不明显。四、五级风对运动中的球则有明显影响，特别是六级以上的大风，不仅会左右球的运动速度和运动方向，而且还会出现"风动球"。这就要求临场击球员要注意借风控力控球。做到逆风击球加力，

顺风击球减力。遇到左右侧风或斜风，则要"抗风"加力击球。这虽属一般常识，但如不注意，就会遭"风灾"。

二、施加和控制击力的要领和方法

门球运动中，准确控力的理论原理和实践方法是门球技术中的核心技术，力在击打和碰撞运动中无处不在。力的理论原理深奥，实践掌控难度极大。许多技术课题尽管实际存在，时刻离不开，也有所感悟和掌控，但很难在科学理论和方法上深化。许多问题在认知上有"盲点"或误区，实践方法贫乏，不科学，更缺乏高科技手段。因此，击打各种应用球的控力，只能凭原始性的"自我力感"或某种实践经验加以掌控，准确性较差。力的掌控在门球技术发展道路上形成了"一道难关"。如欲突破，则需付出超常努力，在理论与实践的结合上、在刻苦精神与科学态度上下功夫，勤学苦练，力求不断有所提高。

（一）击、闪球发力控力要领和要求

1. 击球前认真估算和确定击球力度。

无论是击、闪哪种应用球，尤其远近不同距离的撞击、过门、到位、擦边球等，每次击球前，必须对其所需力度做概略性估算和确定，力求做到准确恰当。力度估算的主要依据有下列几点：

（1）击、闪球的战术任务和所要求的技术效果。

（2）地形地势状况和地面摩擦力的大小。

（3）目标距离远近和自球被击出后的总行程。

（4）拟采用的击球方式手法。

（5）球槌的质量及其弹性力大小。

（6）头脑中储存的施控击力的经验信息。

在充分思考以上六方面的因素后，再准确预定击打力度。实

践证明，击球前对力度有了估算，控力则较准。没有估算，力度必失控。只有认真用脑发出准确的"力度指令"，身体各部位协调发力，尤其是手臂的发力和控力，才能较准确。力戒那种不动脑就动手发力击球的错误作法和习惯。例如远攻二门，既要用脑估算击球过门保持适当球速所需力度，又要估算过门后行程远近所需力度，以达续击进攻的最佳战术位置，避免过门后球出界。尤其是严防球未过门还出界，招至重大损失和被动。那种只顾过门，不管球是否出界，力度完全失控的打法，实不可取。再如打不同距离的撞击球，就必须估算目标球距离对力度的需求量，还要估计命中后两球落点的力度控制以及未命中自球不出界的行程所需的力度。假如不做估算，随意出杆，力度失控后，尽管撞击命中，但却分球出界，仍招至失败。这种"只顾头，不顾尾"，力度不严加控制的打法，赛场上并不少见，应引以为戒。

2. 肢体平稳协调运作，手臂灵活准确翻转摆动，柔和发力击球。

击打各种应用球，包括撞击、攻门和闪击球等，发力的全过程击球员进入发力状态，身体各部位均承担着不同发力任务。因此，必须充分合理调动肢体各部位的发力功能，既保持平稳协调的发力动态，又保持一定的灵活性和敏捷度。腿、脚、腰、胯、肩、肘等主要关节要保持良好的弹性和韧性，肌肉群平静放松，切勿绷得过紧，过于僵硬，以利柔和发力。出杆击球前，击球员要下意识地按上述要求，适时进行自我调节，并做必要的放松活动，把发力部位调整到最佳状态。

提倡以手腕翻转力为主小臂推送力为辅发力击球。一般击、闪球发力的全过程，尽管需要全身协调配合动作，但发力的集中点却在手臂，特别是两手是力的"传递支点"。发力点则分布在双手和两臂的各个肌肉群。因此，保持手臂的平稳、灵活、动作敏捷准确，肌肉放松收缩自如，显得特别重要。

以右手为主、左手为辅发力运作过程要严格控制力向。无论是手腕的翻转，还是双臂的推送，力的作用方向必须准确指向目标。严禁左推右拉或扭转杆柄。在力度控制上，应先小后大，顺势逐渐加力，以保持力的柔和性。

身体是发力的稳固支架，尤其是上体在发力击球过程中，要保持稳定。切勿左摇右晃或前倾后仰。以免造成发力动作失衡变形或力度失控。

3. 凭借"力感"控力。

门球击、闪力度的施控，无论训练还是实战，尚未运用高科技手段，也没有现代化仪器设备，例如力度测定仪、测向器、水平仪等。力度的掌控仍要靠原始性的"自我感觉"，靠实践获得和积累的感性经验去完成。也就是依赖发力感、槌头触球时的震动感和赛场上的直观感这"三感"施加和控制力度。习惯上把这些感觉统称为"手感"或称"球感"。

发力感是击球员挥杆击球的一种"主观能动感"。这种感觉主要集聚在握杆的两手和手臂的肌肉群以及韧带上。其所发之力通过手腕的转动和小臂的摆推传递给球槌，形成击球的"附加力"。找准这种发力的感觉对于准确控力起着决定性作用。假如失去发力的感觉或感觉不灵不准，力度则易失控。

震动感是槌头击打球体获得的感觉，是力度信息的反馈。依据震动大小的不同感觉，可以检验力度的大小，并注意把这种力度信息储存于大脑，经过无数次地积累强弱不同的震动感，反复验证力度的大小，就为再度发力和控力提供了依据，提高击打各种应用球力度需求的准确性。

直观感，亦即现场观察物体动速的"力度视觉"。一般要通过观察击球时槌头的动速和被击出的球在地面运动的速度及其行程，判断、估算和验证击打力度。通过动速的快慢显示，获得力度大小不同的力度信息。尤其重要的是观察击球前槌头的前出动速，它的快慢决定力度的大小。"观速知力"，不仅可获得"力度直觉"信息，而且是一种控力的具体方法。

以上所述发力感、震动感、直观感三种力度感觉，如能在赛场控力实践中结合运用，并动脑记忆，积累经验，不断增强"力感"的真实性和准确性，必能不断提高控力技能和效果。当然，这里必须指出，"力感"毕竟是一种主观感觉，它属于生理、心理和思维系统的功能，即使是最佳的良好感觉，所获得的力度信息也是概略性的，不可能十分准确。而且由于来自主观和客观两方面诸多因素的影响，"力感"是有变化的。这样的变化可能造成"力感"失准。这就要求击球员根据变化情况，适时进行"自我感觉"的临场调节，始终保持良好状态。

4. 平静稳定的心态是临场稳准控力的保证。

击球员保持平稳心态，是技术水平临场发挥的精神力量和思想基础。对于施加和掌控击力、打好各种应用球起统帅和支配作用。可以说，没有平稳的、坚毅的心态，便没有击力控制的稳定性和准确性，难以把握各种应用球所需的力度，特别是远距离撞击和攻门，远距离击、闪送到位球的准确控力。心态不稳，击球力度非大即小，不是不到位，就是过头，甚至出界。因此，临场竞技要高度重视并适时调整心态。除教练员、领队和队友多做平稳心态的工作外，更强调击球员自身做出主观努力，善于进行心态的"自我调节"。善于把握心境的平衡点和兴奋点。以坚毅的自我抑制力排除私心杂念和来自各方面的干扰。防止分心走神和过度激动兴奋，始终保持施控击力的最佳竞技状态，保持心神平静。这样，有助于提高击力掌控的稳定性和准确性，使控力技术得到充分发挥。

（二）几种可操作的具体控力方法

1. 以"槌速"控力。

球槌质量加速度就是击打力。在球槌质量一定条件下，槌头的前出速度就是力度。动速快力度大，动速慢力度小，动速适中，力度自然适中。速度和力度的这种依赖关系提示我们，可运用快、中、慢的出杆速度，掌控大、中、小的击打力度。一般应依据击球力度需求确定出杆速度。例如打远距离撞击、攻门和送球到位以及"同归于尽"等长球重打，应适当提速；而"小球"、近距球、技巧球等短球轻打，则应适当限速减速。

出杆全过程，槌头的动速不宜自始至终均为等速。而应有慢有快，快慢结合。初速宜稍慢，中段逐渐加速，触球前的瞬间杆速最快这样一个先慢后快的运杆过程，利于以速控力的操作，利于增强击力的柔和性，提高控力准度。槌头运行速度的变化，从限速减慢到提速加快应有一个限度，以利掌控。慢速要以动势流畅不间停、不变形为限，快速则以视线能看清槌头动向走势为限。如果槌速快得连眼睛都看不清，力度则易失控。一般以中速出杆易于控力，并可更好发挥槌头前出运动的惯性力，增强稳定性和控力准确性。

2. 以"摆幅"控力。

以球槌挥摆幅度掌控击打力度，是较常用的控力方法之一。一般地说，在槌速一定前提下，挥摆幅度越大，产生的力度就越大；摆幅越小，力度则越小，二者成正比。而摆幅大小，应依据击打应用球的力度需求而定。通常以大、中、小三种摆幅控制大、中、小三种力度。总的要求是球槌挥摆幅度宜小不宜大，只要力度能满足攻击目标或传递球到位的需要，摆幅越小越好。这样，有助于减小控杆难度，提高控力准确性。如果一定要把限制摆幅数字化，最大摆幅则应以不超过一个槌头的长度（24 厘米）为限。最小摆幅可限制在 5 厘米左右。一般打中、近距离的撞击、过门和送球到位，提倡小幅度摆杆，以利减小控力难度，提高击力准确性。

上述"控速"和"限幅"两种控力方法均是看得见、摸得着、易掌控、便操作的有效方法。在实践中，两法可结合运用，也可单用。具体操作法有下列四种：（1）加速加幅控力，一般用于进攻远距目标，或打"同归于尽"球，以及最后一杆撞终点柱球、过门球等。（2）减速减幅控力，供打小球轻球时运用。（3）减幅加速控力，是适用范围较广、效果较好的方法，尤其适用于中、近距离的进攻。（4）减速加幅控力，槌头运行较稳，击力较柔和，能充分发挥惯性力的作用。这四种控力操作法，应依据击球任务，灵活运用。既可定幅加速，也可定速加幅。不管采用哪种方法控力，目的只有一个，即保证击球力度需求，提高控力准确性。

3. 以"槌法"控力。

所谓槌法，即挥动球槌击打自球的方式手法。击球或闪击，实施攻防，在技术上都离不开力点、力向和力度的准确掌控。也必然与击闪球的方式手法紧密关联。也就是说，不同"槌法"的运用和变化不仅影响力点、力向的变化，而且制约力度的传递。无论是击球进攻，还是闪带闪送球，也无论是打常规球，还是技巧球，均是如此。

例如以平击方式击球，由于击球面触球瞬间有前推动作，与球体接触时间加长，从而可相应加大力度的传递量。被击出的球行程也相应延长。以与此相反的顿击方式击球，击球面触球一刹立即停顿，与球体接触时间很短，力度传递量则相应减小，行程则变近。击球员在运用这两种方式击球时，要注意这种力度传递的特点，确定击球力度。

再如以擦击方式击球，由于增加了击球面与球体的摩擦时间，加大力矩，施加不同方向的旋转力，加快球的转速，则可打出极富变化、奥妙无穷的各种技巧球。运用提拉手法击球，加强上旋力，不仅可打出稳定性好的前冲球，而且还可打成撞击跟进球，例如可跟进过门得分或跟进再撞击，打成双杆球。与此法相反，如运用向下"切压"槌法击球（近似台球的扎杆法）。由于施加了较强的下旋力和压击力，在自球被击后的短程内，球体呈上飘动态，甚至会有瞬间脱离地面，从而削弱了地面摩擦力和球体的上旋转速，使自球在运动过程中减速快，停止也快。假如在运行中撞击了他球，便会立即停止。运用此法虽不能打出可以倒退的"缩杆球"，但却可打成撞击定位球、换位球、轻粘球和撞顶压线球、出界自球留界内等多种应用球。

运用左右方向的侧擦或斜擦槌法击球，以击球面顺沿球体圆弧呈弧线走杆，延长摩擦时间，增强旋转力的传递和球体转速，再借助地面的摩擦力，促使自球形成一定程度的弧线运动。运用此法可打出许多效果奇特的技巧球。诸如旋转过门球、压线球、加大或缩小角度的连撞或分球过门双杆球等等。

利用闪击力度和力向"二层传递"的特点改变出杆角度和击点，则可减小向他球的力度传递。此法适用于闪击轻小球或向边球闪送球到位的准确控力。具体操控方法有二：一是提高闪击点，槌头与地面呈一定立体角度倾斜下压闪击。以击球面击打自球的右上部或后上部的击点。这样，通过两球接触点传递给他球的力是一种震动分力，而非直线冲撞力。尽管闪击用力较大，而传递给他球的分力却较小。另一是从右前斜角出杆闪击，向右前方向调移闪击点，闪击力向指向左后方向，同样是以震动分力通过两球接触点传递给他球，会产生与前一种方法相近的效果，此法简称"正放斜闪法"。

总之，以科学精妙而多样的槌法、多变的运行角度和线路、规范准确的控力方法可有效发挥力的应有作用，准确掌控击、闪各种应用球的力度，提高控力技能。

第四节 技巧球技法

各种技巧球属于比赛应用球的一部分。击打这类球，一般属非常规技法。它的技巧性强、精度高、难度大，组合形式和运动形态新颖独特，颇具门球特色和观赏性。从技术角度说，它不仅是多项技法的综合运用，而且需要以独特的技巧和线路来完成。技巧球种类繁多，丰富多彩。下面选择几项，就其打法和用途略加阐述。

一、跳球技巧及其应用

门球运动中的跳球，是特指自球受到压击后跳离地面，以"抛物线"形态飞行一定距离再落地向前运动完成一定进攻使命的技巧球。这种腾空飞行与地面运动比较，有其独特的运动规律和特点。它把门球运动推向了一个新的空间领域和更深的层次。打好跳球，拓展其功用，应从如下几方面着手。

（一）打跳球几种可供选择的击球姿势和站位

打跳球的击球姿势和站位与常规击球比较，有同有异，而且更为多种多样，极富变化，可谓多姿多彩。

1. "正向跨压"击打姿势和站位。

两腿正向骑跨目标方向线自球之上的站位，实施正向压击跳球的姿势，近似常规正向跨打的姿势，最大的不同是自球处于两脚跟连线的中点，击球员上体前曲，头部下低，球槌从胯下后伸，槌头悬吊在自球后上方空间或落在球后地面上，为瞄准和挥杆压击创造条件（如图42）。

此势虽不够优美，且挥杆受限，但有利于瞄准和控向，比较

图 42

实用，压击跳球的成功率较高，较适用打擦顶球或跳撞跟进球。由于挥杆幅度受到局限，压击力较小。

2. "正向侧压"姿势和站位。

击球站位时面对目标，双脚定位在自球左侧，右脚靠近自球处，距自球 10 厘米左右，左脚向左后方自然拉开，辅助右脚支撑和稳定上体，步幅不宜过大，上体稍向右倾斜，以便使头部和眼睛处在自球与目标的连线上，为实施瞄准调整好姿势。球槌置于右肩之下与右臂靠拢，槌头吊悬于自球后上方或前端触地后尾上翘（如图43）。

图 43

此势除有利于瞄准和控向外，长处是挥杆灵活、压击力较大、压击槌法的变化空间也较大。较适用于擦顶球、越顶球和自、他两球间距较远的跳撞球等。此势由于上体向右倾斜，右腿承重大，身体的平稳性不如正向跨压姿势。

3."横向压击"姿势和站位。

横向压击姿势是目标在击球员左方，从右向左压击。可单手挥杆，也可双手挥杆。击球员上体前曲，两脚横向跨开，间距可稍宽于肩，左右脚尖连线与目标方向线（自、他两球连线）平行，头部处在自球上方，槌头悬吊在自球右上方或前端触在自球右后方地面上，以便瞄准和控制挥杆方向。在单手挥杆压击过程中，左手可支撑在左膝上以增加肢体稳定性（如图44）。

此势打跳球，技术动作灵活自如，体势较自然，有利于掌控出杆压击角度和压击槌法的调速变化，可任意加大或减小挥杆幅度和压击力点、力向、力度的掌控。此势最大的难点是横向瞄准和控制压击方向不易准确，最易形成向后"拉杆"，导致击出方向偏后。这一点，在以此势打跳球时，要特别注意。要着意"前推"出杆，防止后拉。

图44

图45

4."左后方向刨击"姿势和站位。

左右方向的刨击姿势和站位近似农民以镐刨地的体态，从右前方挥杆向左后方刨击。自球处在击球员右前方，右脚尖朝向自球，左脚适当后撤，留出自球飞行空间。上体稍向前躬身，双手挥杆，向左后刨击自球（如图45）。

此势体态舒展自然，挥杆流畅省力，较易看清压击点，却难看见刨击方向（目标方向）。瞄准有难度，刨击点也易偏高，在飞行线偏高时，易形成越顶球。如控向不当，自球在飞行中有可能触碰左腿犯规。此势较适合腕力小的队员打跳球。

5. "背向倒刨"姿势和站位。

背向"倒刨"，即从前向背后将球刨出。有两种体势和出杆线路均可运用：一是右手单手挥杆从身体右侧将右脚外侧的自球刨出；一是双手握杆从前向后从胯下将自球刨出。此势打跳球，技术动作较为简易，也符合一般人的击打运动习惯，球槌挥动流畅自如，较为轻松省力，容易刨击成功，故多数人对此势此法感兴趣，乐于采用（如图46）。

图46

图46为右手单手挥杆倒刨跳球。此势最大弱点是目标方向在身后，较难瞄准。看不到目标方位，惟一解决办法是把杆柄顺向竖在自、他两球连心线的上方，作为瞄准和控向的依据。即以杆柄呈倾斜形态指向目标作为瞄准和控向手段。

以上几种姿势和站位各有利弊，但均可打出跳球。门球运动员可选择适合自己的姿势，发挥自身优势，打好跳球。

（二）准确控制槌头入射角、压击点和自球反射角以及飞行高度

打跳球的下杆角度、压击点、自球跳离地面的飞行高度和距离的掌控技术是决定跳球效果及其成败的关键技术。无论采用哪种压击姿势和槌法，都必须准确控制槌头入射角（压击点角度）和自球反射角，进而控制自球的飞行高度和距离，完成跳球的进攻使命。

1. 打好跳球的可能压击点和最佳压击点，以及槌头的最佳入射角。

跳球的压击点多分布在自球后上部的纵向轴心线圆弧上。假设以立角90°角为限进行理论计算，可以说凡大于0°角小于90°角界限内的无数个点，都是可能的压击点。而较有效的压击点则是大于10°角小于80°角界限内的各点（如图47）。

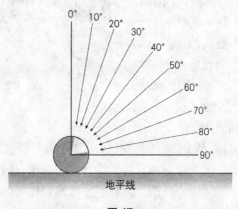

图47

图47中球体右上部（阳面）标出的箭头所指的点均为可能的压击点。箭杆则标示槌头与地面形成的入射角。只要击球面压击在这些点上，则会产生跳球。压击点越高，槌头入射角越大，自球反

射角越大，飞行高度也越高，反之则越低，二者成正比。当然压击点过高或过低，槌头入射角过大或过小，能否打成跳球，还与压击槌法密切相关。打跳球的槌法走势，击球面触球瞬间的动向，要精准巧妙合理，不宜推送杆，而应向地面倾斜下扎或触球后迅即利用杆柄和击打时的弹性力向上收杆，留出自球起跳空间。否则，极易把自球压在地面而跳不起来。压击点越高，越易如此。

跳球的最佳压击点多分布在球体立角 25°～45° 角界限内。只要槌头顺沿这一角度下杆，压击在这一界限内的各点，就会产生最佳效果的跳球，提高跳球的成功率（如图48）。

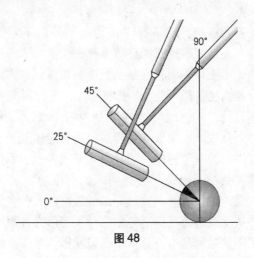

图48

图48标出的压击点为最佳压击点，箭头标出的角度则为槌头最佳入射角，当然这不是绝对的。压击点和入射角应依据自球飞行高度的需求做相应的调整，不宜固定不变。还有一点应指出，即压击槌法的变化，也会使压击点和入射角发生变化，而使跳球的飞行高度和距离出现变数。

2. 参照入射角与反射角相等的原理，结合跳球运动特点和场地质量，调整和控制槌头入射角和压击点，进而控制自球的飞行高度和距离。

实践证明，在沙土场地上打跳球，由于地面弹性力弱，再加上地心对飞行球体的引力作用等各种因素的影响，自球受到压击后，往往形成不规则的反射角，进而影响其飞行高度和距离。据现场观察和无数次实验，发现自球的反射角一般小于槌头入射角。而在人造草坪（塑胶）场地上打跳球，自球反射角与沙土地相比则有所加大，接近槌头入射角。门球跳球运动的这一特殊现象是运用跳球技法、掌控自球飞行高度的重要依据。它告诉我们，要根据跳球进攻所需飞行高度，适当加大槌头入射角和提高压击点。

如何控制和运用自球飞行"抛物线"各段不同的高度，完成进攻使命，是打好跳球必须熟练掌握的关键技术。门球的飞行高度和距离，由于诸多因素的制约而受到限制，据实践检验，自球飞行的可能高度一般可达30厘米左右，飞行距离可达150厘米左右。其飞行"抛物线"大体可分为三个线段：第一线段为飞速最快的上升段。此段自球飞行线较直，球体逐步上升，段距较长，是可运用的主要线段。第二段为平飞段，实际仍呈弧线形态，只是弧度很小，视线不易辨清，此段很短。第三段为下落段，飞速渐慢，球体下落加快，形成的弧度加大，飞距短于第一线段。自球从跳离地面再到落地的这种飞行形态和规律是打好跳球、收到实用效果的基本依据。下面拟就擦顶球、飞越球、跳撞跟进球等应用球进行实用性研究。

（1）擦顶远攻球。

擦顶远攻球主要是攻击正方向上较远的目标，包括正擦顶和左右偏擦顶，技术要求主要是擦点要薄、球的动速快、行程远。一般应以自球中飞段与他球顶部相擦，飞行高度以高于7厘米低于7.5厘米为宜。由于擦撞点很薄，自球动能损耗少，可远程奔震（如图49）。

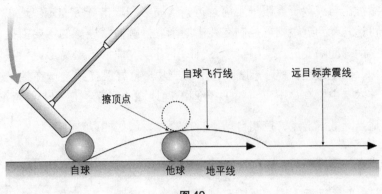

自球飞行线　　　　远目标奔震线

擦顶点

自球　　　　　　他球　　地平线

图 49

擦顶球一般用于攻击正方向上的目标，左右偏擦顶分球则可形成小角度冲向目标，这样，可以进攻擦边球无法攻击的正面目标，偏擦顶则替代超薄擦边球使用。打擦顶球对槌头入射角、压击点和自球飞行高度的准确性要求很高，一般以 25°~30°角出杆压击效果较好。当然还应依自、他球距远近适当调整入射角的大小。在擦顶球实践中，掌控自球飞行高度和擦顶厚度时，宁可稍低稍厚，而不可偏高偏薄，以免"擦空"失误。当自、他球距较近时，例如 30 厘米~40 厘米，应适当加大槌头入射角，提高压击点；自、他球间距较远时，如 50 厘米~60 厘米，则要适当减小入射角，降低压击点。以利于控制自球的飞行高度和飞行距离，确保准确擦顶。

（2）跳撞跟进球。

跳撞跟进球基本打法与擦顶球相同，不同的是自球飞行低，跳撞点低而厚，通过两球以一定厚度立体碰撞产生动能交换，形成同步运动或一前一后跟进。这种球用途较广，主要用于攻击中近距离目标。诸如靠向中近距离的他球、终点柱、球门或跟进调拉找角，利用续击权发动攻势。假设处在球门附近正面，跳撞跟进过门，则可打成双杆球。如果进攻方向上遇有密集球，也可连续撞击打成双杆。跟进距离远近，依局势和攻击任务而定。远跟可达几米，近跟则可控制在几十厘米。打跳撞跟进球的重要前提是两球间隔要近。利用自球飞行的上升段完成撞击最易形成跟进球，间距过远，控球难度大，不易成功。打好跳撞跟进球在控制技术上主要有如下三点：① 合理准确地减小和掌控槌头入射角，适当降低压击点，控制自球飞行线高度，最好能以球体直径的 $\frac{1}{3}$ 或 $\frac{1}{4}$ 的厚度碰撞，则可较易产生跟进球。② 运用精细巧妙的槌法，打好间距远近不同的跳撞跟进球。当两球间距很近，甚至只有几厘米时，则要运用扎压槌法，以较高的压击点从上倾斜向下压击自球，槌头触球瞬间，迅即扎向地面或回收，防止把球盖压在击球面下而不能起跳，或造成"连击"犯规。这样即可打出理想的近距离跳撞跟进球。如果拟打跳撞双杆球，两球必须对心准确碰撞，要求压击方向不能偏差。当两球间隔较远时，则应运用压提槌法，适当降低压击点和自球飞行高度，利用飞行线的下落段，以较低的跳撞点"砸撞他球"，从而形成跳撞跟进球。这种跳球技术难度很大，较难掌控，不宜轻率使用。③ 巧用地面反作用力准确控制压击力向和力度，提高跳撞命中率和跟进成功率。在运用不同槌法压击时，击球的力向和力度均会发生变化。有时力向倾斜向下，有时指向前方目标。压击点越高，力度越要相应加大。向下压击力度越大，地面反作用力也越大，自球飞行高度也越高。力向力度的控制，应依据两球间隔远近和跟进任务加以选择。图50 为近间隔跳撞跟进靠向终点柱，拟双撞柱得分球。

如图 50 所示，假设两球间隔为 20 厘米～30 厘米，或更近些，双球与终点柱处在一条直线上，距柱 5 米～6 米远，拟以跳撞跟进的压击法使双球靠近柱并撞柱得分，就要适当提高压击点，以自球飞行的冲撞作用力和他球反作用阻抗力，形成跟进靠

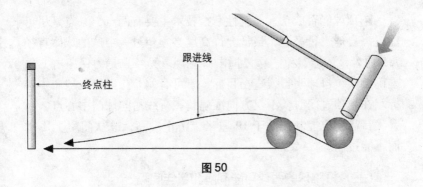

終点柱

跟进线

图50

向终点柱。这种球难度不大，较易成功。只要自球能跳离地面，飞撞他球，必能产生跟进效果。

（3）越顶球。

越顶球主要用于飞越过门得分、飞越撞击球、飞越撞终点柱或飞越进场等应用球，这是由于进攻遇到障碍，如自球已撞击过的他球，阻挡了进攻线路而采用的一种特殊技术手段。前提条件是自球与障碍球要有合适的间隔，一般从 30 厘米 ~ 80 厘米间隔内，均适合打越顶球。间隔过小或过大，都会增大控球难度，甚至不具有可能性（如图51）。

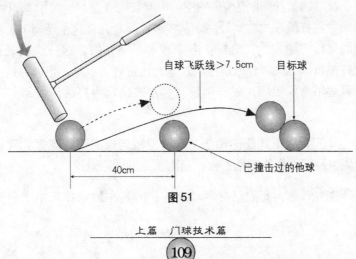

自球飞跃线 > 7.5cm   目标球

40cm

已撞击过的他球

图51

越顶球能否成功，关键性掌控技术主要有两点，一点是尽可能提高自球飞行高度，最低允许高度必须超过一个球的球体直径7.5厘米，才能避免"重复撞击"犯规。另一点是力保压击方向准确无误，自球飞行线直指目标，不可有偏差，以保飞越命中目标。在越顶过门时，不仅方向准确，飞行线指向球门中心点，而且飞行高度应控制在低于19厘米，防止过高，球从门梁上飞过而不能过门。

（三）打跳球的两球可能间隔和最佳间隔

合适的两球间隔是打好跳球的基本前提。它在某种程度上决定跳球能否成功和成功率的高低。

从门球运动特点、场地条件、压击槌法、自球飞行能量等因素考证，自、他两球间隔从近到10厘米左右，远到100厘米左右，都是打跳球的可能间隔。不同的间隔，适用于打不同功能和效果的跳球。例如10厘米~30厘米间隔，适合于打跳撞跟进球，在自球飞行上升高度不超过6厘米~7厘米时碰撞，最易形成跟进球。间隔30厘米~50厘米较适用于打擦顶球。当然排列这些数字只能做参考，不是绝对的。

跳球的最佳间隔为两球相距30厘米~50厘米。其中又以40厘米左右打跳球成功率最高。从实践检验看，在这个距离上，自球的飞行"抛物线"处于上升末段和平飞初段，这一线段既适合打擦顶球，又适合打跳撞跟进球，还可打越顶球。正因为这一间隔适用范围较广，成功率较高，才被确定为打跳球的最佳间隔。

（四）以不同压击槌法，准确控制自球的飞行高度和飞行距离以及落地后的滚动行程，打出跳球的预期效果

这一问题，此前已有零星表述，因其在跳球技巧中十分重

要，这里有必要进一步加以集中表述，以便更好掌握多种精妙的跳球技巧。

打跳球，单从运动形态表象看，都是以一定入射角和压击点挥杆压击自球，使其跳离地面飞行一定距离再落地前滚，并在运动中完成进攻使命。而进一步深究和探索，就会发现只靠此技难以打成条件复杂、难度大、技术精度要求高的跳球。这就需要在压击槌法方式上找门路、想招数。根据多年的实践经验和击打各种不同用途、不同功效的跳球的需求，选择下面几种槌法，供作参用。

1. 扎压法。

门球扎压法，从总的技术动作形态看，近似台球的"扎杆法"。所不同的是台球杆是以较尖的皮头扎击主球，而门球的球槌是以较平的击球面扎压自球。主要技术要领是槌头保持较大的入射角，一般大于50°角，从上倾斜向下以较高的压击点扎压自球。在击球面与球体接触过程中，顺沿球体圆弧以一定斜角向下"切擦"，加强与地面的"挤压力"和"反弹力"，压迫自球迅速起跳，最后槌头顺势扎在地面上。此法打出的跳球，跳距地面上升快、飞行高、弧度大、前冲慢、行程近、停止快。最适用打两球间隔近的跳撞跟进球，甚至可打出间隔只有几厘米或只有小缝隙的跳撞球。假设双球均处球门近前，则可打成双球过门得分成双杆。

2. 冲压法。

冲压法的技术动作要求是槌头以较小角度从后向前或从右向左冲击自球较低的压击点，在击球面触球瞬间，加强下压力，使自球跳离地面，以较低的高度和较快的速度飞行。此法打出的跳球，前冲力大，飞行跳距较远，总行程亦较远。适用于打跳撞跟进球和擦顶球。在运用此法压击时，要注意防止过分向前推送杆，以防"连击"犯规。

3. 压提法。

压提法要求挥杆操作时，准确掌控槌头动态，控制好下压和提拉的过渡节奏，一般是击球面触球瞬间，压中有提，先压再顺势向上提拉。压提动作必须连贯，且压和提由于方向相反，动作转换要迅速。在自球即将起跳的刹那间，击球面上提速度应快于自球起跳速度。这样可拉高自球飞行高度。提拉加快了自球旋转速度，飞行相对稳定。此法较适于打越顶球，如飞越过门、撞击、撞终点柱或飞越进场等等。

4. 刨压法。

刨压法是以"刨兜力"打跳球，包括"背向倒刨"和从右前向左后方向"刨压"。槌头的挥动呈"仰弧"形态，先行下压，继而勾拉，把球刨离地面。此法打跳球，刨压力很强，压击点易偏高，自球起跳快，飞行高，最适于打越顶球，而打擦顶球时，要适当降低刨压点，防止"擦空"失误。

5. 砸压法。

砸压法要求槌头以最大入射角和最高压击点从上向下"斜砍"自球压击点，击球面要顺沿球体圆弧摩擦压击点，并高速扎向地面，自球则迅速跳离地面。此法只限于打两球 10 厘米左右间隔的跳球。

（五）准确控制自球飞行线的方向、弧度、高度和飞行距离

自球飞行"抛物线"方向、弧度、高度和飞行距离要准确掌控，以适应跳球进攻任务的需求，是打跳球的核心技术。前述几项技术打法和要求均与此紧密相关，均是为掌控自球的飞行创造条件并服务的。依照跳球飞行的特点和运行规律，以及所承担的实战任务，在自球飞行的掌控技法上，要强化下列几项技术手段，提高跳球质量和进攻成功率。

1. 认真瞄准。

跳球的瞄准方法和要求与常见应用球的瞄准方法不完全相

同。最突出的是击球员的眼睛不是处在自球的一端，而是处在自球与他球或目标之间，这给"三点成一线"的俯视瞄准造成了困难，必须前后反复多次扫描以点连线，进行瞄准线的校正，才能形成概略性的虚拟线。同时，由于槌头悬吊在空间，不易准确定位，这使瞄准线的准确性受到影响。假设以"落地杆"定位实施瞄准，效果稍好些。

为提高瞄准线的准确性，可选择一些辅助办法。例如击球面落地时，在自球后做个印记作为瞄准参照点。充分利用杆柄辅助瞄准，即把杆柄顺向调整和保持在自球与他球或目标的连线上，以倾斜形态使上端指向目标。这样，杆柄就变成了瞄准线"空间标志物"，可有效提高瞄准的准确性。

2. 沿瞄准线挥杆压击，"击准撞正"，确保挥杆过程杆柄始终不偏离自、他两球连心线，是准确掌控自球飞行方向和与他球对心正撞的基本方法和要求。无论压击姿势和槌法怎样变化，这一方法和要求是不变的（如图52）。

图中所采用的是正向侧压姿势，拟用压提槌法击球，杆柄和槌头均保持在自、他球与

图52

球门中心点连线（瞄准方向线）上，挥杆压击过程不偏离这条线，则有助于"击准撞正"。只要做到两球对心跳撞，自、他两球均可过门得分并打成双杆。取背向倒刨时控向也是如此。运用横向姿势压击时，尽管杆柄不完全保持在自、他球连线上，而槌头从瞄准到压击却都要保持在这条线上。这是准确控制自球飞行线方向的最基本的技术要领。

3. 运用调整压击点和压击槌法的技术手段，准确掌控自球飞行线高度和弧度打好擦顶球、跳撞跟进球和越顶球。并注意巧借飞行"抛物线"的不同线段实施进攻，提高成功率。一般地说，压击点高，槌头入射角度大，采用扎压法或刨压法压击，自球飞行线高，弧度大。而冲压法压击点较低，入射角小，自球飞行线低，弧度小，飞行距离远。拟打中、近间隔的跳撞和擦顶，应多用自球飞行的上升段命中他球，这样，成功率高，可有效防止"擦空"失误。而打越顶球就必须运用飞行线的最高点（弧线顶点）完成飞越。

4. 准确控制压击力。

自球受到压击后的飞行高度和距离与压击力的大小息息相关，按照作用力与反作用力相等的原理，压击力大，反作用力也大，反之则小。加大的压击力会在一定程度上提高自球的飞行高度，加大飞行距离。它提示我们，要运用加减压击力的方法控制自球飞行高度和距离。

门球的跳球目前尚处于初始阶段，在比赛实战中运用还不广泛，不少运动员会打却不敢用，怕失误。许多技术问题有待进一步探讨提高和创新，促使跳球技术向科学化、实用化方向深入发展。

二、障碍球处理技巧

在赛场上，随着战局的演变和战术的运用，在球门和终点柱周围以及边角处经常出现高密度集团球，有的紧靠球门或终点柱，有的则多球靠近，而且在无穷的运动变化中形成击、闪球挥杆障碍，难以用常规打法实施进攻。有的击球员遇此情势，苦于无方，一筹莫展，无可奈何。要么放弃进攻，要么造成失误。本节拟着重研究和解决一些特殊技巧手法，避开障碍，施用妙招，出奇制胜，打出超越常规的技巧球。下面列举几种障碍球的特殊技巧打法。

（一）球门横梁、门柱或终点柱妨碍正常出杆击球条件下的技巧打法

1. 运用扎压槌法施加"压挤力"，避开障碍，击球进攻。图53①和图53②为两种击球姿势和挥杆形态。图53②虽击球姿势和击出方向不同，但扎压槌法走势和控制撞击门后目标球是相同的。无论是横向还是倒向，挥杆击球都要掌控下述要领和槌法技巧。

图53①　横向侧面扎打图

（1）扎压点要保持合适的倾斜度，切勿扎压在球体正顶部，以防把球"压死"而无法击出。挥杆压击时，只要槌头能避开门梁门柱或终点柱妨碍出杆方向，扎压点尽可能降低，以利将球顺畅击出，并冲撞目标球。

（2）槌头走势，近似打跳球"砸压法"。总的动态和动向是从上倾斜向下扎压球体。当背向倒打时，要特别注意倾斜向前适当"推杆"，而不可习惯性地向后"拉杆"。当向左横向扎压自球时（如图53①），则应着力向右下方向扎压，而不宜向左出杆。这种"反向"操作需要下意识地多加练习，否则会不适应。扎压自球所需的力是一种击球面与地面相互作用形成的"压挤力"，而非直朝目标方向施加的"向前力"。当然"压挤力"的作用方向最终仍指向目标。

（3）击球面触球瞬间的走势和动向必须沿球体圆弧摩擦扎压，最后扎在地面上"收杆"，而非朝目标方向"收杆"。这一

点极其重要，它直接关系
避开障碍击出自球的质量
和效果，甚至关系到击球
的成败。

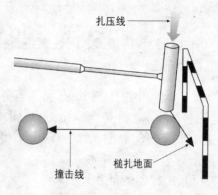

图53②　背向倒扎打图

（4）背向出杆击球，
由于目标球在身后，瞄准
和控向有一定困难，解决
问题的办法是借用杆柄瞄
准和控向。即把杆柄调整
到自、他两球连心线上方
空间，以前倾形态指向目
标，球槌挥动过程，杆柄的指向不偏离目标方向线。槌头的走势
和动向，也不可变角或改向。

采用横向侧打姿势时，更要强调沿自、他两球连心线出杆击
球，槌头走势应适当"前推"，严防向后拉杆。这种后拉动作是
最易出现的错误动作，极易造成"击向"偏后。

2. 球门、终点柱或他球妨碍正常挥杆闪击，而采用"斜闪
法"技巧实施闪击。完成闪送球过门得分、闪送球到位接力或
近距闪带压线球等进攻任务。图54为斜闪己方球过门得分图。

图54中A、B、C三个球与球门中心点同处一条直线上，A
球形成了正常挥杆闪击的障碍，无法沿三个球与门的连线出杆闪
击，而改用"斜闪法"，以一定斜角出杆，从右前向左后方向闪
击，则可闪送C球过门得分。拟打好这种进攻球，需运用如下
闪击技巧。

（1）要以脚尖部位踩球。球体应外露，留出闪击位置和受力
点。同时，脚底压力适当倾斜向前，以便与槌头冲击力配合，更
有效地形成震动分力，将C球震出并滚向目标，完成预定任务。

（2）适当前移瞄准点。由于斜闪出杆方向和力向以一定角度

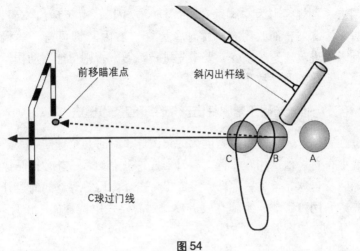

前移瞄准点

斜闪出杆线

C球过门线

C　B　A

图 54

向左后方闪击，被闪击的他球必向后偏离目标方向线，这就要求把瞄准点从目标中心点适当向前调移，调移多少应依目标距离远近而定。一般移动半个球或一个球即可。调移多少还与出杆入射角大小有关。入射角越大，被闪他球偏离目标中心点也越多，瞄准点前移也要相应增加；入射角越小，瞄准点前移则要相应减少。

（3）依闪送球和闪带球的力度需求，加大闪击力度。这是因为斜闪力度的传递非直线传递，而是变角变向传递，实际上传给他球的力只是较小的"侧分力"。尽管闪击力度很大，而传递给他球的分力却很小。因此，才要求加大闪击力度。否则，他球震出很近，甚至不能震离脚下，造成斜闪失败。

（4）稳准控制出杆方向。严防槌头变形触碰障碍球犯规。尤其是强力震动时槌头易摇晃变形。要求槌头触球瞬间，借助弹性力迅即"回杆"，向上抬离脚下的自球。同时，还要防止出杆不准打在脚上。

避开球门障碍实施闪击的另一种方法就是"左右开弓"改

向闪击。常规闪击为左脚踩球，挥杆"左闪"。由于球门障碍，左脚无法踩球，而改用右脚踩球，挥杆"右闪"即可避开障碍顺利闪击进攻。这种改变，要事先进行练习，否则可能因动作不习惯、不熟练而导致犯规，"右闪"失败。

（二）他球妨碍正常出杆击球条件下的技巧槌法

在赛场上，经常形成密度大的集团球，有时几个球同处一条直线上，自、他球相互靠近。有时形成"连体球"。有时打侧撞分球时，自球靠近另一他球，形成出杆击球障碍等等。如何避开障碍或利用障碍球，实施有效进攻，则需要采用特殊槌法击球。下举几例，绘图并略加说明。

例1，"背向倒勾"击球进攻。

背向倒勾法，是在续击进攻时遇有已闪击过的他球妨碍自己无法以常规方式击球进攻条件下，而采用的定向进攻的特殊槌法。它以自、他两球相互靠近只有小间隙为特定条件，自、他球与拟攻目标处在同一条直线上。这就要求槌头保持一定"立角"，倾斜向下勾打自球，既保证命中目标，又不触球犯规（如图55）。

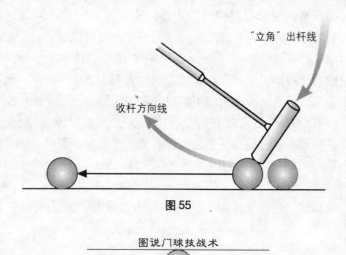

"立角"出杆线

收杆方向线

图55

运用此法击球，要领如下：

（1）以击球面下半部击打自球上半部，加强触球瞬间的勾拉动作，槌头走势近似打跳球的刨压法。槌头保持合适的入射角从前向后将球击出。

（2）由于是背后倒勾，瞄准时视线向后扫描目标方向线较难准确，可借用杆柄辅助瞄准。即把杆柄顺沿在目标方向线上方空间，上端指向目标，下端保持在自球上方，构成瞄准线。挥杆过程，杆柄的动向始终保持在目标方向线上，这样，有助于准确掌控击出方向，提高命中率。

（3）挥杆击球时，严防向下"压杆"，以免槌头触碰他球犯规。

例2，横向侧击进攻。

横向侧击法，总体姿势近似常规击球的横向侧打姿势。上体下降，槌头呈一定入射角，从右倾斜向下朝左方目标将自球击出。出杆的走势动向和击点与背向倒勾近似，不同的是方向的变化，背向变为横向。运用此法击球，一般要用双手握杆（单手易可），准确控制出杆入射角和击点，要特别注意稳控槌头，既要沿目标

图56

方向线出杆击球，防止朝左后方向"拉杆"，导致击向偏差，又要防止槌头上下摇摆触碰附近障碍球犯规（如图56）。

此法挥杆比较灵活，有利于发挥视觉作用，看清槌头动向和击点，但最易出现两种偏差：一是击点偏差易大；二是极易朝左后方向"拉杆"，导致击向后偏，降低命中率。这两点应予高度注意，要适当向前"推杆"击球，以利沿目标方向线出杆，减

小击向偏差，提高撞击或过门的命中率。

例3，"连体球"广角进攻和全方位进攻技法。

自、他两球密贴简称"连体球"。这种球按2004年《规则》规定：向侧向或背向击打自球均为撞击。不管贴靠的他球是否出现动态。这就为广角多方位进攻创造了条件，提供了机遇。其中包括打成双杆球、多杆球等。为连体球的进攻开辟了广阔天地，拓展了更多、更广的用途。诸如背向或斜向击球进攻，靠向中远距离上的目标，或近距离的调位找角，续击进攻。直接打撞击、过门再撞击的双杆球、多杆球等等。连体球还可打出正向或侧向进攻。只要击球槌法科学合理，技术动作准确灵巧，击力精准，就会打出理想的效果。

不同方向、不同进攻任务、不同位置和局势下的具体打法有同有异，要求做到出杆准确、槌法精妙、控力恰当。

（1）凡打连体球进攻，击球前必须请裁判员"确认"自、他两球是否密贴，当得到"确认"后，再行击球。

（2）准确掌控槌头入射角，巧妙运用倒勾、横向侧击、擦拉等槌法击球。击打连体球，球槌从瞄准到挥动一般采用"悬吊杆"击球法，由于自、他两球密贴，挥杆空间受到限制。槌头均呈一定"立角"倾斜向下击打自球特定部位。稍有变形或运行线不准，就会影响击球质量和效果，甚至造成失败。最易发生触球犯规或击点不准，打不出预定进攻成效。因此，特别强调控制槌头入射角和运行线（如图57）。

如图所标，从理论上说，无论是反向倒勾，还是横向侧击，凡立角大于30°角小于90°角入射角，均可击打连体球中的自球，实施向两球轴心线方向撞击他球成双杆。要打好这种球应准确掌握下述要领。

（1）槌头挥动要保持一定弧线运动，而非直线出杆，以勾拉走势击球，这样可防止槌头在运行中触及他球。

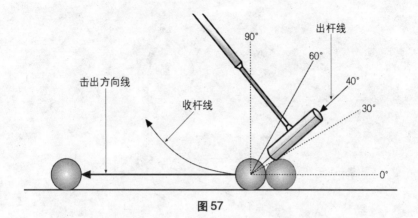

图 57

（2）击球面一般以下半部击打球体上半部为佳。不能以击球面中心点击球。目的同样是防触及他球犯规。

（3）收杆一般要上提，如图标出的收杆方向线不宜下压。

（4）无论是击打背向连撞或过门双杆球、多杆球，还是击球调位找角以及靠向拟攻目标，都强调沿目标方向线出杆，准控击向，提高命中率和成功率。

例4，撞门柱或终点柱折射进攻球。

利用球门柱或未过三门的球利用终点柱，撞柱折射进攻，是在已撞过的他球阻挡了进攻线路的特定条件下，所采用的进攻技术手段。这种球多发生在球门或终点柱附近，不进攻、不救应就要受损失或被对方攻击，迫不得已而采用的打法。总的打法近似打角度连撞双杆球。所不同的是门柱或终点柱直径更小，而且其弹性力比球体更大，技术精度要求也更高。在多种瞄准和控球方法中，仍以"垂线选点瞄准法"效果较好（如图58）。

图58中A、B、C三个球，处在球门侧面一条直线上，B球为A球已撞击过的球，形成A球撞击C球的线路障碍。但又必须撞击C球。在这一特定条件下，即可采用撞门柱折射撞击之

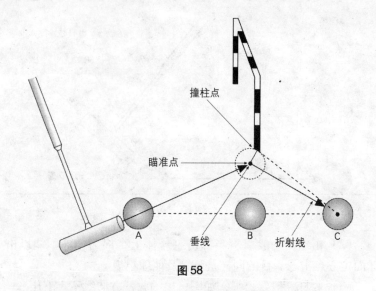

撞柱点

瞄准点

A   垂线   B   折射线   C

图 58

法完成进攻任务。其技术运作和控制程序如下。

（1）首先以球门柱与 C 球连心线为基准，从门柱中心点测定出垂线，并在此线的柱外 3.75 厘米处确定瞄准点。把这一垂点定准十分关键，它直接关系到折射分球的控制效果。

（2）依据垂线上的瞄准点和"四点成一线"的基本瞄准法构成瞄准线。要把瞄准线的方向偏差减小到最小限度。当然，理论上要求不应有偏差，瞄准的精确度越高越好。

（3）"击向"掌控要准确。这是撞门柱折射撞击能否命中的决定性环节，也是掌控折射分球方向的关键技术。由于球门柱弹性力较大，撞门柱的厚度要相应地减小，击打力度要适中，不宜过大。在确定瞄准线和"击向"掌控上，必须以不触碰已撞击过的 B 球为前提。在实践中，还要特别注意门柱的稳固程度，假如遇有门柱有松动或不垂直等状况，则极可能产生撞柱折射分球的不规则运动，影响命中。这就要求根据具体情况适当调整瞄准点和击球力度，情况复杂时，则不宜勉强打折射撞击。

上述打法，同样适用未过三门的球撞终点柱折射撞击，也适用过门折射撞击打成球门双杆。

他球障碍进攻线路，避开障碍和清除障碍球实施进攻的技法和用途决不止如此。在具备特定局势和条件时，还有不少方法可用，诸如闪顶清障、组合撞顶清障、侧撞分球调位躲避障碍等等。

三、特殊双杆球打法技巧

所谓特殊双杆球，是指用常规打法难以打成的不具有合适角度而以技巧打法却可打成的双杆球，这种双杆球不是刻意制造，而是遇到时去打。下面简介几种不同条件和布局的特殊双杆球的技巧打法。

（一）连体球不同方向、不同角度的特殊双杆球的打法

连体双杆球包括反向双杆、斜向双杆、侧向双杆等等，可以毫不夸张地说连体球可以打出多角度的双杆球。

1. 大小不同角度的侧分连撞双杆球技法。

连体球拟打左或右的侧向分球，连续撞击或过门得分，打成双杆多杆球，在打法上主要做好下述各点。

（1）测准连撞目标与自、他连体球形成的角度。选准瞄准点，构成瞄准线。选点方法不是拟攻目标方向，而是采用"二分角"之法确定瞄准点和瞄准方向线，即以连体球的连心线的延长线与自球拟攻目标之间的连心线为准，测出两线中间的"二分角线"，此线则是瞄准线，假设按其形成的等腰三角形测定，底边中点则是"二分角线"所指的瞄准点。无论角度大小，均是如此。

（2）击球时要准确掌控击向和力向，要合理运用击球面的前冲力以及连体球的阻抗力，把被击出的自球准确控制在"二分角线"上，亦即沿"二分角线"发力击球。

（3）击球方式——槌法必须合理而巧妙。提倡以顿击法击球，击球面触球后立即扎压停顿在地面上，切忌向前推送杆，以免"连击"或"推球"犯规。

击打连体双杆球有一点应特别注意，即击球前必须请裁判员"确认"是否是连体球，当得到确认后再击球。图59为小角度连体双杆球。

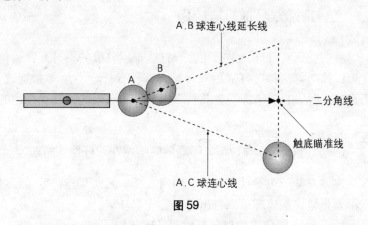

图59

图59中所标线路，虽不精确，但仍可看出小角度连体双杆球的瞄准和控球方向线路。其中 A、C 球的连心线既是测瞄准线依据之一，又是 A 球击出后撞击 C 球的运行线。连体 A、B 球连心线的延长线则是确定瞄准线另一依据和 B 球被撞击后的运行线。按此打法，主要注意力应放在自球偏分运行线的掌控上，确保命中 C 球，从而打成双杆。在实践中，自球（A 球）被击出后，最易过多向目标方向外侧偏斜，加大偏分角，进而影响命中和双杆的成功，这一点应予特别注意。

运用上述方法可打成大小不同角度的双杆球，也可打成分球过门双杆和多杆球。

2. 反向和反角连体双杆球的打法。

反向连体双杆球，亦称"背向"连体双杆球。连体球与拟撞击的目标球同处一条直线上，主攻球恰处两个他球中间。而反角连体双杆球，连体两球与另一拟攻目标球不处在一条直线上，而是形成一定程度的小斜角。这种双杆球的打法多种多样，例如横向侧打、背向擦打、反向倒勾等等，其中以反向倒勾击球打撞击的槌法较为简易有效而实用。此法已在连体球反向进攻一节中做了介绍，这里不再重复。要强调的是提高瞄准和反向倒勾击球的准确性和撞击（进门）命中率，尤其要防槌头入射角和走势不准，触及连体的他球犯规。还要提醒一点即对球槌的粗细轻重要加以选择，一般地说，以直径小而重的槌头较为适用，有助于减少控杆难度，提高击球准确性，避免触及他球犯规。

假设打大反角或横向直角连体球双杆，完全可运用常规击球方式出杆击球。由于与自球连体的他球在击球过程中一般不出现动态，或很少移位，槌头如控制不稳，走向不准，就有可能触碰他球。这一点在控杆运作过程中应予注意。图60为大反角连体双杆球线路图。

图60中A、B球为连体球，与C球形成一定角度，具有以常规方式击球条件。只要按常规撞击的方法打，即击打A球离开B球，并撞击C球，则打成了连体双杆球。从图中可概略看出槌头运行方向线距B球很近，稍有摇晃就会触球犯规。因此，宁可"非对心"击球，加大槌边与B球的间隔，也不可触球犯规。

（二）小缝隙侧擦、侧撞小角度分球过门或连撞双杆球

这种双杆球一般不具有常规双杆角度，而以精妙的技巧槌法却可打出分球连撞或过门双杆球。

小缝隙斜擦打变角改向分球过门双杆球。这种双杆球的布局，一般是自、他球间隔很小，多在1厘米以内，位于球门前，两球与球门形成较小角度，常规侧撞分球，不具有过门角度。而

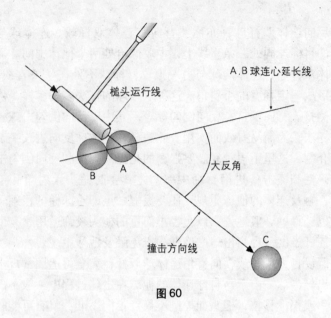

图 60

采用斜擦旋转弧线球的打法，则可分球过门成双杆（如图 61）。

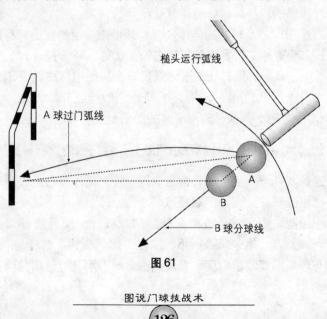

图 61

图 61 中 A、B 球与球门中心点形成的斜角，不具有以常规打法侧撞分球过门成双杆的角度，且两球间隔只在 1 厘米以内。在此特定条件下拟打成双杆，就必须采用技巧槌法。即以"斜擦"法击球，击球面顺沿 A 球圆弧运行，在侧撞 B 球后分球过门得分，打成门前双杆。运用此法还可打成弧线分球连撞双杆球或多杆球。

（三）运用跳撞跟进球技法，击打间隔稍大、小斜角双杆球（如图 62）

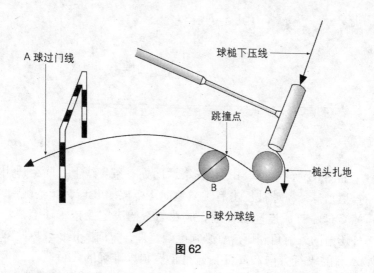

图 62

图 62 中 A、B 两球与球门中心点同处一条直线上，两球间隔较近，约为 3 厘米左右，在此种条件下，可采用扎压或砸压槌法，以较高的压击点加力压打 A 球，使其迅速跳离地面，冲撞 B 球，并飞行过门得分，从而打成双杆球。这种球如控球准确，还可打成两球同向同步跟进双得分的双杆球。如果小角度，则要确保 A 球偏擦顶过门得分成双杆，而不过多考虑 B 球被撞后的

效果。

（四）擦顶连撞双杆球

擦顶连撞双杆球，基本上是采用打擦顶球的技法，关键是准确控制压击点、自球飞行方向和高度以及精确的擦撞点，擦顶连撞打成双杆（如图63）。

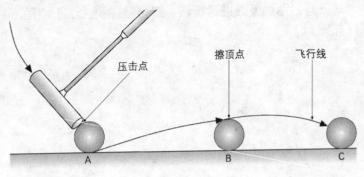

压击点

擦顶点

飞行线

A   B   C

图63

如图63所示，A、B、C三个球同处一条直线上，间距适用于打擦顶球。A球被压击后跳离地面飞行擦撞B球，产生跳跃，再撞C球，打成连撞双杆。成功与否的决定性技术环节，是下杆压击的入射角和压击点必须准确合理，方向要正，并以此掌控A球的飞行方向和高度，通过正擦顶以准确的飞行线擦撞B球，形成再次跳跃撞中C球。压击方向和飞行高度稍有偏差，就会失误。假如三个球未完全处在一条直线上，形成左或右的小斜角，则要运用"偏擦顶"的方法擦撞后改变飞行方向撞击C球。A球飞行方向改动多少，依三球形成的角度大小而相应调整和掌控。运用上述方法，也可打成过门双杆，还可打出A球落地后远程再撞目标球的连撞双杆。

（五）撞门柱折射撞击双杆球

撞门柱折射撞击反弹过门双杆球，一般是遇有对方球"挡道"或"卡门"时，有必要打双杆攻击对方，又不给对方"送分"，运用撞门柱反弹折射的技巧打法而打成的双杆球（如图64①、64②）。

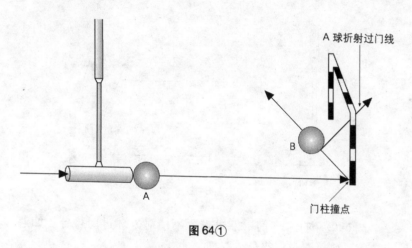

图64①

图64，对方球挡住过门线路，巧打撞门柱折射双杆球。

图64①中球门口的 B 球为对方球，距球门线 10 厘米左右。A 球先撞门柱，折射撞击 B 球，再次折射分球过门得分，打成双杆。打法要领如下：

1. 正击 A 球，使其以球体 $\frac{1}{3}$ = 2.5cm 或 $\frac{2}{5}$ = 3cm 的厚度准确撞击门柱里侧某个点，产生反弹折射撞击 B 球，并分球过门得分成双杆。

2. 适当加大击力，加快 A 球冲柱速度，形成足够的反弹力，满足侧撞 B 球分球过门对力度的需求。

3. 严防 A 球与门柱对心正撞，不能产生折射侧撞 B 球。

4. 击球前必须检验门柱是否牢固并与地面垂直。遇有门柱歪斜或松动，切勿勉强打折射双杆。否则，极易失败。

5. A 球撞门柱厚度必须准确，严防偏薄，而未形成反弹折射，导致 A 球擦柱远程分球，把 B 球留在门前，返回再撞很困难，留下"后患"。

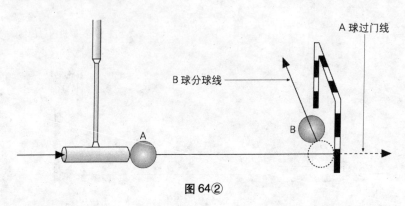

B 球分球线

A 球过门线

B

A

图 64②

图 64②巧打"卡门"双杆球，不使对方球过门得分。如遇己方球，则可双过门得分成双杆。

图 64②中 B 球为对方球卡在门口，A 球要打成双杆，又不给对方"送分"，必须做到两点：一是 A 球必须先撞门柱，再碰 B 球，将其撞挤向门前或靠向另一门柱而不能过门得分。A 球则必须过门得分，才能打成双杆；二是必须轻击轻撞，即可防止把 B 球撞击过门。成败在于槌法精妙与否。这种条件下的双杆球的另一种打法，即在不考虑是否给对方"送分"的前提下，采用提拉加转的槌法，加强 A 球上旋转速，撞击 B 球后形成跟进过门得分，打成双杆。当然，在 1 分决定胜负的关头，万不可采用此法。假设卡门球为己方球，就不存在这一问题了。

以上简介的几种技巧球，仅是技巧球宝库中的一部分。随着门球技战术的不断创新和深入发展，各种技巧球必然会更多、更加广阔地涌现，更深层次地运用于比赛，使门球比赛更加丰富多彩，更具观赏性。

第五节　门球技术教学训练

教学训练是门球技术不断发展提高的必由之路，是精兵之道。体育界有一个口头弹：苦练出人才，苦练出水平，苦练出成绩，苦练出精兵。无数事实证明，没有科学而刻苦的长期训练，就谈不上门球技术的持续发展和创新，谈不上技术水平的提高和比赛优异成绩的取得，更谈不上门球人才辈出。如何搞好门球技术的教学训练，是长期以来未获解决的"老大难"问题，是困扰门球运动向深层次、高水平发展的一大障碍。门球教练员和各级门协以及广大运动员对此应予高度重视，并做出努力，加以解决。现依据实际情况和发展提高的需要，提出如下几点意见供参考。

一、门球技术训练的方针原则

要提高训练质量和效果，必须有明确而实用的训练方针原则。以下几条应在训练中加以贯彻。

（一）贯彻理论与实践、一般与特殊相结合的原则

门球技术有其系统的理论原理和相关科学知识，也有其规范合理而有效的操作方法，还有"与众不同"的运动规律和特点。因此，在教学训练过程中，必须认真贯彻理论联系实际，一般原理与门球运动特点相结合的方针原则。坚持从实践到理论，再从理论到实践，由浅入深，循序渐进的科学训练。做到理论与实践

的统一、知和行的统一、一般和特殊的统一。

（二）认真贯彻体育界常用的"三从一大"的训练原则

技术训练要有明确而具体的目标和任务，确定应达到的标准和水平。要从难从严从实际（实战）出发，严格要求，坚持长期的大运动量的高难度训练，真正达到"技高一筹"和一流水平，扎实地掌握高、精、尖、巧方面的技术，练就扎实过硬的基本功、娴熟精湛的应用技艺，提高竞技实力。训练要突出一个"实"字，即从实战需要出发提出要求，讲实用和实效，实实在在地解决技术上存在的问题，使训练落到实处。

（三）贯彻全面系统训练与突出重点相结合的原则

门球各项技术，从理论到实践，从单一动作到综合技术，是一个相互联系的统一整体，可把它看作是一个系统工程。要逐项进行全面系统训练，培养技术全面的人才和球队，又要突出重点，突出抓好关键性技术、"同类项"技术和触类旁通、举一反三技术的训练，突出竞技队的训练。培训出一批具有一流水平的尖子门球队和尖子运动员。

（四）贯彻竞技训练与康乐健身相结合的原则

门球运动的深入发展，逐渐形成了两种队伍：一是竞技型的队伍；一是群众性康乐健身型队伍。对这两种类型队伍的训练应区别对待，以抓竞技型队伍训练为主，康乐型队伍训练兼顾。尤其是基层老年门球队的训练，因年事已高，体力较弱，训练宜量力而行。在训练中，既提倡刻苦精神，又要讲科学态度，提倡"巧练"，还要防止"以打代练"。通过长期训练，提高门球技能，增强体质，促进健康，这是门球运动的宗旨，两种不同类型队伍的训练，均应遵循这一宗旨。

二、教学训练的重点内容和要解决的主要技术课题

门球技术教学训练内容（项目）的确定和安排，应从球队目前的技术状况和比赛实战需要出发，并着眼于门球技术的发展，既要照顾到全面系统性，又要突出重点。要从理论与实践的结合上解决问题。既提高对技术理论的认知，又把握科学实用的操作方法。尤其是起关键作用的核心技术。

（一）基本技术训练必须常抓不懈，练好扎实过硬的基本功

击球和闪击这两项基本技术的训练是门球技术系统中的"奠基"工程，是为掌握和运用各项应用球技术打基础，也是提高各项技术活动质量和应用技术水平的两大基本功。可谓是训练的重中之重。对基本技术的相关原理、动作要领、掌控方法等均应按照科学化、规范化的要求进行训练，使之正确定型。并不断提高精准度和熟练程度。一般可设定有代表性的项目，如撞击球、闪带球、到位球等，有意识地磨炼和检验基本技术，掌握正确的基本方法，纠正错误的和多余的动作，尤其要克服"痼癖症"。提高技术动作的质量、合理性和准确性。

在击、闪球基础技术上，要着重解决如下几个问题。

1. 准确地沿瞄准线（目标方向线）出杆击球或闪击。无论轻击还是重打，都要确保槌头不变形、不偏离瞄准方向线。提高出杆的稳定性。

2. 掌握细腻、灵活准确的槌法。选定常用的最适合自己的击球方式，使挥杆动作规范合理、准确到位。解决槌法粗糙问题，纠正错误动作，去掉多余动作。

3. 提高发力的协调性、稳定性和准确性。保持发力点和力的传递点的精确度、张弛度和柔和度，真正做到放松、平稳、协

调、柔和、发力击球。

4. 闪击动作应着重解决下列问题。

（1）合理稳固踩球。踩压部位适当，压力垂直下压，严防前挤或碾转，以免两球接触点错位。

（2）瞄准时必须把眼睛（视线）调整到目标方向线的自球上方或右上方空间，并尽可能降低视线，纠正偏前或偏后的不正确形态。为扫描和调整瞄准线创造最佳条件。

（3）切实"击准打正"。必须做到击出方向准确指向目标。槌头即将触球瞬间，其轴心线与自、他球连心线形成一条直线，击球面与目标方向线（两球连心线）垂直。纠正向后"抠杆"或向前"推杆"的错误动作。

基本技术动作要领的学练掌握，除一般训练和在实践中有意识地磨炼外，其中重要的、起关键作用的技术，还应专题专项进行训练，精雕细刻，促使每一项技术动作和运作方法符合运动规律，正确定型。

（二）应用球技术训练要持之以恒

量大面广、效益高的应用球技法必须千锤百炼、精益求精、务求实效，切勿搞形式、走过场，做到教学训练规范化、制度化。有效解决技术上存在的问题。

1. 各项应用球，包括击、闪各种常用球和技巧球，应逐项进行训练，掌握各项应用球的具体打法，特别是每一项应用球的特殊打法。逐项体会领悟其相关原理、动作要领和技术要求。提高应用球质量和成功率，提高技术熟练程度和稳定性。

2. 突出训练重点，解决应用球技术打法上的主要课题。

（1）合并"同类项"实施训练，争取"举一反三"的训练效果。

在种类繁多的应用球中，尽管各有各的打法和要求，但许多应用球有共同或相似之处，可以合并归类进行训练。以求在有限的时间内，最大限度地提高训练效果。重点项目包括撞击、闪带、擦边球和到位球四项。这四种球在技法上具有一定代表性。应从其相关理论原理和运作方法的结合上，下功夫进行重点教学训练，认知原理，领悟要领，掌握操控方法。

（2）突出解决击打应用球的控向、控角、控力三大控制技术问题，提高击球员的控球能力。击出方向和球在地面运动方向的掌控技法，擦撞分球角度和分程的控制，击、闪球力度的掌控，是击、闪应用球离不开的三大控球技术，应专题组织教学训练。

在控向技术训练中，除一般性控制技术外，要突出解决好观测和利用地形、地势控球和利用运动速度控制运动方向等技术问题。

在控角训练中，要解决如何准确选定瞄准点，以侧撞厚度控制自、他两球的分角和分程等技术问题。既要弄懂相关理论，又要掌握操作方法，以理论原理指导实践。精湛而熟练地掌握高水平的正击侧撞偏分球控球技法及其用途。

科学准确地施控击力是技术训练的一大难点和重点。要着重弄懂学会运用力的各种要素在击打和碰撞运动中的相关原理和掌控方法，尤其是力向和力度的掌控方法。提高门球力学知识和施控击力的准确性。

（3）技巧球的技术打法和功用，应是训练内容的一个重要方面。应选择有实用价值的技巧球进行训练，掌握技巧打法。尤其是稳定巧妙的槌法。而有些表演性的技巧球则不宜过多去练。掌握击、闪球技巧，有助于提高常用球技术质量和门球技艺的观赏性。

门球技术训练要在科学发展观的指导下，注意开拓创新，力促发展。要深入研究和认知门球运动的特点和发展规律，研究创造和掌握门球技术的新理论、新方法、新技术。要善于把实践经验提升为理论，善于借鉴与门球技术的发展提高密切相关的诸学科和球类项目的技术理论，结合门球运动特点，用以指导技术训练和比赛实践。

三、教学训练的方法和要求

明确了技术训练的方针原则，确定了教学训练的内容和要解决的主要技术课题，还必须有灵活多样既先进又实用有效的训练方法，有奋斗目标和具体要求。

（一）灌输式教学训练

灌输式教学训练，也就是俗说的老师讲、学生听，辅以现场直观的示范指导。这虽是最原始、最古老的教学方法，但必不可少。门球技术训练，目前尚缺乏现代化、科学化的手段和条件，也没有必要的仪器设备，还是得靠"言传身教"，按上课、讨论、练习等程序进行。这种由教练员组织训练并负责授课的方法，仍是门球教学训练的基本方法。为提高教学效果，为门球技术普及和发展提高"开门引路"，应有目的、有计划地按照门球技术系统，列出若干技术专题专项组织课堂讲解和现场研讨练习。要求做到既讲解技术理论，又介绍实践操作方法。各项技术课题的讲授，要主题鲜明、理论正确、重点突出、方法科学实用。提倡形象化直观教学、深入浅出、生动活泼、通俗易懂。讲解技术课题技术用语要精练准确，图文并茂，示范演练要动作规范，形体优美。要充分运用启发式、问答式、激励式、诱导式、比喻式、直观式等方法进行教学。每一项技术和各种应用球打法的训练既要讲清是什么、为什么和怎么做，又要在现场做示范表演，组织练习。尤其强调多讲"怎么做"。多讲技术要领、运作方法和用途。切实做到理论与实践、说与做、学与用的有效结合。

灌输式教学训练必须从实际出发，要有重点和针对性。尤其是要紧紧抓住量大面广、功能多、作用大的应用球掌控技术，进行科学刻苦的长期训练，对各项技术动作要领、操控方式方法、形体姿势和动态等进行一丝不苟的精雕细刻，力求做到协调稳定、灵活巧妙、科学规范、准确定型，纠正错误动作和"痼癖症"。促使门球技术精细化、规范化、科学化和艺术化。既实用又有观赏价值。不断提高门球运动员的控球能力和技术水平。

下列几项控球技术应作为专题，进行理论与实践相结合的教学训练。

1. 控向技术训练。

准确掌控挥杆击、闪方向和球在地面运动的方向，是撞击任何目标、确保命中或到位都离不开的最为重要的控球技术，也是打好各种应用球的基本保证。在训练中应着重解决如下几项技术打法。

（1）提高沿瞄准线出杆的精准度，把方向偏差减到最低限度。

要求按照基本技术动作要领结合赛场实际，逐项进行训练。掌握细腻、灵巧、稳定准确的"槌法"。养成"眼睛盯击点，视线随槌行"的习惯。以保挥杆过程中动作协调不变形、槌不离线不变角、眼不分神。控向技术训练要在精度上下功夫。在搞清不同体积目标、不同距离上的"允许偏差值"的前提下，通过科学合理、符合运动规律、准确规范的技术动作和槌法的练习，提高出杆方向的准确性，极尽所能减小偏差，杆杆击准打正。进而提高各种应用球的命中率和到位率。拓展应用球的功能，提高其质量和作用。

（2）灵巧精湛槌法的训练。

击球槌法对击打应用球的质量，尤其是"击向"的准确性、提高命中率至关重要。门球的槌法，也就是常说的挥杆的动态走势和击打自球方式方法。具有多样性、可变性和技巧性等特点。例如推、挑、提、顿、擦、压、切、扎等等，关键在于控杆手法的细腻、灵巧、准确、动作规范合理。不管采用哪种槌法击球，目的只有一个，即以准确无误的出杆方向击出自球，确保命中目标。这是槌法训练的出发点和落脚点。通过刻苦训练，切实提高槌法的准确性和稳定性，提高技术动作的质量和精细度。要在稳中求细、稳中求巧、稳中求准。门球运动员要选择适合自己的槌法勤学苦练、精益求精，练就自己几手歼敌胜制的杀手锏和有自己特殊的"独门功夫"。在练习和掌握各种各样的槌法时，有两种控向法应重点练习：一是"标志物"参照点控向法；另一是贴脚控向法。此两法是控向效果最佳的方法。不仅出杆准确，而且稳定。有助于提高击打应用球的命中率和成功率。

（3）合理利用地形地势控向的训练。

利用地形地势控向，在控球技术中占有重要位置，它对球在地面运动的线路和方向发挥制约作用。一般在平坦地面上，球被击出后会呈直线减速运动，而在倾斜不平的地面上，则会出现不规则的弧线或曲线运动，沿坡向低处滚。这就要求击球员在测准地形地势的前提下，合理地利用地形控球。在实地练习中，要认真运用调整瞄准点、控制球速、选好运行方向线等方法，反复练习控球技能。并且要注意在不同场地的不同地形上进行练习。利用地形控向是一大技术难点，对提高控球技能和各项应用球的成功率具有重要意义，应予高度重视。

2. 控角技术训练（专题训练的重点）。

控角技术训练实际上是"正击、侧撞、偏分球"的掌控技术训练。它不仅用途广泛功能多，而且技术较为复杂，精度要求高，掌控难度大，是技术训练的一大难题和重点。要求从理论原理与实践方法的结合上下苦功夫进行科学训练。提高擦边球、角度分球连撞或过门双杆球、侧撞折射分球等控制技术。在教学训练中，应着重解决下列技术问题。

（1）科学合理、精确度高的瞄准方法。尤其瞄准点的准确选定，为构成瞄准线和以瞄准点控制侧撞点厚度创造条件。

（2）准确控制"正击方向"和侧撞厚度，并以不同的侧撞厚度准确控制分球方向，亦即分球角度。

（3）恰如其分地施控击力，进而准确控制侧撞后自、他两球各自的分程，解决分球到位的控力技术问题。

（4）加大或缩小分球角度的技巧槌法。此项技术多用于击打技巧性强的特殊应用球。

3. 控力技术专题训练。

施加和控制击力是门球的核心技术。训练重点应放在如下两点上。一是合理运用和掌控力的各种要素的作用，提高力向、力度控制的准确性。二是加强施控力方法的研究和训练。尤其要注意在不同场地上通过各种应用球特别是不同距离的击、闪到位球，苦练力向、力度的掌控技术。提高到位球的精度、质量和战术性。

4. 闪带球技术专题训练。

闪带球技术精度要求高、技术环节多、动作难度大、程序性强，需进行专题训练。在练习过程中，应着重解决下列几项技术问题。

（1）合理踩球，部位适当，压力向下。防向前挤压脚下球。牢控两球接触点不错位。

（2）瞄准时，必须调准眼睛的空间方位和准确地把他球中心点准确调整到自球与目标球的连心线上，构成三球中心点连线，即瞄准线。

（3）准确沿瞄准线出杆闪击，力求减小槌头运行过程中的弧线，即将触球瞬间，使槌头轴心线保持在自、他两球连心线上。做到闪准击正，提高命中率。

（二）激励式教学训练

激励式教学训练方法，具有鲜明浓重的竞争性、鼓舞鞭策性和强劲的推动力。

1. 达标训练。

所谓达标，就是对各项应用球分项制定出技术标准，评判一定单项分数，计算成功率，并排名公布。单项应用球项目，要从实战出发选定，尤其是比赛中量大面广的常用球，诸如撞击、攻门、闪带、到位、擦边、双杆球等要列为达标训练的重点。达标训练是门球技术的综合性训练，要注意从低到高、从易到难定项定标组织训练。阶段性的达标训练应有讲评和表扬奖励。

2. 定期组织技术考核和技术竞赛。

技术考核项目要从实战需求出发，设定难易程度不同的常用球，并确定每个项目的得分标准和击、闪杆数，最后按总积分排名，并分成优秀、良好、合格、不合格四个档次，评定考核结果。这对训练效果和门球队员的技术水平是一种检验和摸底，也是对刻苦训练的推动和参训热情的激励。

技术竞赛是一种单打比赛，可排出秩序运用循环制或淘汰制有组织地进行。也可设定若干单项技术或一定的战术布局进行比赛，确定记分标准或胜负条件，胜者升，负者降，最后按总成绩排出录取名次，并予表彰奖励。

技术考核或竞赛，必须发动全体队员积极参与，并与挑选门球比赛的参赛队员结合起来。优先选择成绩优异的队员为参赛队的成员。这样，就使考核和竞赛具有更大的推动力和挑战性。

3. 开展争创门球等级技术能手或优秀运动员活动。

开展争创门球等级技术能手活动是全面提高门球运动员技术水平和推动训练深入持久发展的有力举措，是一项规范化、制度化、长期化的群众性活动。

（1）按技术项目制定技术能手等级标准和应具备的条件。一般可分为一、二、三级技术能手，一级为最高等级。

（2）定期进行考核评定，一般可每半年或一年评定一次。考核的技术项目既全面又要有所侧重。根据提高技术的需要和实际情况，每次考核的项目可做适当调整，考核可"三榜定案"。

（3）结合门球的正式比赛，包括团体和单、双打比赛，评选技术能手，对在比赛中表现出色、技艺高超和成绩优异者，经过适当评定程序评定为门球技术能手。尤其是要注重从获得比赛前三名的队中评选技术能手或评选优秀运动员。

（4）明确审批权限，对符合技术等级条件的运动员，履行审批手续，并授予称号，颁发证书。一般一级技术能手应由较高的门球管理机构审批。二、三级则可由较低的门球管理机构审批。以保持争创技术能手活动的严肃性、权威性和有效性，具有更强的号召力和推动力。

（三）广泛持久地开展群众性的互教互学、自练自学式的教学训练

群众性互教互学、自学自练、能者为师符合门球运动普及发展的特点，也符合群众体育项目的宗旨和运动队伍现状。群众性自我教学训练，是依靠群众集体智慧和力量，群策群力，解决技术上的问题，是提高训练效果的主要形式和有效方法。事实上要把理论上的东西和科学方法、先进的技术真正变成自己的东西，说到底还是得靠球员自己，要提倡自学成才。群众性互教互学活动的形式和方法，有如下几种。

1. 经常组织经验总结交流会。与会者均可讲解介绍自己学习、苦练和掌握门球技术的心得体会，对各项技术打法的感悟和认知，总结出自己提高技术的经验和在实战中运用的最有效打

法。还可介绍自己观察和学到的别人的先进技法。当然也提倡总结自己失败的教训，并找出原因和解决办法。使认识深化，在理论上提高。

实践经验总结会，应事先有准备，事后有小结，要把群众的点滴体会和零散的经验系统化、条理化，使与会者在总结交流中优势互补、取长补短、共同提高。

2. 适时召开技术专题研讨会。

技术专题研讨会，应是较高水平、较深层次的技术探讨，可选择门球技术中重点课题或应用球技法中亟需解决的关键性技术或者是技术弱项，从实践与理论的结合上进行研讨。开拓技术思路，广泛借鉴相关学科和竞技体育项目，尤其是台球和高尔夫球的技术理论和实践方法，结合门球特点和实际，加以融合运用。提升技术研讨的学术性、实用性和科学性。把一般原理与门球运动特殊规律结合起来解决技术方面的各种问题。发动广大门球爱好者（队员）解放思想、开拓创新，为发展门球技术奉献自己的聪明才智。必要时，专题研讨会可有代表性发言，并可组织现场实验，有条件时，还可请门球技术专业方面的高人、专家临场指导，或组织专题讲座，借以提高专题研讨会的水平。

3. 临场"会诊"，众帮一、强助弱、高带低。这种训练方法应有组织地进行。一般适用于竞技队伍对某些技术精雕细刻的训练。一人上场做技法演练，大家都是"评委"、"师医"，对表演者做"诊断"评判。肯定对的，指出错的，找出毛病，提出解决办法。这种方法虽会出现某种"难堪"，甚至苛刻。但却很有针对性，"对症下药"解决技术上存在的问题，指出努力方向。这对门球大赛的参赛队员是必要的、有效的训练方法。

4. 边练边研讨，边打边提高。

在技术练习或在对抗比赛的实践中总会遇到这样或那样的技术问题，单靠个人的有限智能难以解决。这就要靠群众的智慧，在练习过程中，就某些技术课题特别是技术难题，边打边练边研究，集思广议，为攻克同一目标或难题，献计献策，互相沟通，共同探讨出效果最佳的技法。这是一种非常灵活、随意、简便易行、随时随地均可进行的训练方法。现场讲、现场做、立杆见影地解决问题。必要时，还可组织技术高手现场做示范或由教练员示范，让大家有样板可依。

5. 善于在比赛实践中学习提高。

一支门球队，特别是竞技型门球队，每年都要参加大大小小各种规模和类型的数次乃至数十次门球比赛。这就为学习提高门球技艺提供了良好的机遇和场所。赛场既是竞技场，又是学艺课堂。在比赛中学、实战中练是学练提高门球技艺的重要途径。因此，要十分重视和发动门球队员和教练员在实战中学艺。向先进学、向实践学、向对手学，要把一切先进的东西学到手。取人之长，补己之短，积累经验，完善和提高自己的技艺。同时，还要注重总结自己实战中的经验教训，以求打一仗进一步，吃一堑长一智。在提高技艺的征程上，一步一个台阶地向上攀登。反对"打完比赛，万事终了"的不负责任的错误作法。

在赛中学，实战中练，提倡虚心好学、不耻下问的精神和勤于用脑、求真务实的态度。反对骄傲自满、固步自封、安于现状无所作为或"盲目排他"的错误心态。树立见"好法"即学、见先进就跟、并勇于创新的优良风尚。

6. 《门球之苑》杂志上有许多论述门球技战术方面的文章，应认真学习和运用。它在传授门球技艺上是"无声的老师"，提倡自学或集体研读，从中获益，用以指导门球技术的教学训练，提高门球技术。

（四）游戏娱乐式训练

游戏娱乐式练球，是为活跃和调剂训练气氛，增强练球的趣味性而采取的辅助性训练方法。寓练技术于轻松娱乐氛围之中。即在"玩儿中练"，以娱乐推动练球。可采用新鲜活泼、多种多样、群众喜闻乐见的形式，富有激励性、娱乐性的方法，进行游戏式练球。诸如擂台赛、挑战赛、打"长蛇阵"、"闯关进帐"等形式，其中的长蛇阵是按蛇形摆放多球，球的间距不等，可远可近，从一端打正撞起，依次打到最后一个球上，在进攻中，主球撞击后落位何处，即从何处续击，必须杆杆命中，直到撞中最后一个球，才算打阵成功。若中途失败，则要再从头打起。成功者应授奖，有条件时可给小奖品，失败者罚，罚其为大家服务，如负责捡拾撞击后的他球复位。失败者可相互轮替，后者接替前者摆球复位。通过这一撞击游戏锻炼控向控力技能。

"闯关进帐"的游戏则是选定几处"关卡"，每一"关卡"均设定一组至几组战术球，如正撞定位球、侧撞分球调位找角、擦边球、撞顶球、双杆球、闪带球、过门球，包括一部分技巧球等等，最后以一定距离击球进入直径为20厘米小圆圈，这就是要进的"宝帐"。每一个关卡可设置2个~3个难易程度不同的战术球，不宜过多。闯关则要从第一关打起，依次连闯，前一关过关成功，才能闯后一关。如中途闯关失败，则要再从头闯起。这个游戏是各项应用球技法的综合性练习。如同其他游戏一样，优胜者奖，失败者罚。

游戏式训练形式多样，可尽量创新，增加趣味性。条件设置要有难有易，有简有繁，要能引人入胜。一般可利用球门和球场的一定区域设置"关卡"。

游戏娱乐式训练尽在"玩儿中练"，应创造轻松欢快的气氛。由于各种游戏均有多人参与，属于群体活动，应有组织地进行，现场处处要有人负责。这种活动是名副其实的"快乐门球"，使参与者享受门球，在娱乐中受益。

（五）强化赛前训练

正式比赛前的训练是肩负征战任务、有明确目的、有针对性和适应性的训练。一般地说，赛前都有一定时间（少则两三周，多则一个多月）可用于技战术训练。由于即将参赛，参训人员较为固定，训练时间和场地也较有保证，技战术训练比较容易落实，定会获得较好效果。尽管此举有"临阵磨枪"的味道，但磨比不磨强得多，是赛前必要的提高技战术实力的好方法。假设某一支门球队，在一个年度内能参加四、五次比赛，每次赛前如都能组织训练，一年的积累就会有两三个月甚至更多的时间进行训练，这是很可观的数字。这种"临阵磨枪"如能磨得多而久，技战术水平和实战能力必能获得提高。抓好赛前训练应从以下几方面入手。

1. 赛前训练应制订一个符合实际，既先进又切实可行的计划。明确训练任务和要达到的标准。确实落实措施、加强领导、保证时间。

2. 训练内容和项目要突出重点，加强弱项和"弱杆"的训练。抓住比赛中量大面广、效益高、作用大的应用球刻苦练习，诸如远攻球、擦边球、双杆球、闪带球、到位球等，提高控球技能和技法熟练程度。

3. 加强实战模拟性训练。无论是开局、中局或终局，均可设定多种多样并拟在实战中运用的战术套路和布局，以技术手段练打这些套路或布局，使技术训练与战术演练相结合，提高球队的综合实力。这种方法，即可熟练掌握拟用战法，又可统一战术思想，为默契配合打下基础，还可锤练与战术相适应的门球技术，为战术的实现提供可靠保证。

4. 组织好针对性、适应性训练。

适应性训练，主要是针对比赛对手的技战术特点和赛场的场地条件和状况进行的训练。演练应对技战术和制胜战法，练好自己的招数和技术特长，为临场发挥自己的优势做好准备。要选择与赛场相同或相近的门球场做适应性训练，提高适应能力。

赛前还可组织不同规模的"热身赛"，适时调节队员的竞技状态，尽快使参赛队员进入比赛角色，保持最佳竞技状态。

大单位或高级别的门球代表队的赛前训练更应严格要求。在较高起点上提高技战术水平和应变能力。必要时，可集中一定时间进行"封闭式"训练。

四、加强教学训练的组织领导和保障工作

门球技战术的教学训练能否坚持实施，训练质量和成效的好坏，技战术能否尽快提高，培养出一批水平高实力强的竞技队伍和门球精英，促进门球运动向高水平深层次发展，关键在于领导对教学训练的重视和支持，在于门球运动主管机构和各级门协狠抓训练的得力举措，把训练工作列入议事日程，在人力、物力和财力上给予强有力的支持，并分工由主要领导亲自抓落实。

组织领导工作，应从下述几方面抓起。

（一）以科学发展观为指导，遵循教学训练方针原则，结合本地区、本单位门球运动发展实际和门球队伍的技战术水平，适时提出门球技战术教学训练的方向和奋斗目标

制定发展提高的规划，确定竞技和康乐两种类型门球队伍建设的构想和蓝图。采取强有力的举措，推动教学训练的深入发展。应突出抓好竞技队的训练，不仅要长抓不懈，而且要有制度保证、物质经费保证和时间场地保证。促使教学训练经常化、制度化、规范化。督导训练落到实地实处。

（二）认真贯彻实施教练员负责制，真正上岗执教，全权抓好门球队的训练落实工作

门球教练员平时的主要职责和任务是抓好训练。比赛时则可组织比赛和担任临场指挥，克服目前存在的参赛出场指挥，赛后就不管训练，甚至不再是教练，把临场指挥员与教练员等同看待的错误倾向。门球教练员不应比赛时"上岗"，赛后就"下岗"。而应长期不懈地组织实施门球队的日常教学训练。制定好训练计划，并出任教师，传授门球技艺和战法，组织管理好群众性的互教互学和"天天练"。坚持在每天对抗赛前练球半小时。正式参赛前要抓好赛前训练。组织好各种形式的技战术学习。提高技战术水平和球队战斗实力。各级领导和全体队员要尊重和支持教练员的工作。

要定期举办教练员培训班，并注意结合实际组织教练员学习，不断提高技战术水平，总结和积累工作经验，增强执教能力。根据中国门协颁布的门球教练员国家技术等级标准，定期进行培训定级工作，提高教练员队伍素质，加强教练员队伍建设。为高质量、高水平的教学训练创造条件。

（三）强化教学训练的思想工作，动员教育全体参训者，深刻认识训练提高的重大意义，从上到下都要高度重视此项工作

尤其是要及时解决对训练的不正确认识，排除思想障碍。特别是满足现状和"贪玩"以及怕苦怕累等错误思想。克服只顾娱乐不顾练球或以打代练的不正确做法。当然基层老年门球队，尤其是高龄队员，参训可量力而行。而竞技队和较年轻的队员，参训则应高标准严格要求，否则难出精兵强将。

门球运动普及和提高两方面的工作应协调发展，相互促进。没有普及就难以提高，而没有提高也就难以普及和发展。目前要

花更大的力气抓紧提高工作。门球队伍既要上规模，又要上档次、上水平。对训练的认识和重视解决了，训练才能正确定位，才能持久，才有坚实的思想基础。才能发扬不怕艰难、不畏苦累的刻苦精神，以对技战术的痴迷精神投入训练。也只有如此，训练才能有效果、出成绩。

（四）加强教学训练的保障工作

教学训练的保障工作尽管很多，而最主要的是做好如下四项工作。

1. 组织和制度保障。

门球队的训练以教练员为主负责组织指导，队长协助教练员抓训练。必要时应建立学习互助组。在分组或分散练习时，做到处处事事有人负责。并制定切实可行的学习制度，规范和约束学习或练习活动。以保证教学训练的顺利进行，持之以恒，有条不紊。

2. 训练场地保障。

场地是训练能否落实的重要条件。由于门球场地有限，比赛和康乐活动又较多，如不做统一的合理安排，训练则无场地，即使想练球也无场所可用。因此，必须对比赛、康乐活动和训练做出统一计划和安排，场地的使用时间统一划分，避免矛盾和互相影响。场地较多的单位则可划出训练场地，为训练的实施创造条件。要保障有一定时间和门球场用于训练，防止少数人占据场地对抗打着玩儿把训练挤掉的现象产生。

3. 训练时间保证。

目前的门球队伍基本上分为两种类型，一种是康乐健身型基层门球队，为数较多，且参与者年龄偏高。此类队伍不可能安排更多时间进行训练，一般能坚持每天半小时至一小时的"天天练"和参赛前利用一定时间训练，就已不错，不宜做过高要求。

另一种是竞技型队伍，这类球队的训练就应严要求，每周应有2天～3天时间进行训练。最少也应有三个半天从事训练。没有一定的时间刻苦训练，技战术水平很难搞上去。一流竞技球队和门球精英也很难培养出来。严格地说，即使上述时间能够保证，对苦练精兵培养门球人才来说，也仍感不够。需要有更多、更充足的时间进行训练。尤其精湛技艺的训练提高，需要个人积极主动地挤出更多时间刻苦练球。

4. 必要的物力和财力的保障和支持。

门球技战术的教学训练是整个门球运动的重要组成部分，是普及和提高协调发展的必由之路，也是门球运动系统工程中的基础工程和门球队伍建设的精兵之道。必须下定决心，排除万难，长期坚持，抓紧抓好。

下篇 门球战术篇

第四章　门球战术概论

什么是门球战略与战术？简单地讲：门球战略是指进行门球比赛时的全局计划和策略。门球战术是指在门球比赛中采取的具体原则与方法。

第一节　门球运动的特点

1. 门球竞技的独特性：集体竞争，个人操作，静态配合，指挥独特。

门球比赛是五个人为一方的群体竞技项目，但比赛中场上只有一名队员在操作，属于个人"表演"型，己方队之间的配合是通过球与球之间的位置结组协作的，而球员的每一个击球动作都是在教练员具体指挥下进行的。

2. 击球顺序的周期性。

门球竞赛规则规定，红方①③⑤⑦⑨球，白方②④⑥⑧⑩球，每队各五个球。每名队员只限击打自球，并按 1 号~10 号的顺序依次逐个进场击球，在轮及的队员在场上击球时，其余 9 名队员均在场外待命。击球员从进场击球到击球完毕退场称为一个"击次"，由 1 号~10 号的 10 个"击次"构成一个"轮次"。一个轮次完成又进入下一个轮次，直至比赛结束。这种周而复始、循环往复的程序就形成了击球顺序的周期性规律。

3. 门球得分的特定性。

（1）得分顺序的规定性。门球规则规定，过了一门才能取得参赛资格（三轮未过一门，则取消该号球在该场比赛的资格），然后按规定顺序过二门、三门，最后撞终点柱。并且要求按逆时针方向过门才成立，重复过门无效。

（2）得分数量的局限性，每个球最多只能得 5 分（即过门得 1 分，撞柱得 2 分），满分球立即退出场外（不能参加以后的比赛等于缺员，所以不能过早满分）。全队累计得分 25 分为满分。红队满分后，白方下一号队员还有一次击球权，若该号球是界外球、满分球或缺员，比赛即宣告结束。白队满分后，比赛即结束。

（3）得分分值的可变性。门球比赛以得分多少判定胜负，得分多者为胜。若两队得分相等，则按终点柱、三门、二门的数量判定胜负，数量多者为胜。所以门球的分值在双方平分的情况下有高低之分，终点柱分高于三门分，三门分高于二门分。因此，在比赛中要注意得高值分。

4. 比赛时间的有限性。

整场比赛 30 分钟，在特殊情况下，超过 20 分钟的比赛结果有效。每次击球用时不得超过 10 秒，超过 10 秒判超时犯规，取消击球权。

5. 进攻与防守的互换性。

门球比赛的全过程是在进攻与防守互相转换中进行的。双方采取的各种攻守策略，都是通过击球员去完成的，击球员对场内的球，在规则允许的范围内可以任意摆布，该球无撞击、无过门或球出界，满分即失去击球权。一旦击球权结束，则该队即从进攻转换为防守。所以，门球均具有三重性。即：

（1）攻击性：包括过门、撞柱得分、攻击、闪击他球等。

（2）防御性：包括守门或保护本队球免受对方派球攻击。

（3）协作性：包括与场上已方球的配合协作，共同完成攻击与防御任务。

门球运动的特点是制定门球战术的依据，门球的基本战术、套路战术及深层次战术无不来源于门球运动的特点。例如在门球竞赛中的过门守位、留球待机、连号结组、防守远避、以攻为主、攻守兼备、用好先手、派遣王牌、造打双杆、擦边奔袭、扼制对方、控制局势等一系列得分取胜的战术方法均与门球运动的特点有着十分密切的关系，都要受门球运动特点的制约。

第二节　门球战术的作用

门球比赛的胜负，取决于队员的精湛球技和教练员的指挥能力，以及全队的协作配合和队员的临场发挥。实质上是技术和战术的角逐，是技战术水平、心理素质、训练水平和适应能力等诸多因素的全面较量。其中战术的地位在门球比赛中极为重要，比赛中的深谋远虑、出其不意、攻击对方、控制局势等诸多打法，无不来自战术谋略中的技高一筹。

因此，在门球比赛中要善于发现对方的特点（包括其强项与弱项），根据场上各球分布的态势，采取有效的措施组织、调整己方的力量，充分发挥本队的特长和技能，准确及时地抓住战机，破坏对方进攻和得分意图，确保己方球安全和得分，控制有利局势不断扩大优势，力求战胜对方。这就是运用战术的目的。

门球战术的作用归纳起来即是：相互协作、配合作战、保存自己、攻击对方、控制局势、确保得分，力求战胜对方。双方运用的战术手段各异，但其根本目的都是以得分多于对方而取胜。所以视一切战术手段都是为得分服务的，以战胜对方为最终目的。

第三节　怎样才能更好地发挥
门球战术的作用

门球竞技既是个人操作，又要集体配合。队员的每次击球都是按照教练员的具体指令进行的。所以，提高战术意识，发挥战术的作用是十分重要的。基此，必须重视以下几点：

1. 提高战术意识，做到局部服从全局。

门球比赛中，教练员是临场指挥者，他负有考虑全局、决定对策的责任。而队员在大多数情况下，只能顾及到自球所处位置与附近他球的关系。诸如将球击到什么位置，为队友创造进攻条件，是进攻还是先得分等。这些是队员难以全面考虑的，而这些却恰好是关系到全局的重要问题，这就要求每名队员都要听从教练员的指挥，真正做到局部服从全局。要做到这点，首先，要理解和领会教练员的战术部署。否则，击球目的不明确是打不好球的。因为战术意识不强、盲目执行指令（也执行不好）是没有主动权的，甚至会打出损害全局或帮倒忙的球而造成严重后果。其次，要在学习门球技战术理论的基础上，不断丰富比赛经验，在实战中理论联系实际，加深理解和运用战术原则，不断提高自己的战术意识，更好地领会教练员的战术意图，打出好的结果。第三，教练员和队员间要建立起相互信任、默契配合的关系。这点对打好战术是极其重要的，这样在比赛中队员才能相信教练，坚决按指令执行，使整个球队团结和谐，打出高水平。当教练员偶尔失误（指挥不当）时，队员能及时应变，给以弥补。

2. 提高技术是战术运用基础的认识。

有效的战术需要相应的技术为基础，"技术是战术的基础，战术是技术应用的组织形式，有什么样的技术，才能打出什么样的战术"。队员的精湛球艺是实现战术的基础，但只有在统一战术指导下，个人球技才能得到充分的发挥，两者是相辅相成的。基此，教练员要以己方队员的技术水平为依据来制定切实可行的战术，切忌脱离队员的实际能力，去打高深层次的战术。另外，队员也应对门球技术有一个较为完整、系统的了解和掌握，应清楚每个技术动作的使用方法和特点，并能在比赛中熟练地运用。在全面掌握门球各项技术的基础上，应有自己的特长，这样才能保证发挥出门球战术的最佳效果。

3. 提高技术动作要适应战术要求的认识。

门球运动员在比赛中的一切技术行动都应遵循战术要求的原则，击球员对攻击对象的选择、击球的最佳路线及球的落点选择，都要上升到战术观点来认识。没有战术的技术（如只顾自己得分，不进行协作配合，打无关球，不注意自球落位，没必要打高难技术等），不仅显示不出技术水平，同时也发挥不出战术的威力。

华而不实的战术（如只顾攻击与全局无关的对方球或还有机会攻击球而不去得分）也是不能取胜的。为了进攻而进攻、"打得痛快，输得可惜"的战局是屡见不鲜的。

4. 提高运用规则精神，打好战术的认识。

要学习熟悉规则、深入领会规则精神，并善于运用规则精神研究运用新的战术（如界外球结组、闪顶战术、时间战术等），在规则允许的范围内，充分发挥战术的威力，争取最佳成绩。那种违背规则精神、不惜采用故意犯规的手段是不可取的。

第五章 门球基本战术球及其应用

第一节 守门球（守位球）

守门是为控局势，阻他得分为目的，"引而不发"是策略，"死"守遥控均适宜。

一、守门球的作用

球门要隘是双方必争之地，占据球门是控制局势、阻击对方得分的主要方法，谁占据球门，谁就取得主动权。因为有了守门球就能够控制球门前后一大片区域，既有利于己方球过门得分，又可攻击对方靠近球门的球，达到阻击对方球过门得分的目的。对方因害怕被守门球攻击而不敢将球接近球门，只能远距离冲门，这样容易产生失误，造成不利局面。

二、守门球的基本位置

守门球的位置应视具体情况而定，一般来说，未过二门的球，自球落位在二门一号位（距二线最远不得超过 20 厘米）较好，这样既能控制球门，又利于下轮过门得分，且能攻击门后对方球，又可与己方球隔门结组。但因占位不好被对方后序球拔掉的战例经常发生。为避对方远攻，守门球占据二门零号位相对较安全，但要已方后序球接应。如①球占二门零号位，待⑨球接应，①球撞⑨球调位，闪⑨球到二门一号位，①球过二门后与⑨球隔门结组，则红方将继续坚守二门。但这种打法易遭⑩球的远攻，若⑩球远攻成功，则红方将处于被动局面，已过二门的球再回守球门时，为了自球的安全，可将球落位于零号位或靠边压线处进行自保。守三门的球一般不存在被对方拔钉子，可将自球停在三门一号位，或停在三门前5米左右靠近四线边。这样占位既可控制三门，又能控制四角区域，实战中效果甚佳。当然守三门零号位也可。

三、守门的基本方法

如何守门要根据场上态势和双方队员技战术水平。

(一)"死守"球门

这是行之有效的方法，随着门球技战术水平的发展与提高，"死守"球门往往会失守，还会影响全队结组前进的步伐或失去与己方球之间的联系，形成"离断"局面。给对方反击造成有利条件。当然，己方球之间密切配合，相互换位也能守出好的结果。

(二)遥控(活守)球门

它的隐蔽性好，是既能确保球门不失，又能攻击对方的较好方法。

"死守"球门不如遥控，设"空城计"诱"敌"深入，聚而歼之，才是上策。但采用遥控打法是有条件的。即一是己方要有先手球结组，在适当时机派遣先手球攻击对方；二是闪送球要到位。这种遥控派遣战法易被对方察觉，可采取传递派遣的方法，其效果甚佳。

当前采取擦边奔袭攻击对方球门前后球的打法也为较多的球队所运用。但要求技术高，成功率有待提高。

四、守门的策略

守门球在一般情况下能起"威慑"作用，应采取"引而不发"的策略，使对方球远离球门即可，不要盲目远撞击对方球，以防万一击不中，失去守门位置，把球门的控制权让给对方。因为在实战中很少发生对方球被守门球撞击的战例（对方球远冲门卡门柱或撞门柱后留在球门附近除外），大多数情况是对方球远冲球门不进，落位于门后靠底线处（或出界），待下轮轮击时，才能再返回到门前，使其两轮次成为无效击球。则守门球起到了守门的作用。

第二节　接力球（接应球）

巧妙配合互接力，制角、调位、缩距离，送球顺序找下号，落点精确靠细腻。

一、接力球的作用

接力球是门球的基本战术之一，是门球战术的基础，也是门球比赛中运用得最广泛的配合方法。接力的用途可分为缩短距离、制造角度和调整位置。接力的目的主要有两点：一是为己方球过门、撞柱得分创造条件；二是为同伴球攻击对方球做配合。有时两者兼有之。

接力球是己方球之间相互配合、协作作战的主要方法，它或是把自球直接送到同伴球附近（预定前进的方向）接应，让同伴球很容易撞击到，把接应球闪送过门、闪撞柱或闪送到有利位置。或更重要的是通过接力球的接应配合，使同伴球撞击（或擦击）接力球后滚到更有利的位置，去攻击对方球或过门，撞柱得分。

二、接力球的种类

接力球的种类较多，按数量分为单球接力和双（多）球接力；按形式分为直接接力和间接接力；按落位分为球前接力、球后接力和隔门接力等。他们之间相互交叉与联系，全面论述较繁琐，为了便于探讨，现将使用较多的接力球简介如下：

（一）直接接力球

将自球直接送位到己方后序先手球（最好是己方下号球）之前，为后序先手球接力，称这种接力为直接接力球。如图65，①球过二门后，不宜直接冲三门，而将①球送到③球前为其接力，便于③球擦击①球奔三门得分或攻击④球。

（二）间接接力球

自球撞击他球后，将他球闪送给己方后号先手球给其接力，称这种接力球为间接接力球。如图66，①球撞击⑦球后，闪送⑦球到⑤球前给⑤球过三门或撞击⑥球接力。⑤球通过撞击⑦球到位，完成预定的战术任务。

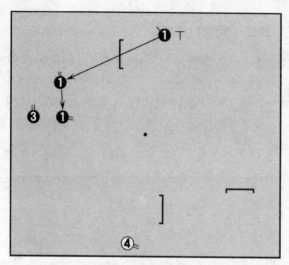

图 65

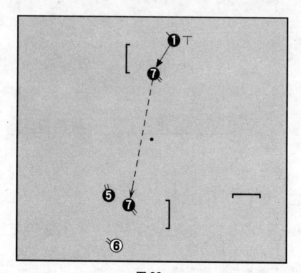

图 66

（三）球后（间接）接力球

当自球撞击己方下号球后，把该球闪送到己方后号球后面，己方下号球通过撞击后号球到位，完成预定任务，称这种接力为球后（间接）接力球。如图67，②球撞击④球后，闪送④球到⑥球后，④球通过撞击⑥球到位，有利于过门或攻击⑤球，并可将⑥球闪过门或闪送到有利位置。

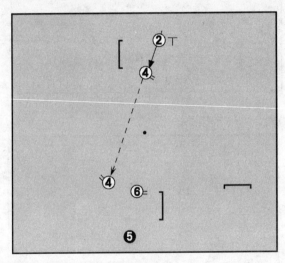

图67

（四）双（多）球接力球

用两个（或多个）球为己方下号球接力，完成预定的任务，称其为双（多）球接力球。双球接力的效果比单球接力好，因为它能更有效地缩短距离或调位找角，实战中效果较好，如图68，③球撞击⑦球后，闪送⑦球接⑤球，③球再到⑦球前为⑤球做双接力，⑤球撞击⑦球找角，再擦击③球奔三门前，去攻击三门前的白方群球，取得好的效果。

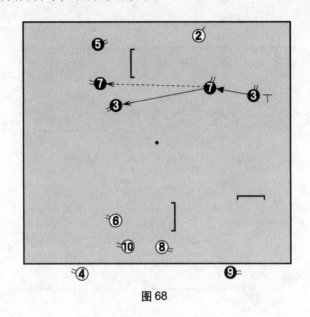

图68

（五）隔门（隐性）接力球

将自球送到球门后（或闪送他球到球门后），为己方先手球过门后接力，过门球通过撞击接力球，去完成预定任务，称这种接力球为隔门（隐性）接力球。这种接力有一定的隐蔽性，只要接力球的落位好，符合过门球过门后要去的方向，且距离、角度适当。过门球过门后，通过擦击接力球到位，将能较好地完成预定任务。如图69，①球进场送球到二门后，为③球接力，③球过二门后，通过擦击①球奔三门，打掉④⑥球取得优势。

隔门（隐性）接力球，又称定点接力球，对方向性要求较严。一般情况应"宁左勿右"，送接力球的落位应在过门球射线的左方，以便过门球利用。千万不能送错方向（送过头），若送错方向不仅起不到接力作用，还会给过门球出了难题，造成不利局面。

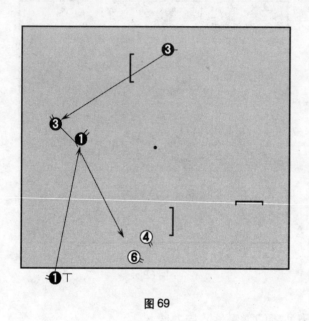

图 69

三、接力球的送球顺序

一般规律是为己方先手球（下号球）接力，俗称找下号。这样做既受下号球的保护，又能为下号球完成战术任务创造条件。如①球找③球，③球找⑤球……⑨球找①球或②球找④球……⑩球找②球等。当然，在安全的情况下，为其他己方球接力也是可行的。

四、怎样送好接力球

（一）提高认识、明确意义

要认识到接力是门球战术的基础，送球到位是战术运用的灵魂，送好一个接力球，有时比打上一个球或过门得 1 分的作用和贡献还要大。所以必须树立全局观点，甘为人梯，送好接力球。有个别运动员以我为中心，光想自己打球，不愿为同伴送接力球，这种做法是不对的，应自觉改正。

（二）适应场地，控好力量

了解和熟悉场地情况是送球到位的一项重要前提条件。能否熟悉场地情况将直接影响送球的质量，因此，对场地必须仔细观察、尽快适应，要做到一看、二练、三琢磨。看场地的总体状况、软硬程度及沙粒粗细；在看的基础上要进行练习，从不同方位、不同距离击球，体验所用力度，观察球滚动现象，验证对球场地势的总体观察印象；最后琢磨，即动脑筋估算出送球距离与施力的关系，不同区域与力度的关系等。总之，要边看、边练、边琢磨，尽快熟悉适应场地，打好送球到位。

（三）假设目标，认真细腻

送（闪击）球到位，要假设球的落点，认真瞄准，像撞击球或闪带球一样瞄准，做到四点一线。克服大概齐、差不多思想，并要控制好力度，把球送到预定位置，真正达到送球到位、落点要精（即方向对头、角度合适、距离适当，并靠近主球）的目标，使己方主攻球能撞、能擦打出最佳效果，完成战术任务。

五、注意事项

（一）要记准双方球号，为己方先手球接力，当对方有先手球结组，切勿为己方后手球接力

如白方②④球结组，①球切勿找⑤球给⑤球接力，否则，将被②球派送④球打掉①⑤球。

（二）要明察双方各球在场内的位置，确保己方球安全

在送球为己方下号球接力时，要看清对方临杆球的位置，切勿送成错位球或"眼镜球"，以防对方临杆球远冲。另外，还要防止对方临杆球的擦边奔袭，若己方下号球在其攻击范围内，就不要去接力，以免造成不应有的损失。

（三）送球要到位，千万不能送过头

若送过头不仅起不到接力的目的，还会留下难题与隐患。尤其是为己方主攻球接力攻击对方球时，一定要靠近己方主攻球，切勿靠近对方球，这样会给主攻球队员增加心理压力造成失误。

第三节　过渡球（借用他球）

利用他球好处多，战术运用更灵活，接力造杆当"炮弹"，以多取胜有把握。

一、过渡球的作用

（一）是他为我用的战术手段

一个好的教练员或球队，不仅善于调动己方的五个球，还要把对方球也利用起来，形成以多打少的有利局面。利用对方球完成己方战术任务，增加了打击对方球和确保己方球得分的机会，使战术运用更加灵活。如用对方球接力、选双杆和当"炮弹"来闪带对方关键球，也可用来打消耗时间（拖时）战术，为己方创造了获胜的条件。

（二）是攀登技战术高峰的阶梯

经常借用对方球能提高队员的战术意识和技术水平，尤其对队员的控球能力和闪送球到位的本领会有较大提高。因为队员在借用对方球时，技术操作会更加认真细腻，对战术打法理解得更深刻。通过借用对方球的实战，全队的技、战术水平和实战能力将会大增。

（三）是给对方施加精神压力的好方法

因为多次借用对方球，能给对方队员施加精神压力，会使对方队员心情不舒畅，甚至全队士气不高而失败。古人云："用兵之道，攻心为上，攻城为下，心战为上，兵战为下。"借用对方球是符合上述论述的。在实战中，由于多次使用对方球（尤其是主力队员或教练兼队员的球），而使对方队员精神不振，心情不舒，连续发生失误而遭败绩的战例举不胜举。

二、运用过渡球的战法

撞击对方球后，巧用他球当接力，摆双杆，充分利用后再当

"炮弹"闪带对方压线球的打法有较大发展，这是技、战术水平普遍提高的佐证，也是评价球队技战术水平高低的一项重要指标。把对方球充分利用起来，使战术打法更加灵活多样、实战效果更好，是取他之球、为我助战，是壮大己方、削弱对方的重要战术。现列举几例与球友共赏：

（一）利用对方球接力

当自球撞击对方后手球后，本应把其闪出界外，可是己方先手球位置不好不能过门。此时可把此球闪送给己方球接力过门。如图70，⑩球过二门后撞击③球，闪送③球到三门前为②球接力，以便②球过三门，并控制①球。若①球就近进场压线，将被②球撞③球后，用③球闪带①球双出界。

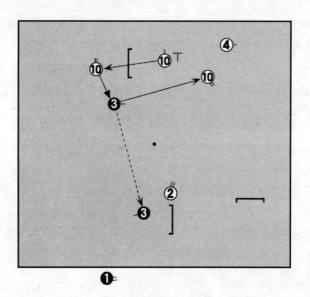

图70

（二）"借木搭桥"过门得分

自球撞击对方远号球后，把该球闪送给己方近号球为其接力，自球去完成其他任务。如图71，①球过二门后撞击⑥球，闪击⑥球为⑤球接力，①球去三门前接应③球，这样做③⑤球可借①⑥球的接力过门得分。

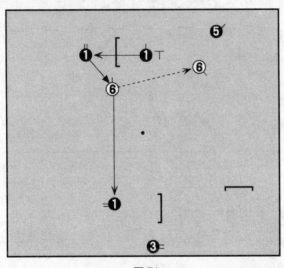

图71

（三）利用对方球造打双杆球

撞击对方后手球后，把它闪送给己方下号球，自球跟去摆好角度，使下号球打成双杆球。如图72，②球撞击①球后，闪送给④球，②球跟去摆好角度，④球起杆打成双杆球。

另例，③球撞击②球后，闪送②球到三门前接⑤球，③球到三门后，⑤球通过撞击②球调位，闪②球于界外，⑤球过三门撞击③球打成双杆球。

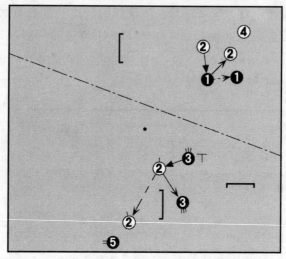

图 72

（四）利用对方球的打法有新的发展，即将闪顶、闪擦技术与借用对方球的打法结合起来，融为一体，这样做能更好地完成战术任务

例 1，利用他球接力撞柱。比赛时间到，红方落后 2 分，场上态势如图 73 所示。③球起杆，既要过三门和撞柱得 3 分，又要破坏④球最后一杆得分。基此，③球撞⑤球后，用⑤球偏闪顶④球左侧，使④球到三门后左边，使其既失去过三门得分机会，又为自球过三门后奔柱做桥。然后③球过三门后擦④球奔柱，闪出④球后，自球撞柱满分，红方多 1 分获胜。

例 2，用对方球闪擦己方球调位，为自球过门创造条件。如图 74，比赛时间到，白方落后 1 分，轮及④球起杆，④球撞击

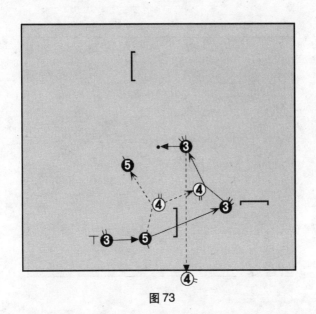

图73

⑤球，用⑤球闪擦撞压线的⑩球，⑤球出界，⑩球向线内移动
30 厘米。④球撞⑩球闪送过二门，④球过二门得分，白方获胜。

例3，调位打双杆。如图75，⑥球直接过二门打不成双杆
球。因此，⑥球先撞①球，用①球闪擦⑧球，使⑧球向门后移动
适当距离，然后，⑥球过二门撞击⑧球打成双杆球。

利用闪擦（顶）技术和借用对方球打法相结合，属于高深
层次战术，成功的战例很多，真是不胜枚举，仅举上述三例，不
再赘述。

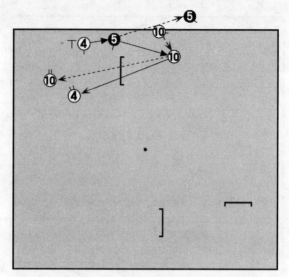

图 74

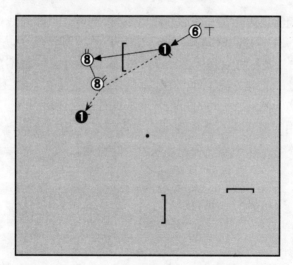

图 75

（五）借球闪带，一举两得

闪击带球，是削弱对方战斗力、限制对方得分的有力武器（尤其是闪带对方守门球、得分球、主力队员的球），是一种有价值的战术行动。试举两例。

例1，巧用对方球、闪带对方压线球。如图76，⑨球撞击④球，闪送④球到三门前（提前送去"炮弹"），⑨球过二门得分，再撞击①球，闪送到④球处，⑨球到三门前。①球撞击④球，用④球闪带②球双出界。若不借用④球，很难将压线的②球打出让①球与②球同归于尽，是得不偿失的。

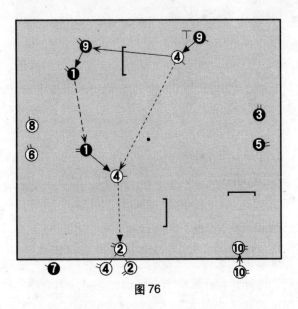

图76

例2，"借弹打靶"、闪带对方关键球：如图77，②球撞击①球后，闪送①球到三门前④球处，为④球攻击⑤球提供了"炮弹"。若不借用①球，④球很难打出⑤球，⑤球过三门后红方将取得优势。借用①球的打法，能确保④球撞①球闪带⑤球双出界，白方取得场上优势。

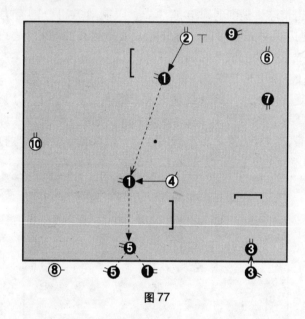

图77

三、注意事项

（一）序号轮次正确，不能搞错

如⑤球撞击⑧球后，只能送给己方⑦球用。有个别球友竟将⑧球送到③球处，为什么会出现错误，就是没搞清序号和轮次的关系。误认为是"小打大"（前号打后号），"小打大"的提法是不对的。

（二）借用对方球，最好是给己方下号球用，且对方先手球离此球较远，不能解救

若隔号太远（如①球撞⑧球闪送给⑦球用），就要严防对方其他球解救。若被对方⑥球解救成功，则⑥球送⑧球，⑧球即成王牌球。

（三）闪送球要到位

切勿将对方球闪送到靠边压线处，给己方先手球撞击该球造成困难而留下隐患。当对方有先手球时，更不能造成密集球和错位球，以防对方先手球远射。

（四）要根据己方队员技术水平而定

技术纯熟、他球可用是运用对方球的前提，否则不仅无利，反而有害。但我们不能"固噎废食"，要在比赛中逐步提高利用对方球的本领。

第四节　派遣球

战术核心抓派遣，先靠后送是条件，捕捉战机派先手，控局得分威力显。

一、派遣球的作用

派遣球是根据门球运动周期性规律制定的战术手段。自球撞击己方球后，把它闪送到有利位置去完成战术任务，我们称这种球为派遣球。它是门球战术的核心。其作用归纳起来是：攻击对

方、控制局势、调整部署、确保得分。

（一）攻击对方、控制局势

这是派遣球的主要任务，即派遣己方先手球去攻击对方球，起到打击对方的作用。这种战术球在门球比赛中作用很大，运用最广。它能削弱对方的战斗力，阻止对方过门得分，使己方获得优势。它也是由被动变主动的有效手段或保持（扩大）优势的有效措施。

（二）调整部署

派遣己方先手球到己方他球处，用以调整部署，闪送己方他球到有利位置，使己方控制场上局势。

（三）确保得分

派遣己方先手球到球门前或终点柱旁，闪送己方他球过门或撞柱得分。

二、派遣球的种类

（一）直接派遣球

将己方先手球（或王牌球）直接闪送到对方球处去攻击对方球，我们称这种派遣为直接派遣球。如图78，①球撞击③球后，将③球直接闪送到对方④⑥球处。若对方②球在界外，则③球既是先手球，又是王牌球。

（二）间接派遣球

先将己方的远号先手球闪送到己方下号球处，再由下号球闪

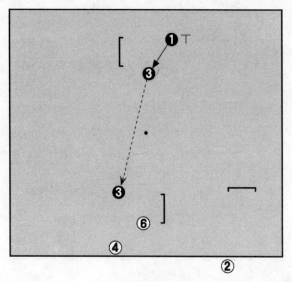

图78

送到对方后手球处去攻击对方球，这种采取传递派遣的方法，我们称为间接派遣球。这种间接派遣球安全性较好，能躲避对方先手球的远攻。如图79，①球撞击⑤球后，将⑤球先闪送给③球，而不直接闪送到三门前⑥⑧球处。这样做可避开②球的远攻，待③球起杆时撞击⑤球后，再将⑤球（王牌球）闪送到三门前去攻击⑥⑧球，实战效果好。

（三）子母（双球）派遣球

为了有效地夺取球门，攻击对方边线球，可同时派遣两个先手球去对方球处。然后再由在杆球（母球）闪送下号球（子球）去攻击对方压线球，我们称这种派遣为子母派遣球。如图80，①球撞击③⑤球后，将③⑤球闪送到三门附近，再由③球撞闪⑤球到⑥球旁，由⑤球打出⑥球。其作用是远距离闪送球很难到

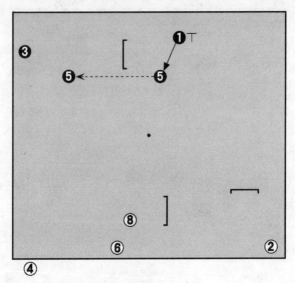

图 79

位，采取子母派遣球方法，再次近距离闪送容易到位。这种子母派遣球是"压先打后"和"打腰成王"的主要战术手段。如派遣③⑤球去看住④球，待③球起杆时，可闪送⑤球去攻击远离④球的其他白球。此后，③球有两种打法：其一，③球打出④球使⑤球成为王牌球（打腰成王）；其二，③球躲开对其他球无攻击能力的④球，使己方"压先打后"的战术成功。

（四）交替派遣球

自球打出对方的下号球后，去找己方下号球结组，待对方下号球进场后，己方下号球再将自球派去追打对方刚进场的球，这种派遣球我们称为交替派遣球。它主要用于反压边战术中。如图 81，②球撞③球，将③球从④球旁闪出界，②球找④球结组，待③球进场（不能找保护球）时，④球再撞闪②球到③球处，④球再找②球结

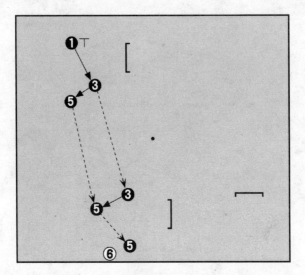

图80

组。形成"压先打后"或"打腰成王"的局势。这种交替派遣球在把对方清场或对方多数球在界外时运用效果好，是压制对方的一种有效措施。如①球将对方清场后，①球找③球，待②球进场后，③球闪送①球再看住②球，③球可找⑤球结组，待④球进场后，⑤球可闪送③球看住④球（或暂送①球处）……以此类推，使对方难以结组反击，己方可牢牢控制场上局势。当然交替派遣球是在对方没有先手球的条件下使用的一种派遣手段，切勿盲目运用。

三、运用派遣球应做到的几点

（一）先靠后送是制造派遣球的必要条件

运用派遣球战术，一般应由上号球派送下号球，要做到上号派送下号，必须上轮靠球（结组），下轮才能派送。靠球的一般

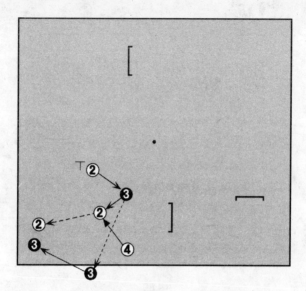

图 81

规律是找上号。如①球找⑨球，③球→①球、⑨球→⑦球或②球
→⑩球、⑥球→④球……等逆向结组。下轮才能打出⑨球送①
球……⑩球送②球的派遣球。这种逆向结组虽然攻击性强，但安
全性差，易遭对方先手球攻击或远射。为了确保己方球的安全，
又不失攻击力，最好采用传递结组的方法。即①球先找③球
（或⑤球）结组。由⑤球闪送①球给⑦球（或⑨球）结组，最后
由⑨球派送①球。这样做即可避锐待时确保己方球安全，又能诱
敌深入，乘机进攻，聚而全歼。

（二）连号结组是随时打出派遣球的前提

己方球连号结组，如①③球结组、③球→⑤球……⑨球→①
球或⑩球→②球等结组，中间有接应，己方球之间要相互保护。
这样可以随机应变，抓住对方某号球在界外之机或分散失去互相

保护的态势，及时派遣先手球去攻击对方。如图 82，⑧球撞击
⑩球派送①③球处，⑨球在二门一号位守门，距①③球较远，起
不到保护作用。结果①③球被⑩球打出界。红方犯了孤球守门如
同缺号，形成离断，失去相互保护作用的错误。

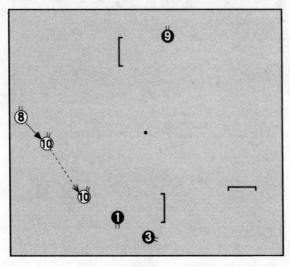

图 82

（三）善于捕捉战机，充分发挥王牌球作用

运用派遣球战术，要抓住有利时机，及时派送王牌球。但能
否用好派遣王牌球的技术，保护好王牌球是关键。如⑤球界外，
⑥球就是潜在的王牌球，只有④⑥球结组，才能完成派送王牌球
任务。但是④⑥球过早结组，会遭到对方的破坏或提前疏散，使
派遣效果不大。因此，不宜过早结组，应采取传递派遣的方法，
经过传递使⑥球与④球结组，待④球起杆时，撞送⑥球（王牌
球）去攻击对方球，效果更好。如图 83，④球撞送⑥球到⑧球

处，④球过二门后与②球结组，⑤球进场，⑥球擦撞⑧球到⑨①球处，再撞⑦球闪带③球双出界。白方占据场上优势。

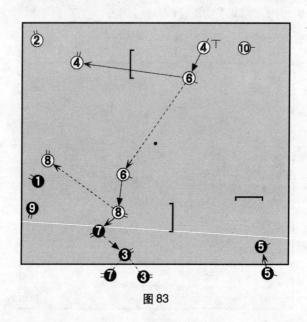

图 83

白方利用④⑥球结组，⑤球在界外之机，送⑥球打出⑦球，使⑧球成为王牌球，派送⑧球打出⑨①球后，又使⑩②④球成为王牌球，这种连续造打及派遣王牌球的做法，使白方的优势进一步扩大。

（四）充分利用有利条件，造打派送王牌球

派遣己方下号球去攻击对方远号球是门球比赛中运用最广、威力较大的一种战术球，但要远离对方下号球的控制范围，并要严防对方下号球的擦边奔袭或远射。如果在杆球能利用有利条件打出对方下号球，则己方临杆球即成王牌球，其威力大增，实效好。如图84，②球闪送④球看⑤球，②球找⑩球结组，轮及③

球起杆，③球擦打①球奔④球，闪①球到二门一号位，③球打出④球后，再派送⑤球（王牌球）到⑥⑧球处。此后，⑤球打出⑥⑧球，使⑨球又成为王牌球。⑤球再撞送⑨球打⑩②球，又使①③球成为王牌球。这种"撞打成王"、"派王造王"的战法，很有发展前途与潜力，是门球深层次战术。

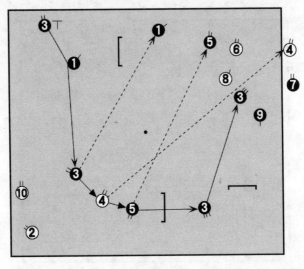

图 84

（五）压先打后，发挥先手球作用

在门球比赛中打掉对方临杆球，使己方下号球成为王牌球的机会不能放过。但对方临杆球远离其他球而压线（成为弧线），与他同归于尽不合算，则可采用"压先打后"的战术，充分发挥己方先手球的作用。即先派送己方先手球看住对方临杆球，再将己方的下号球送去与其结组，使对方其他球不敢与对方临杆球靠近，待己方先手球起杆时，先撞送己方下号球到对方其他球处。在杆球可远离对方临杆球，因为对方临杆球远离其他球无法解救。己方下号球便可发挥攻击对方的威力。如图85，③⑤球结组看住④球，轮及③球起杆时，③球撞⑤球闪送到⑥⑩球处，③球远离④球到三门后，④球在二角压线，对四角的球难以远攻，⑤球打掉⑥⑩球。红方取得场上优势。

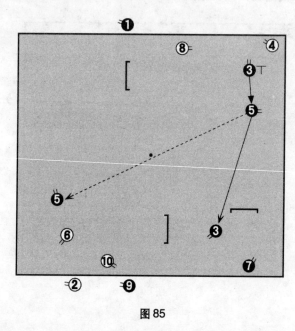

图 85

这种"压先打后"或直接派送非王牌球的机会比派遣王牌球多，要特别重视和充分利用。

（六）派遣非王牌球要权衡利弊，确保己方球安全

派遣非王牌球，是在对方防御体系出现疏漏的情况下使用的。一旦奏效，可以使战局向有利于己方变化，是门球比赛中常用的战术球。

在对方临杆球距离其他球过远、出现"离断"时，其战机要抓住。这时派遣己方先手球去攻击对方的后手球，不仅要考虑到距离的因素，还要考虑不给对方临杆球形成错位球或密集球机会。因为对方临杆球虽距派遣球较远，但也具有攻击力，特别是当己方派遣球对对方有巨大威胁时，对方只有拼命一搏。

例如对方②球远离其他白球形成离断，这时①球派遣③球去攻击④球，这种挨号派遣风险更大。如果②球起杆、远攻成功。打掉③球，④球就成为王牌球，白方这一杆远攻扭转战局。所以应该认识到非王牌派遣球所具有的风险性，应在确保安全的情况下使用。从某种意义上讲，派遣非王牌球是一柄双刃剑，可以刺中对方，也要严防伤害自己。特别是己方处于优势时，更应该权衡利弊，尽可能少冒风险，采用安全有效的战术。

如有一场赛事，场上态势如图86，轮及⑨球起杆，⑨球撞闪①球看②球。这时的⑩球已是孤球，但在红方的逼迫下，只有奋力一搏，恰巧远射②球成功，将②球送三门前，⑩球打掉①球，⑩球过二门后找②球结组。此后②球把红球清场，红方以失败告终。如果红方不派遣①球看②球，待②球起杆后，红方都是先手球，将稳操胜券。

上例告诉我们，使用非王牌派遣球要慎重，要确保安全。更要充分考虑成功和失败的后果，如果得失相等或得大于失，则可使用；如果失大于得，甚至由于失利会造成败局，则千万不要冒险。

四、运用派遣球"八忌"

派遣球是门球战术的核心，它既能攻击对方，削弱对方战斗力，又能调整部署确保己方球得分。在一场比赛中，派遣球战术运用得好，就能控制局势，牢牢掌握场上主动权；运用不当，很可能适得

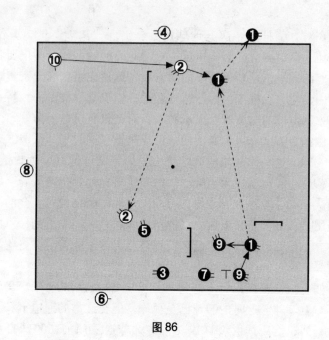

图 86

其反，造成被动局面。基此，在运用派遣球时应注意以下八点：

（一）忌错误派遣

打派遣球是用先手球攻击对方后手球，取得场上主动权的主要战法。在运用时序号轮次要正确，千万不要搞错。例如③球撞击⑤球后，只要避开④球的控制范围，将⑤球闪送到对方⑥⑧⑩②球处都是正确的。若⑦球撞击⑤球后，只能派送⑥球处，若闪送⑧⑩球则是错误的。比赛中有个别球友错误地理解周期性规律，自认为是"小打大"。在比赛中竟出现⑤球撞送③球派⑧球的低级错误。而派遣不当的战例也时有发生。如图 87，比赛仅剩 1 分 20 秒，比分 11：9，红分领先，⑤球撞击⑦球后，只要⑤⑦球双撞柱，红方必胜。但红方指挥员做出错误的判断，指令将⑦球送三门看⑧球，⑤球撞柱。轮到⑥球起杆时，比赛时间不到 1 分钟，⑥球撞②⑩两球均闪过三门得分，⑥球过三门后远撞柱成功。结果白方以 14 : 13 获胜。红方错误派遣⑦球看⑧球是失败的主要原因。

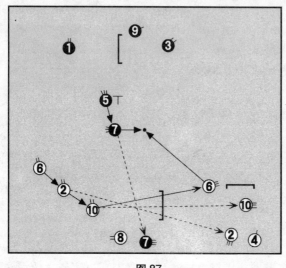

图 87

（二）忌盲目派遣

派遣球的目的归纳起来是：1. 打击对方先手球、结组球、对己方有威胁的球；2. 破坏对方双杆球；3. 控制或攻击对方过门、撞柱的得分球或核心球（主力队员的球）；4. 调整己方部署或确保己方球得分。在运用派遣球时，要根据场上态势，审时度势，选准攻击目标，打击对方的要害球、关键球。切忌目的不明地盲目派遣。比如，在球门后有对方核心球，但已在己方待过门的先手球控制之下，并有望能打成双杆球时，就没有必要再派送球去攻击它。再如对方压线球对己方球无威胁，又不能过门得分，此时只要派球控制即可，没有必要派球与其同归于尽。尤其是己方先手球打成双杆球后，更要审时度势，权衡利弊，攻击对方关键球，在没必要攻击对方球时，要调整己方部署或闪送己方球得分等，切勿为了攻击而攻击，与对方下号球同归于尽。这样做对方下号球立即进场，在下轮就有可能成为有反击能力的主攻球或王牌球。

（三）忌无效（低效）派遣

有效与无效是个相对概念，只能从效果大小加以比较做出选择。究竟攻击哪个球，必须因势、因时、因人而异，讲究实战效果。如图88，①球过二门后，撞击③球，不派送④球保⑤球，而应派送对方主要得分球⑥球。因为派打④球虽可保住⑤球，但②④球均接⑥球，白方将过门得分获利。派送⑥球后，即使⑤球被打出，⑤球进场可到三门前接⑦球，红方①③球也能去三门，红方牢控三门取得场上优势。

又如，比赛时间快到，对方球已成无用球（无击球权或不能得分），此时再派己方先手球去攻击它，实属无效派送。在比分接近、比赛时间所剩无几的情况下，一方故作佯攻，企图引诱对方派球来打，意在保护得分球。此时，若观察不清、判断有误、处理不当，很容易贻误战机，失去过门、撞柱得分机会，造成败绩。

（四）忌超前派遣

是指过早地派遣己方（远号）先手球去攻击对方（远号）后手。如⑦球派送⑤球去盯住⑥球，这就属于过早派遣。因为中间尚有⑧⑩②④球，他们之间若能结组便可打出反派遣球或利用接力擦边奔袭，一旦⑤球被打出，⑥球则成为王牌球。这样的

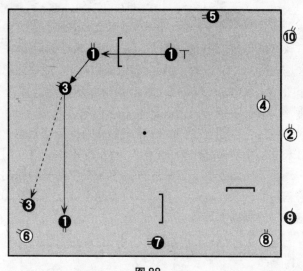

图88

战例屡见不鲜，如在开局阶段，②球闪派⑩球去三门前看住①球，被后序红球打掉⑩球的战例很多。所以，运用派遣球中间隔号不能太远，最好由上号球派遣，一般不宜采取超前派遣战法。然而，根据场上态势，也可组织超前派遣，但应遵循以下原则：一是确保安全，被派遣球不易被对方打掉；二是被攻击的球是对方关键球或能多得分球；三是派遣球打出对方球后，己方可能形成王牌球；四是对己方有威胁的球或决定胜负的关键球。总之，是利大于弊，值得冒险一试。

（五）忌多球派遣

在比赛中为了攻击对方某号球而倾巢而出的战例不少。如先派遣的先手球因距对方距离远闪送不到位，于是又连续派送几个球去接应，此时，很容易出现因一杆失误而导致全军覆灭的局面。

（六）忌无序派遣

门球竞技是按照球的序号轮番进场击球，先后次序不能颠倒，这是人所共知的道理，但在运用派遣球时，却往往忽视有序性。如图89，①球过二门后，撞击③球派送⑥球，撞击⑤球送三门前，①球也跟到三门前。此时白方抓住③球远离三门之机，令②球进场接④球预攻三门，③球撞⑥球闪带④球未中，③球远冲三门未过，④球擦②球到三门前，打出⑤①球，过三门后又打出③球，场上局面逆转。如果红方能遵循有序派遣的原则，将③球派送三门前，派⑤球盯住⑥球，白方就不敢让②球接④球，红方就能牢牢控制场上局势。

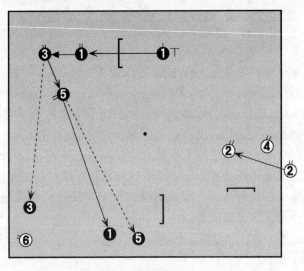

图89

（七）忌过密派遣

运用派遣球时，闪送球的落点要符合战术要求，要有连攻角度（如打对方群球时，应从一边打起，莫送群球中间，使其难顾及两面），当对方有距离较远的先手球时，切勿送成错位球、"眼镜球"。送球过密将诱发对方远攻的强烈欲望，一旦遭对方远射成功，己方则会处于被动的境地，甚至将到手的胜利拱手送给对方。

（八）忌自毁派遣

派遣球时要注意控制力度，切勿将己方先手球或王牌球闪送出界，或在闪击时犯规失去先手球的攻击作用。对于先手球或王牌球的传送应遵循的基本原则，就是送不到位也不能出界。如果送球不到位，还可派送他球去接应，最低限度是不能攻击对方球，尚可返回自保或改变打法，若送球出界，不仅功亏一篑，还会造成无法挽回的损失。

在运用远距离派遣球时，要根据队员的送球技术来决定。当前在闪送技术上有三个问题：一是闪送方向偏差太大（主要是太随意，没有认真瞄准）；二是控制力度不好，送球不到位或送球出界时有发生；三是战术意识低，闪送球的落位不符合战术要求，在对方有先手球时，闪送的球过密或形成错位球、"眼镜球"，给对方远射造成有利条件。

基此，要加强队员送球到位的技术训练，做到预定落点、认真瞄准、适应场地、控好力度，使闪送球到位符合战术要求，让派遣球战术发挥出更大威力。

第五节 王牌球 (绝对先手球)

一、王牌球的作用

威力最大是王牌，善抓战机是关键，连续制造和运用，克敌制胜操胜券。

门球运动的主要规律之一，即按球号顺序轮击的周期性规律决定了门球战术的特殊性。以"近号为主，先手称王"的战术思想，运用派遣先手球（王牌球）战术，被誉为门球竞赛制胜的法宝，成为门球战术的核心。

打送王牌球战法，既能攻击对方关键球或群球，又能确保己方球过门、撞柱得分，或闪送己方球到有利位置，有利于完成战术任务。归纳起来是：攻击对方、控制局势、调整部署、确保得分。充分发挥王牌球的作用，优势队将继续控制局势，不断扩大优势，确保胜利成果。而劣势队将能改变场上形势，扭转被动局面，力争反败为胜。

二、王牌球产生的条件及时限性

在己方先手球之前的对方上号球缺号时（界外球、满分或缺员），该球称为"绝对先手球"。绝对先手球同己方上号球结组，可以被派遣他用时称"王牌球"。其产生条件及时限：

1. 必须是对方球在场内缺号（或即将被打出界），而己方上下号球结组，这是产生王牌球的前提。

2. 必须由己方上号球（安全时其他球也可）把绝对先手球

派送去完成战术任务，这是派送王牌球的重要条件。

3. 必须是该击球员击打成功，才能真正发挥王牌球的威力。若出现失误，不但一点作用不起，甚至会为对方造成极好的反击机会。

4. 当王牌球的击球员击打完毕后，该球就不再是王牌球，而转化为后手球。此后，如果运转、保护、隐蔽得当，则还有可能在下轮次再次成为王牌球。

三、王牌球的造打与分类

造打王牌球战术已被广大球友重视并普遍应用，并不断创新发展。初期是在一方先有了界外球（缺号）之后，另一方乘对方缺号之机制造运用王牌球，对方出现的缺号球越多，己方造打王牌球的机会越多，我们称用这种方法造打的王牌球为静态王牌球。现在许多技战术水平高超的球队和队员，创造了在对方没有界外球的情况下，根据场上形势，利用精湛技艺主动出击，打出王牌球，我们称这种王牌球为动态王牌球。使造打王牌球的招法向新的深层次发展。

（一）开局王牌球

开局时过一门的球，因占位、冲二门出界或撞击对方球不中出界，或被对方打出界。对方的下号球就成为下轮王牌球。如在开局第一轮①球占二门一号位，②球冲二门出界，③球过一门后去三线半与①球隔门结组，下轮次①球过二门后，打送③球成王牌球。又如①球占二门一号位，②球占三门前四线边，③球冲二门出界（或被后序白球打出界），④球过一门后与②球在四线边结组，下轮②球可打送④球成王牌球。

（二）隐蔽王牌球

是指已初具可以造打王牌球的条件与可能，但最终能否成为王牌球，则要取决于攻防过程中的诸多因素，尚难先期定论。如果不认识这个条件，不能积极利用，则实为可惜。相反，对这个条件还得倍加爱惜，并要尽量保护好隐蔽王牌球和它的先号发送球，以确保届时结组，传送到位，造打成功。切忌盲冲乱闯使该球出界而失去王牌球，更不可密集结组，以防对方远冲破坏。例如①球占二门一号位，②球占三门一号位，③球冲二门未进落三角，④球一门留球（或去三门四线边与②球结组），⑤球冲二门出界，⑥球就是隐蔽王牌球。⑥球过一门后（④球一门留球）去三门前四线边与②球结组，待下轮②球撞送⑥球到一门后接④球，则④球过一门后打送⑥球成王牌球。若④球已与②球结组，⑥球就不能再去三门前找②球结组，以免形成②④⑥三球密集局面，将会遭红方远攻。这时⑥球就可去一角隐蔽，待②球撞送④球送⑥球处，轮及④球起杆可打送⑥球成为王牌球。

（三）潜在王牌球

任何一个球只要把对方上号球打出或对方上号球出界，该球就视为潜在王牌球。如⑤球打出④球，⑤球就被视为潜在王牌球，但要求⑤球回靠己方上号球③球，待下轮③球起杆时，③球撞送⑤球，⑤球就成为王牌球。当然⑤球能否直接靠③球，要视场上情况而定，为了保护潜在王牌球，⑤球不要直接找③球，可通过传递结组的方法，使③⑤球结组。这样做既安全又能适时派送王牌球。

上述造打王牌球的方法，可以推而广之，任何一个球只要把对方球清场，这时在场内的己方球均具备潜在王牌球的性质。

（四）顺手王牌球

在门球比赛中，有时出现两个挨号球落位较近，在杆球远射成功，即可打送王牌球。这种情况来势突然，难以防范，一旦成功，威力较大、实效好。如②球派④球攻打⑤球，虽距⑤球1米多，但其位置对③球来说，恰好是错位球，③球在10米处远射成功，闪出④球后，即可派送⑤球成王牌球，去攻击白球。

有一场球如图90，⑧球过三门后，撞送⑩球看①球，形成"眼镜"球，⑨球过二门后，抓住难得的机会，远射⑩球成功，闪出⑩球使①球成为王牌球，派送①球攻击④⑧球，⑨球过三门后又打掉②⑥球，白方被清场。在对方有先手球的情况下，闪送己方球去攻击对方挨号球时，要注意己方球的落位，切勿过于靠近对方球，形成错位球或"眼镜球"，以防被对方顺手打出王牌球。

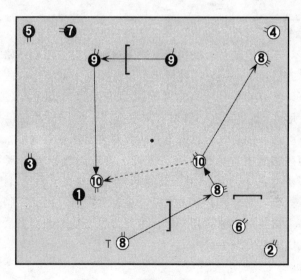

图90

（五）连续王牌球

连续造打两个王牌球或用王牌球再打出一个王牌球，其打法简捷、快速，关键是善于捕捉战机。

例如①球打送③球王牌球去打④球，这时①球又打上⑤球，在④球即将被打出时，⑤球也是王牌球，可闪送⑤球去打其他白球（或③球打出④球后又打上⑤球，由③球派送⑤球成王牌球）。再如，⑧球盯住⑨球，⑩球盯住①球，白方暂处优势。但⑦球远射⑧球成功，打出⑧球使⑨球成为王牌球，派送⑨球打出⑩球，使①球又成为王牌球。任何一方任何号球遇有这种机会时，都可以依此而打。再如，由于己方失误给对方连续造打王牌球，②球界外，①③球结组，③球已是潜在王牌球。可是⑩球起杆时未远冲①③球，却撞④球送⑤球，结果被①球派送③球打④球，③球打出④球后，再打送⑤球成王牌球。

（六）轮次王牌球

即对方固定缺号、缺员或三轮未过一门失去比赛资格，或提前将对方已过三门的球闪撞柱满分。此时对方球将形成固定的缺号状态，己方的某号球每轮都能成为王牌球（也是潜在王牌球的一种形式）。只要精心策划，调度有序，使用得当，己方每轮都有王牌球，使对方难以防范，战胜对方将在意料之中。

但在实战中，有的教练员造打王牌球的意识差，该号（王牌）球不与其上号球结组，只能起到先手球的作用，不能派送王牌球去攻击对方，其威力大减。更有甚者，竟用此王牌球远冲蛮打，不惜与对方球同归于尽，为对方反击创造条件，最终遭败绩的战例也常有发生。

（七）早送王牌球

即由远号球派送王牌球。如本应由⑩球派送②球王牌球（①球界外），但⑩球距②球较远很难击中②球，可⑧球在②球附近，这时⑧球可撞②球派打对方③⑤⑦球（避开⑨球射程范围），或⑧球能打掉⑨球。这种早送王牌球的打法是常用的派遣打法，若⑧球难以打掉⑨球，则可采用传递闪送方法，先把②球送给⑩球，待⑨球击球后，再由⑩球派送②球去完成战术任务。

（八）预造王牌球

这是在对方没有缺号球的情况下，根据场上态势，临场指挥员要深谋远虑，巧妙安排，创造条件，主动出击，打出缺号而实现打送王牌球的高深层次招法。

1. 双杆送王：单一造打双杆球的常规战术早已被重视并普遍运用，但在打双杆球的同时又可派送王牌球这一高层次战略构思，则运用较少。其主要原因是：有些教练员和队员这方面的战术意识不高，思路只局限于王牌球和双杆球单方面，没有把这两方面联系起来，去发挥更大的战术功能。因此，要制打双杆球兼王牌球这种一举两得的战术球，必须先提高意识，懂得制打的条件与方法。否则，即使客观条件形成，主观上还会视而不见，坐失良机。下面仅举几例：

例1，由在杆球打送主攻球的下号球为其摆造双杆球。如⑨球闪送③球到二（三）门后、为待过球门的①球摆双杆球，①球过门后撞打③球打成双杆球。此时，即可视③球为王牌球，派送③球去打白方其他球，①球两杆打出②球。

这种用临杆球的后邻号球给其摆双杆球的打法，不仅有双杆球的威力，而且又增加了王牌球的威力，其实效好、威力倍增。

例2，①球撞击③⑤球打成双杆球。此时，可视③⑤球均为王牌球，送③球去打④球，送⑤球去打⑥球或其他球，①球两杆打出②球。

上述两例是在打成双杆球的同时，又产生王牌球，此种机会，除了偶遇外，周密策划是其形成的主要原因，其共同点都是用主攻球的后邻号球给主攻球摆双杆球。

例3，先送后靠双杆送王。这是另一种方法，即在杆球闪送王牌球到位，随后自球靠近他球创造双杆球条件。王牌球既打成双杆球，又产生另一王牌球。如图91所示，③球看住④球，⑩球闪送②球（王牌球）到③球处，⑩球靠近④球。①球界外球进场。②球通过调位，既打出③球，使④球成为王牌球，又撞击④⑩打成双杆球，实现了"派王牌，打双杆，再派王牌"的高深层次战法，其威力倍增。

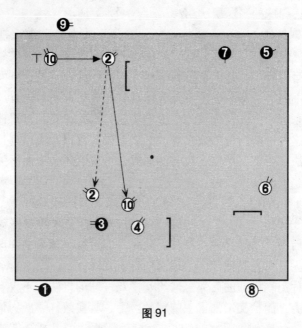

图91

2. 撞打成王：即在杆球直接打出对方挨号球，使己方下号球成为王牌球。此打法简单，对技术要求不高，比赛中机会较多，实效好。其造打形式有两种：其一是先打后送，其二是先送后打。

例1，先打后送：当遇有自球撞击对方挨号球后，又能接近己方下号球时，即可打送王牌球。如①球撞击②球后，①球落位靠近③球，闪出②球后，使③球成为王牌球，①球就可打送③球去攻击对方其他球。

例2，先送后打：当遇有自球撞击己方下号球后，又能接近对方挨号球时，同样可打送王牌球。如①球撞击③球后接近②球，此时可视③球为王牌球，先闪送③球去攻打白方其他球，①球再打出②球。这一打法是在②球尚未被打出，但肯定将被打出的前提下，闪送③球去完成战术任务。

3. 擦边造王：在杆球用主擦球的后邻号球给其造角，当主擦球擦边到对方下号球处，打出对方下号球，己方后邻号球就成为王牌球。如②球撞击⑥球给④球造角，④球擦⑥球奔三门前接近⑤球，此时，可视⑥球为王牌球，先闪送⑥球去攻击对方其他球，④球再打出⑤球。这种擦边造王的战法需精湛的擦边技术做保证，堪称深层次战术，其威力大，实战效果甚佳。

4. 打腰成王（打掉对方中间球）：即在杆球当场打出或闪带出对方关键球（腰球）时，为己方的连号结组球打送王牌球创造条件。

例1，如图92所示，②④球在三门边线结组，①③球在二门后边线待避。⑩球过二门后，放弃①球不打（①球远离②④球，鞭长莫及），而打掉③球（腰球），为②球打送④球成为王牌球创造了条件。此举符合选择打击对象、讲究实战效果的战略思想，是打击对方、取得优势的好战法。

例2，避开先手、派出连号：即乘对方先手球远在边角形成

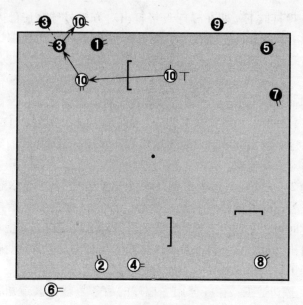

图 92

孤球、无援之机，派送己方两个连号球去攻击对方中间球，造成王牌球。如①球在四角压线，⑩球撞击②④球后，闪送②④球到二门前压住③球，②④球的落位要保持一定距离，切勿密集或形成错位球，以防①球冒险远射。当②球打出③球后，④球即成王牌球。

上述预造王牌球的四种打法，包括了球号合理使用和打"腰"成王的战术思想，是深层次的战术打法，把造打王牌球的打法引向新的途境，值得深入研讨与发展。

（九）堆集王牌球

堆集王牌球战术是王牌球与堆球战术的结合，是王牌球战术向深层次发展的新形式。使王牌球战术的功能由单一变为多样，形式也由简单变为复杂。

具体做法是：由在杆球先撞击王牌球，闪送到位去攻击对方关键球，然后，再将可以利用的他球（包括对方后手球）都闪送到王牌球附近，最后在杆球也去王牌球附近，这些球的落位越密集越好。另也可将可利用的球（包括双方后手球）都闪送给待杆的王牌球处，完成堆集任务。

其作用是：待王牌球起杆时，不仅打出（或闪带出）对方关键球，而且还能打出双杆球。若击打成功，又获两次续击权，既能确保己方球过门得分或打出对方另一先手球，又能为己方造成另一王牌球。这种堆集王牌球的优点是可以连续打王牌球兼双杆球，其威力倍增，实效极佳。一旦成功，将能把对方清场，使对方没有反击机会，场上局势将出现一边倒现象，使己方优势继续扩大，确保己方获胜。

如图93，轮及④球起杆，④球撞击⑥球闪送三门前，再撞⑧球也送给⑥球，④球过二门后，撞击⑨球，也送靠⑧球，④球也去⑧球处。⑤球进场压线。⑥球擦撞④球调位，闪送④球到三门后，⑥球撞击⑧⑨球打成双杆球，用⑨球闪带⑦球双出界，闪送⑧球留三门前，⑥球过三门后，用两杆取⑩球并④球。为⑧球过三门后打双杆球兼送王牌球埋下伏笔。由此例可见，堆球时即可堆集在王牌球附近，也可堆集在王牌球待过球门的门后。

堆集王牌球属于王牌球的深层次形式，不仅是因其威力超过一般形式，而且技术难度也比一般形式大得多。要求做到：一是闪送球要到位，否则就形不成多球密集；二是操作者能通过撞击他球调位，确保打成双杆球。否则，就失去堆集的意义，其威力也将大减。总之，深层次的战术要以高超的技艺做保证，堆集王牌球的出现是门球运动深入发展的必然。

上述造打王牌球的实例，给我们新的启示：一是造打王牌球的方法与途径在发展。不仅在对方有了界外球之后，可以造打王

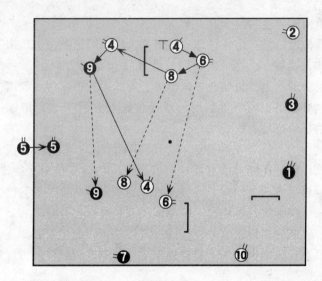

图93

牌球，而且在对方球尚未出界或将被打出界的情况下，同样能造打王牌球。其造打方法简便、快捷、安全和有效。在对方球出界后造打王牌球是从静态上造打的（称静态王牌球），而在对方球尚未出界时造打王牌球是从动态上造打的（称动态王牌球）。把两者结合起来，双管齐下，就会使造打王牌球的方法和途径更加灵活和宽广。

二是打送王牌球的潜在威力有待进一步开拓。实践证明，打送王牌球的威力不亚于打双杆球的威力，它的攻击力、杀伤力可与双杆球相媲美。若能将造打王牌球与造打双杆球两者结合起来，让这两种打法相映成趣、大放异采，就可以提高造打王牌球战术的意识和技艺水平，进一步增添门球的魅力，提高门球竞技的趣味性和观赏性。

四、注意事项

在造打王牌球过程中，常会发生失误，究其原因大致有四种：

1. 缺乏战术意识，没有造打王牌球的预谋。遇有对方缺号时，己方潜在王牌球也不与其上号球结组，甚至靠边压线难的撞击和闪送，坐失良机。

2. 在造打王牌球过程中，过早结组或过早派送，遭对方反击破坏。

3. 不注意保护王牌球，用王牌球给其上号球摆双杆或堆集球，让对方先手球远射破坏。还有的用王牌球给未过一门的球接力，结果己方球未过门，而让对方过门球打掉。

4. 在闪送过程中发生失误和犯规。如不该擦边而擦边、把王牌球闪出界、超时犯规与闪击犯规等。

明确了上述原因后，要有计划、有针对性地加以克服与纠正。基此，要注意做到：

1. 提高造打王牌球的战术意识。切勿错失造打王牌球的机会。

2. 注意保护王牌球。切勿过早结组或过早派送。更不要用潜在王牌球给其上号球摆密集双杆球。严防对方先手球远冲破坏。

3. 优势稳打。在造打王牌球过程中，不追求高难技艺，要打实在球，防止技术失误，失去派送王牌球的机会。

4. 控制好闪送力度。切勿把王牌球闪送出界。在操作过程中，要谨慎细致、杜绝犯规行为，防止由于犯规而丧失王牌球的攻击能力。

五、运用王牌球应遵循的原则

1. 注重击打效果。派送王牌球攻击对方球时，要遵循打多不打少，打要害不打一般，打易不打难（压线球），打主力球不打普通队员球的相对原则。如能兼而打之则更好。

2. 阻止对方得分。要根据场上形势，考虑比赛时间和双方得分情况，尽量做到在剩余时间不多情况下，使对方不得分或少得分。要保证己方多得分，力争战胜对方。

3. 根据战术需要。按战术安排和全局需要，不应一味地进行攻击对方球，尤其要避免与对方压线球同归于尽。可调整部署，闪送己方球过门、撞柱得分或确保自球过门、撞柱得分。对对方关键球、多得分球（决定胜负的球）则要坚决打掉，即便同归于尽也在所不惜。

第六节　防御球（隐蔽球、保护球）

保存实力扎根基，伺机进攻抓战机，相互结组策略好，组合反击控局势。

一、防御球的作用

防御球是为了使己方球免遭对方攻击，达到保存实力、伺机进攻的目的。门球运动的特点是双方队员按序号轮流上场击球，所以进攻与防御是相互转换与相互制约的。因此，在门球比赛中要攻守兼备、能攻会守才能获胜。那种只知进攻不会防守的打法是很难取胜的，但防守也不能采取消极的态度，而应为积极进攻做准备。从战术角度讲：该进攻的一定要坚决，该防守的也要主动进行隐蔽分散。只有扎牢根基打好防守，才能乘机发动有效的进攻。所以说防御是进攻的前提。

具体地讲其作用主要表现在两个方面：

1. 己方球相互联系，合理有效地部署球，使对方球不能派球攻击。己方球靠边压线结而不密，给对方进攻造成困难或利用障碍使对方打不到球，达到保存实力与对方抗衡之目的。

2. 被动时压边自保，等待时机进行反击，这是积极防御。为此，要善于捕捉战机，切勿放过反击的好时机，如对方出现密集球、错位球时，就不要放过进攻的机会。但能否打好反击，己方球的接应配合是必要的。接应球一定要送到距离、角度合适的地方，主攻队员也必须具备擦边奔袭、远射或造打边角双杆的能力。

二、门球攻防的特点

1. 有攻"无防"。是说在门球比赛中场内只允许一个击球员操作，其他队员都在场外等候。所以击球员在攻击对方球时，对方无队员在场内防守。

2. 攻中有防。是指派遣己方临杆球去攻击对方后手球时，派送的距离要适当，不要形成密集球和错位球，严防对方临杆球的远击。当己方在杆球为己方临杆球制角、摆双杆欲对对方发动进攻之前，要防对方临杆球的远攻。或自球撞击对方球时，若撞不中要注意自球落点，不能让对方球轻易撞击等。

3. 先攻后防。是指击球员的自球而言，就是击球员进场后是先充分进攻，待全部攻击任务完成后，其最后一击应将自球击到对方不易攻击的地方隐蔽，或让同伴球保护，进入防御状态。

4. 先防后攻。是指己方处于被动状态或场上处于对峙状态暂无攻击之机时，将己方球靠边隐蔽，界外球进场时也要就近压线，以求待机进攻。

三、防御球的主要方法

1. 压线：是先防后攻的措施，是界外球进场时常用的方法。压线要真正压在线上，最好压外沿线，最多也只能进入场内距边线 10 厘米之内。这样，才能造成对方攻击的困难，为己方反击做准备。

2. 靠边：是攻中有防、先攻后防中常采用的方法。送靠边球难度大，至少要送在距边线 10 厘米之内。这样，才能更好地避免对方球的攻击。但这种送靠边球在比赛中是完成最差的。

3. 找保护：是防中有攻、先防后攻的方法。但在实战中则不能单纯地找保护，要与反击结合起来，如在寻求压线球或靠边球保护时，就要把球送到有反击的角度和距离上。再如在寻求过门球保护时，则要注意方向性，把球送到过门球射线上（可打成双杆球）或射线的左方 1 米之内，有利于过门球撞击接应球发动有效的攻击。

四、防御球的具体运用

（一）界外球进场

1. 找保进场：界外球进场时，一般不要将球打到二（三）门前或落单，应找己方下号球或近号球（确系安全球）寻求保护。在对方占优势或有结组的先手球情况下，切忌弧球深入。这样，将会被对方派球再次打出。如③球进场，切勿远离⑤球，应将球送⑤球处（或送三门后与⑤球隔门结组），既受⑤球保护，又为⑤球接力（如图94）。

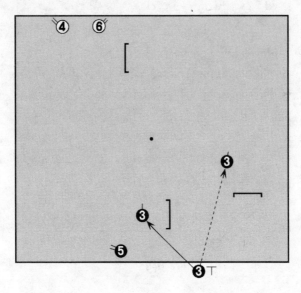

图94

2. 压线自保：在对方有先手球结组时，界外球进场应就近压线，起自我保护作用。切勿随意击打进场过多，进场超过10厘米，将遭对方再次打击，尤其是附近有己方压线球时，进场过多会给对方提供闪带的"炮弹"，更不能找己方后手球结组，这样将会引诱对方着力攻击，使己方两个球被打出。如图95，①球界外球进场应就近压线，随意进场或找⑤球都是错误的。因为对方有②球打送④球王牌球。④球将能打①球闪带⑤球双出界。红方将处于劣势。

（二）结组相互保护

己方球之间的结组是门球竞技的重要战术手段。这样，既能

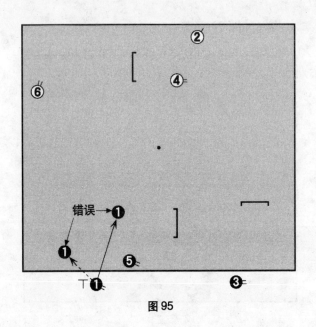

图 95

发动有效的进攻，又能相互保护。但球场上的形势是多变的，这就要求教练员要有高度的预见性和灵活性，使己方球之间相互联系而又不密集，做到联而不密、疏而不散，形成团队力量，有利于进攻与防御。

但在一场比赛中，己方球之间不可能五个球集体前进，应有分有合，根据球场态势而合理调动与部署。充分利用先手球对己方其他球进行保护是门球竞技中的主要防御措施。它能避免对方派球进行攻击。在比赛中根据场上态势，机警地观察对方动向，不失时机地派送或找靠己方先手球，形成牢固防御体系，可免遭对方攻击。如图96，③球撞击⑦球闪送给⑤球，形成⑤⑦球连号之势，迫使白方④球撞⑥球后，不敢让⑥球过三门，而闪送⑥球远离三门去保护⑧⑩球，红方乘机夺回三门。这种闪送先手球去保护后手球或闪送后手球去靠近先手球的打法，是防御战术的主要打法。这也是门球相互制约规律决定的。

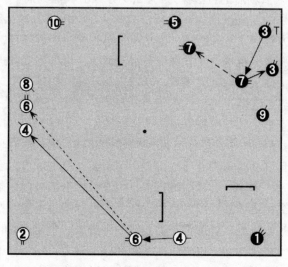

图 96

（三）组合反击

这是先防后攻，积极防御的战术手段。

1. 以巧攻扭转局势：在己方处于劣势时，尤其是大部分球被对方打出界，这时要求先搞好积极防御，分散隐蔽，然后则要重新组合力量、伺机进行反击。千万不要急躁冒进，盲目出击，必须以巧攻扭转局势。那种在对方已形成先手球结组、处于攻势的情况下，冒然盲目远冲或后手球结组，势必造成被再次打击，遭到失败。这时，应沉着冷静，避锐待时，在边角隐蔽，为进行反击创造条件，一旦条件成熟，就要不失时机地进行反击。如利用擦边奔袭或造打边角双杆巧攻对方，在对方数球密集或出现错位球、"眼镜球"时，就要进行远攻，只要有一项得手，就会赢得转机。

2. 被清场后的打法探讨：在 20 分钟前被清场后，可采取先号变后号的"隐蔽性连环"反击战术（即运用界外球结组）。例如，己方被对方⑥球清场，则⑦球是己方第一个进场球，⑦球是否就近压线，视场上对方球分布情况而定，可采用⑦球进场不压边，而击球从⑨球处再出界，⑨球进场压线，同理，①球也从③球处出界，③球进场压线，轮及⑤球时，就要看⑨球是否安全，若⑨球安全，⑤球可找⑨球。这样做，不论⑦球为⑨球接力造角（若⑤球已接⑨球，⑦球还可为⑨球摆双杆），还是①球为③球接力造角，⑨③球都有反击机会。乍看起来⑦①球再次出界，好像是自杀，而实际上是隐蔽战术，为己方反击积极创造条件。因为近距离接力才能接出好角度，利于主攻球擦边奔袭或打成双杆球。若被清场后，各球都就近压线，到最后一个球进场时，才为先进场球送接力球，这时，由于距离过远接力不到位，难以进行反击。再等一轮才有反击条件，但比赛时间所剩无几，如果己方得分较少，则该场很难取胜，大多数队是以失败而告终。当然使用界外球结组，巧用"隐蔽连环"反击打法是有条件的，其战术思想适用于所有界外球进场，在特殊情况下，界内球也可采用主动出界战术，以利于战术组合。

五、注意事项

1. 在对方有先手球时，己方两个以上球结组时，要注意己方球之间的距离、位置和角度，千万不能密集，或形成错位球、"眼镜球"，球过于密集常会遭对方远射而遭败绩。

2. 己方球是否安全，不仅要看清双方场内球的分布情况，还要考虑到界外球进场后所发生的变化，临场指挥应有高度的预见性，才能减少指挥上的失误，确保己方球的安全。

3. 界外球进场，击球时要认真细腻，控制好力度，观察好地形，使自球的落点符合战术要求。尤其是己方被动时，附近有己方球压线，自球进场时更要细心、精确地掌握力度，将自球压在边线上。切勿掉以轻心，随意将自球打入场内，即使将自球停在距边线20厘米处也是坏球，会使对方派遣先手球攻击，不仅自球被击中，而且还会造成同伴球被闪带出界的后果。

4. 先后号两球进场的落位，应符合先外后里的原则，这样有利于先号球打送后号球。如①球压线，③球可进场一个球，待①球起杆时，①球可撞击③球进行派送。

六、加强对防御技术的训练

1. 提高队员对防御重要性的认识。克服球队中存在的重攻击、轻防御、练攻击技术多、练防御技术少的倾向。

2. 提高目测距离的准确性。目测距离是门球技术（眼）的基本功之一，目测距离的准确性是掌握力度的必要条件。使队员能较好地将目测距离与手感结合起来，才能提高防御技术的成功率。

3. 防御的三项主要技术都要进行苦练：

（1）压线球要专门练：打好压线球是组织反击战术的基础，而且是较难练精的技术。因为击球距离越近，力度越难掌握。要结合场地情况专门进行练习，使自球都能达到压线的要求。具体打法有以下几种：提拉式：槌头前端高后端低，发力方向是向前上方。用槌头前端面的下半部，轻挑自球后侧上部，使自球旋转一周压在边线上。擦打式：槌头前端面沿球面的切线方向摩擦击自球后侧面，使自球侧转前进，斜进场正好压在边线上。钟摆式：用右手大拇指和食指夹住槌柄，左手推出一定角度，放开左手后，利用槌头自然回落的力度将自球撞击使自球稍向前移位，压在边线上。

（2）保护球要结合练：界外球进场找保护或自球找下手球保护，不是单纯地避免遭到对方攻击，还应作为攻击战术的组成部分，所以送球要到位，其落点应符合战术进攻的要求（即距离适当、方向对头、角度合适）。

（3）靠边球要经常练：击（闪）送靠边球精度要求高，力度必须掌握好。由里向外送球，易送出界，队员心理压力大。基此，对击（闪）球送位的力度掌握需要天天坚持一定数量的练习。练习时要注意几点：一是远、中、近三种距离都要进行练习，以中、近距离为主；二是每次击球都要目测距离，并做到先定量后击球；三是不断摸索与掌握手感力度。如远、中距离采用撤杆距离加手感，近距离则采用"正放斜打"法其效果较好。

第六章　门球阶段战术

随着门球运动的深入发展，技战术水平的不断提高，对战术的要求也越来越高，特别是门球各阶段的特点及其战略原则是广大球友共同关心的问题，值得深入研究与探讨。对各阶段中的战略原则必须明了并分清主次，否则要打糊涂仗，造成失败。下面就如何打好开局、中局和残局，谈点体会。

第一节　开　局

一、开局阶段的战略思想

"开局夺势"，这是已被广大门球爱好者普遍接受并被实战所证明的战略思想。打好开局很重要，争取有一个好的开端能取得场上主动权，控制场上局势，对门球比赛的进展有着十分重大的意义。比赛中开局是否顺利，会影响队员的心理状态和技术的发挥。有时会决定一场比赛的胜负。一个好的教练员既要重视研究开局，力争打好开局，又要在开局不利的情况下，沉着冷静，能稳定队员的情绪，并善于捕捉战机，进行有效的反击，扭转不利局面。绝不能因开局不利而丧失信心，造成全队士气不振而输掉这场球。

开局夺势是通过有效的布局来达到的，即占据有利位置，搞好相互配合，控制场上局势，避免被动局面。具体地讲就是：占据要隘、待机出击、结组各球、切勿过密、过留适当、谨防失控、夺势为主、得分莫急。

随着门球运动的深入发展，技战术水平的普遍提高，开局布局形式已出现多样化，使开局战术的机动性、灵活性更加突出，使场上的争夺更趋于紧张激烈。开局布阵也逐步向安全性、有效性发展，从而进一步推动了开局阶段的技战术发展。

二、开局的几点原则

自球联系不密集，占据球门控局势，针对对方措施当，灵活机动巧布局。

（一）己方球彼此联系的原则

布局时己方球之间必须做到相互联系，既要在结组时不密集，又要在分散时尽可能保持他们之间的联系。即联而不密、疏而不散。尤其是取得二门控制权的一方，应以控制局势为主，后序球切勿靠近守门球，因为二门前聚集的球越多，就会给对方后序球员增加远冲的勇气和冲击成功的概率。

（二）控制球门的原则

牢守球门，阻击对方球过门得分是布局要达到的目的。尤其是失去二门控制权的一方，要争取控制三门，使对方通过二门的球不能顺利向三门推进，这样做既能避免被动局面与对方平分秋色，又能利用对方球分散或缺号（有界外球）的机会，派遣先手球夺回球门的控制权，也可以利用己方球之间的战术配合，进行擦边奔袭攻击对方或造打边角双杆球，夺回球门的控制权。这是后发制人的有效方法。

（三）针对性原则

针对对方布局的特点与习惯，采取有效的方法与其对抗，使其难以达到布局的目的。只要措施得当，就能牵着对方跟着己方的策划走，利用己方战术配合的优势，制造机会向对方发动进攻，从而迫使对方处于守势，达到控制局势的目的。

（四）高度灵活性原则

开局布阵有一定的规律，既要按一定的定式布局，又要根据场上形势的变化灵活处置。切勿墨守成规，拘泥于形式。为了夺取场上的控制权就要随机应变，做到巧妙布局，出奇制胜。

上述几点布局原则是广大球友多年来实践的宝贵结晶，对打好开局布阵具有普遍的指导意义。虽然门球场上的情况是复杂且瞬息多变的，一球的得失就可能改变场上的局势，开局布阵不可能有一成不变的模式，要根据具体情况而灵活布局。但布局的基本原则精神是不能违背的，否则将会造成被动局面。

三、常见的八种布局

（一）布阵型布局（技术型占据球门的布局）

这种布局较稳当，占据球门控半场，两门结组紧相连，三门配合阻对方。这是一种稳妥的开局布阵方式。它的主要形式是：抢占要隘（占据球门），隔门结组，一门留球，后发制人（擦边进攻）。其特点是先布后攻，攻防结合。使用的技术手段是：打到位球、擦边球和远撞球。

具体做法如下：

1.①⑨球隔门结组：红方①球过一门后占据二门一号位，这是目前公认的较好位置，其优点是：既比较安全，又能控制二门前后广大区域，并便于通过球门结组进行战术配合。随着远射技术的提高，若①球占位不靠边（距边线超过 30 厘米），就有可能被对方后序球打掉。所以，一号位也并非绝对安全。⑨球过一门后送位到三线中偏左处与①球隔门结组，为①球过二门后擦向三门做接力。

白方②球第一轮一门留球，⑩球过一门后给待过一门的②球接力，②球过一门后，擦打⑩球到二门前，闪送⑩球到二门一号位或零号位，②球过二门后与⑩球隔门结组。这是白方后发制人夺回二门的有效方法。

这种开局打法，第二轮红方占据三门，白方占据二门，双方平分秋色。第三轮⑨①球均去一门后接③球，再由③球过一门后，通过⑨①球的接力夺回二门。该打法双方势均力敌，能否打成功主要靠双方队员的技术发挥。规则的附则规定："比赛开始后，同一号球如三轮没通过一门则失去比赛资格。"③球能否留到第三轮，是要担很大的风险的（如图97）。

2.①⑨球二门前配合：①球占二门零号位（相对较安全），⑨球到二门前靠边线处给①球接力，①球通过撞击⑨球调位、闪送⑨球到二门一号位，①球过二门后与⑨球隔门结组。红方从而达到继续控制二门的目的。

此打法有它不利之处，一是⑨球接①球有被⑩球撞击的危险；二是②球有可能擦⑩球接近⑨球，若②球打掉⑨球，则①球就会遭到⑩球（或②球）的攻击。若白方打不出上述两种结果，②球只能闪⑩球去三门，②球过二门后（或直接）去三门与⑩球结组，这样打的结果是红方仍控制二门，而白方控制三门，场上局势红方略优（如图98）。上述打法只讲了①⑨球和②⑩球的典型布局，其他各球则要根据场上具体情况而定，或一门留球或直冲二门或拔"钉子"二层占位等。

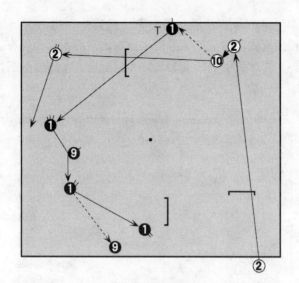

图 97

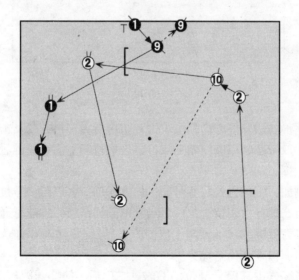

图 98

随着门球布局的发展，双方都认识到抢先抢占三门的重要性，都积极抢先占据三门一号位。当前出现的主要布局有①⑨球二门配合，⑤球占据三门或⑩②球一门配合，④球占据三门的打法（如图99）。

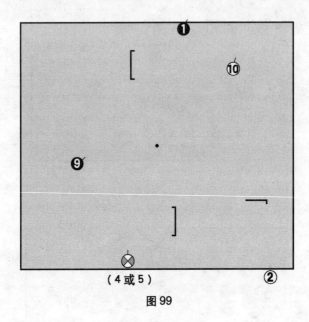

（4 或 5）

图 99

这种打法，红方增强了攻击和防御能力，白方的反击能力也很强。双方都利用球门做文章，能否取得场上优势关键看队员的技术发挥。

例如，①球占二门零号位，白方④球应占三门一号位，当①球通过⑨球接力调位过二门后与⑨球隔门结组。④球可通过⑩②球的接力打掉①球（或与①球同归于尽），可保⑩球打送②球成王牌球。白方占场上优势。

若⑤球占三门一号位，①球过二门后，撞⑨球闪送⑤球处，

①球也跟去。这样做⑨①球即可为⑤球摆杆制角发动攻击，又可受⑤球保护。另外若⑨球守二门，⑤①球在三门，⑩②球去何处？

通过上述分析，使我们认识到抢先占三门的重要性。布局时，占据三门的一方将略占优势。

3. 简介"二、三"布局：这是过去常用的一种典型的技术型布局。即红方①③球隔门结组，白方②④球三门阻击。随着擦边及远射技术的普遍提高，③球会被白方后序球直接冲过二门后打掉。②④球也会被①球斜进二门后，通过擦击接力球到三门，续击时打掉。为确保安全，布局球号有所改变，红方一般用①⑨球隔门结组，白方则用②⑩球或④球三门阻击（所用球号视场上情况而定）。有的球友讲此布局已遭淘汰，我认为它仍有实用价值，统观基层队及中等技术水平的球队在比赛中，采用"二、三"布局的队较多，而且效果较好。总之，占据球门控制局势的打法适用于任何布局及整场比赛中。

（二）强攻（冲击）型布局

直冲远射技要精，贯穿各种开局中，成功率高优势显，根据条件莫盲冲。

这是一种依靠远射能力，发挥远射威力的开局方式。随着队员远射技术的提高，再加上规则规定同一号球三杆不过一门，取消比赛资格，所以强攻远射的打法已迅速发展。这种布局有两个主要内容：一是远撞对方占位球（俗称拔钉子），在历次大赛中，凡①球占位不好，被对方后序球打掉的实例较多。即使撞不上占位球，远撞球也要落在二门后2米多贴靠边线处，形成二层占位球，给红方施压，有利于夺取二门；二是除少数球占位外，多数球过一门后直冲二门，把双方争夺的焦点从二门转移到三门。哪个队冲二门成功率高，哪个队就取得开局的优势。若冲二门的成功率低，则会形成不利局面。采用此开局要求场地平整，队员远射技术高。即使不采取此开局，也总会有部分队员采用过一门冲二门或拔钉子的打法，所以说远射强攻打法贯穿在各种布局中。

（三）一门留球布局

留球斗勇又斗智，隔门结组有潜力，有效控制一大片，因地制宜要牢记。

一门留球战术是比技艺、比意志、比胆识的战术，它是运用隔门结组的好战法，具有很强的战术优势和潜力，又具有一定的风险性。

1. 一门留球的方式：既有固定的模式（如②球的留球），又要充分考虑双方的相互制约关系，因势制宜、灵活运用。只有视对方布局态势而定，才能取得理想的战术效果。

2. 一门留球的作用：一是临场指挥深谋远虑的战术策划，主动留球，是为了结组配合、保持主动、立足于攻。被动留球，是为了保存实力、避免被动、易于反击。它具有很强的隐蔽性和灵活性，加强了门球运动的竞技谋略和斗智斗勇，能促使门球运动向着更深层次推进和发展；二是它把己方球有机地结合起来，形成隔门结组的进攻性战术，使对方难以防范，给对方以突然袭击；三是它具有很强的战术优势和潜力，既能有效地保护己方球，又能有效地控制一门后、二门前、三门后一大片区域；四是它能创造有利的战术变化空间，在第二轮就可以发动连续进攻或造打双杆球，打掉对方球，制造第三轮己方的王牌球，从而有效地控制场上局势。

3. 辩证地看待一门留球战术：一门留球战术确定具有双重性，既有很强的战术优越性，又具有一定的风险性（有三轮不过一门被取消比赛资格，形成以少打多的被动局面）。因此，对待一门留球战术有两种态度：一种是只看到风险性的一面，强调基本功不过硬，对一门留球战术持否定或疑或态度；另一种是能认识和估价一门留球战术的双重性，认为优越性大于风险性，因而坚持在比赛中灵活运用一门留球战术。为了提高运用该战术的质量，他们坚持苦练基本功，即练过一门并掌握落点技术，擦边奔袭或造打双杆球技巧，结合技战术训练第三轮过一门的稳定心理素质。把一门留球战术运用得更充分，将门球比赛的竞技水平推向新阶段。

总之，一门留球战术是门球比赛开局布阵的重要战术之一，它体现了"开局夺势"的战略原则，针对过去的一门战术中放弃过多现象而限定三轮不过一门取消比赛资格的规定。但一门留球战术仍在发展，因为开局第一轮多数球都过一门布球较难，适度留球会使比赛争夺更激烈，使门球比赛更具观赏性、科学性、实效性。

（四）综合型布局

随机应变不强求，灵活运用布、冲、留，直冲远射讲实效，二层占位埋先手。

这是一种既稳扎稳打，又随机应变留有余地的布局。它依据双方技、战术水平，场地条件和场上态势，而灵活运用布（阵）、冲（击）、留（球）的策略，把开局夺势建立在稳妥多变之中。其特点是得而不贪、失而不拼，在蓄势得势上做文章。这种布局没有固定的模式，只有一般通式，即①⑨球和②⑩球用于布阵，其他球则用于冲门、攻击、二层占位或留球。下面仅举几例：

例1，②⑧⑩对付①⑨打法：①球过一门后占二门一号位，②球留球，⑧球过一门后落底线，远射①球（拔钉子），意在落位于二门后2米~3米靠近二线处称二层占位（暗伏杀机），⑨球与①球隔门结组，⑩球过一门后接应②球。第二轮①球过二门后撞击⑨球，⑨①球去三门前靠边线处或在四角四线边结组，②球过一门后擦撞⑩球奔二门前，闪送⑩球到二门一号位，②球过二门后，撞击⑧球送打⑨①球，确保⑩球打送②球成王牌球（如图100）。

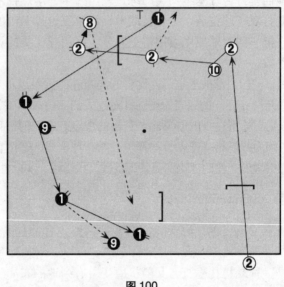

图 100

例2，②④⑩对付①⑤⑨打法：①球过一门后占二门一号位，②球留球，③球留球，④球过一门后形成二层占位（打法同上例⑧球），⑤球占三门零号位，⑨球与①球隔门结组，⑩球过一门后接应②球。第二轮如图101，①球过二门后擦撞⑨球奔三门，闪送⑨球靠四线，①球也靠四线，②球过一门后，擦撞⑩球奔二门，闪⑩球到二门零号位，②球过二门后撞送④球送三门前攻击①⑤⑨球。

上述两例的关键是②球过二门后撞击④⑧球，实现此目标有很大难度，要求2号队员技术精湛，且连续三杆（过一门落位好、擦⑩球到位好、过二门后轻贴边线球要成功）都要打成功，其中有一杆达不到战术要求，该打法则失去优势，红方将在三门

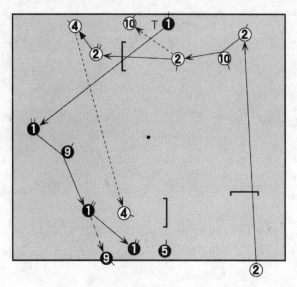

图 101

摆杆造角发动攻势。

例3，造打开局王牌球：①球过一门后占二门一号位，②球过一门后冲二门成功，去三门一号位，③球过一门后冲二门未过落位于三线边，④球过一门后到三门前与②球结组，⑤球轻过一门远射三门前白球未中自球出界，⑥球过一门后去一角落位（此招为下轮④球打送⑥球成王牌球埋下伏笔），⑦球过一门后冲二门未过，落位于③球旁，⑧球一门留球，⑨球又轻进一门远射三门前白球未中，落位于四角附近，⑩球一门留球。场上各球位置如图102。

统观第一轮，白方采用的是综合型布局方法，策划周密，善于捕捉战机，布下了④球打送⑥球成王牌球的伏笔，暂留⑧⑩球不过一门是保存实力、后发制人，为发挥一门攻势、造打一门后双杆球、控制局势、扩大优势奠定了基础。此例，白方布局合

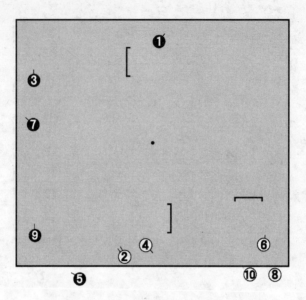

图102

理，开局夺势的思想明确，是运用布、冲、留综合型布局的典型。再看红方，除①球占位外，基本采用的是冲击型布局，开局布阵不注重相互配合，不注意防守，⑦球在⑥球已是潜在王牌球的情况下，又远冲二门（不如暂留一门好），而⑨球过一门后又远射白球，正确打法应该送位二门后与①球隔门结组，为①球过二门后，通过擦撞⑨球奔三门，去攻击②④球接力，一旦成功红方即可扭转劣势。红方采用强攻、远冲、不留球的打法，第二轮遭清场，最后大败则是必然的结果。

（五）四角战术

边角结组较安全，造角摆杆好手段，技术精湛是保证，攻守兼备威力显。

随着门球运动的深入发展，击球员的临场发挥稳定，尤其是远射命中率提高，二门占位球常被对方打掉，因此，开局布阵也逐步向安全性、有效性发展，以边角双杆球和擦边奔袭为主，间或派遣先手球的四角战术应运而生，它是近几年开始使用的一种开局布阵战法，已逐渐得到广大门球爱好者的认同。在两届全国体育大会门球竞赛中，被不少全国知名的队所采用。弄清四角战术的特点和利弊，在此基础上探讨如何用好四角战术或采取有效措施对抗四角战术是我们研究的重点。下面谈几点看法：

1. 四角战术的作用与特点。

（1）避其锋芒。随着门球远射技术的提高，①球占二门一号位，已经常出现被白方打掉的局面，为躲避白方首轮攻击的锋芒，红方暂时放弃控制二门，而占据四角、蓄势待攻。

（2）保存自己。根据当前的技术水平，开局阶段场内四角区域比较安全，红方首轮在四角结组，保存有生力量实为上策。既立住了阵角，又不愁尔后谋划进攻。

（3）扼守要地。场内四角区域，既安全隐蔽，又属战略要地，占据了四角，就能威胁二门前后及三门前的大片区域，使白方冲过二门的球无理想去处，单球落位及同己方球配合都受到制约。

（4）以守为攻。占据四角看似隐蔽躲藏，实是以守为攻，蓄势待发。第二轮便从①球擦边奔袭开始，发起轮番攻击，制角摆杆环环紧扣，势不可挡。

2. 造打四角战术的条件。

（1）技术精湛。要求队员基本功扎实，占位球、接应球必须到位，且距离、角度合适。尤其是 1 号队员的擦边球技术要精、靠边角造打双杆球的成功率要高，否则难以达到战术目的。弄不好还易遭对方攻击，失去场上的控制权。

（2）协作要好。要求临场指挥和队员均要有较高的战术意识、良好的心理素质和团结协作精神，能随时观察场上形势，保持清醒的头脑，切忌被小利吸引而冒然进攻。切实按两个步骤进行实施，即第一轮进行布局，第二轮组织进攻。

3. 简介几种四角战术打法。

（1）①③⑨四角战术（首轮②球一门留球，宜选此打法）。①球过一门后去四角，距四角1米左右，③球过一门接①球，距①球1米，离四角2米左右，且角度适宜，使①球下轮能擦边攻击二门前后，⑨球继续跟进③球，最好能形成①③⑨双杆态势（难度极大，成功率极低）。第二轮①球能否打成双杆球或擦边奔袭二门是第一步。若不能，就要在边角为③球摆双杆球或制角擦攻二门是第二步（但不能给②球造成打重叠球、错位球的机会）。这样做将迫使②球过一门后擦打⑩球奔四角进行远距离攻击，远攻难度大，成功率低。只要③球能打成双杆球或擦边奔袭二门，关键是打掉⑩球，则四角战术成功。下轮⑨球打送①球成王牌球，红方将夺回二门取得场上优势。

（2）①⑤⑨四角战术。①球过一门去四角，②球过一门占二门一号位或零号位，这时③球要一门留球，不管④球是否过一门，⑤球都要过一门去四角接①球，⑨球继续跟进（红球落位同上例），形成①⑤⑨四角战术。⑩球过一门后去二门前找②球（如图103）。第二轮①球擦打⑤球奔二门，闪送⑤球接未过一门的③球（要避开②球擦打⑩球攻击的方向），①球能打⑩②球就打，若不能打①球回四线边与⑨球结组。待②球击球完毕，③球过一门后撞击⑤球派送白球（因④球未过一门，⑤球是场上先手球），只要⑤球能打掉⑩球或②球，则下轮①球或③球将成为王牌球，四角战术成功，红方夺回二门取得优势。

（3）①⑨⑤隔门拉手四角战术（若②球过一门占三门一号位，则③球留球改打①⑨⑤）。①球过一门占二门零号位，②球留球，③球过一门去四角（靠三线距四角2米~3米），⑨球过一门到二门零号位附近接应①球。⑨球接应①球的主要目的是攻

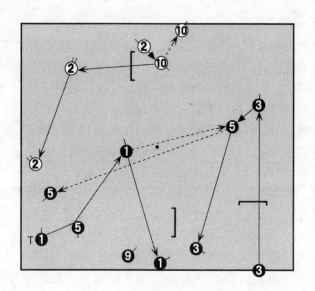

图 103

击一门后为②球接力的⑩球，一旦成功，⑨①球都到四角，形成①③⑨球结组，制造⑨球打送①球成王牌球。若①球撞⑨球不能打⑩球，可送⑨球接③球，①球过二门后也去接③球，形成①③⑨球在四角结组。

（4）①③⑨隔门拉手四角战术。①球过一门占二门一号位，③球占四角，⑨球与①球隔门拉手，形成①球过二门后，撞送⑨球给③球，①球也跟去为③球在四角边线处造打双杆球。

上述（3）、（4）两种打法是开局夺势控制二、三门的讲究实效的布局，但要求 1 号队员占位好，斜过二门的功夫过硬。否则将遭对方攻击，处于被动局面。

（5）其他不固定球号的四角战术。没有固定模式，可视场上态势而定，如第一轮②④球均过一门，红方可打①⑦⑨球四角战术。第二轮可实现⑤球打送⑦球的先手球派遣。

4. 对付四角战术的方法。

根据四角战术的特点或缺陷，采取针对性措施来破坏或减弱四角战术的威力。从上述四角战术的打法中，我们不难看出它存在如下缺陷：其一，四角战术是一种比较求稳求势的战术，它不会采用远攻打法，在无双杆或擦边奔袭的情况下，不会主动放弃四角；其二，对队员技术要求较高，不但要求击送球到位精确，还要有擦边奔袭、造前边角双杆球的过硬基本功。

基此，白方可采取如下打法：

（1）以柔克刚。中心思想是以"避"为主，即避其锋芒、挫其锐气，不为二门控制权所引诱。首轮②④⑥⑧球均一门留球，⑩球过一门为②球接应（避开①球擦边攻击的方向），实践证明，第二轮受①球擦边攻击威胁最大的区域是二门前后 2 米左右的范围，⑩球接应点相对比较安全，有利于②球过一门后通过⑩球的策应，能立即形成对全场范围的攻击。这样做将迫使红方不敢轻易给③球摆双杆，红方攻势受挫，白方将摆脱被动，双方攻防形成对峙局面，对白方有利。

（2）以攻对攻。中心思想是以攻为主，前后夹击，连续进攻，打乱红方的有效布局。在红方占位不够理想，后序接应球与①球形成错位球时，白方⑥球或⑧球可轻进一门，发挥远射特长强行攻击。必要时可采用前球贴靠目标"加密"，后球远射群球的做法，这样可取得"一锤定音"、稳操胜券的战果。

这种拼打战法有时会迫使红方也不得不采取轻过一门远射"挽救"。若打不中则会"雪上加霜"形成"堆球"，为白方乘势远攻创造条件。其结果将打乱红方布阵，使其锐气受挫、信心动摇、变攻为守、失去擦边奔袭的威力。

（3）采取针对性布局。例如，针对①③⑨四角战术可采用以下两种打法：

其一，②球过一门占二门零号位，⑧球过一门占二门一号位，

⑩球过一门落位底线，溜打⑧球，若中，则可斜过二门攻击四角三个红球；若未中，则可为②球造角或摆杆。这时，①球由于受到未过二门的②球隐性攻击。若不能擦边奔袭二门，就不敢在四角给③球摆造双杆球，只能靠边分散。②球起杆撞⑩球送二门零号位，撞⑧球闪送一门后接应④球形成④球过一门后，打送⑧球攻击⑨①③球之势。②球斜过二门后，若红球集中则攻之，红球分散则暂留三线边与⑩球隔门结组（如图104）（如①③⑨球在第一轮就在四角形成双杆，则⑩球轻过一门，直接远撞四角三个球）。

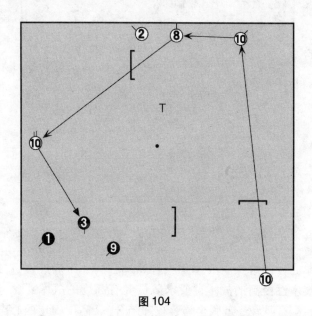

图104

其二，⑧球过一门占二门一号位（离边线 20 厘米 ~ 30 厘米），如⑨球过一门奔四角接应①球，形成双杆球，则⑩球过一门落位底线，溜打⑧球，打中后，⑩球斜过二门冲打底线。若①

③⑨球形不成双杆球，则⑩球过门后接应②球，形成②球擦打⑩球攻击二门或红球之势，迫使红方靠四线边分散，不敢给③球摆杆造角，②球过一门后，擦打⑩球奔⑧球，撞⑧球接应④球，形成④球打送⑧球控制⑨①球的局面。②球斜进二门后，或攻击③球，或暂靠三线边待避，埋伏下轮⑩球过二门打送②球成王牌球（如图105）。

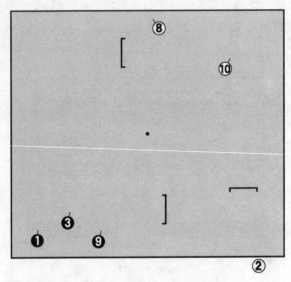

图 105

总之，四角开局战术是一种新颖独特、布局严谨、务实求稳、技术性极高的战术，要求队员要有高度的战术意识（球路清晰、配合默契、放眼全局、攻守结合），高度稳定的心态（不急不躁、稳扎稳打、不贪小利、顾及大局），高度娴熟的技术（送位要准、擦边要精、制角摆杆、造打必成）。与之抗衡的白方必须提高技、战术水平，采取针锋相对的措施。双方胜负的关键就看在"三高"上谁更胜一筹（上述打法只是一部分，四角战术正在发展中，破解之法也在尝试中）。

（六）全进大结组型

全进一门不留球，相互配合大结组，攻守兼备控局势，深谋高技拔头筹。

这是建立在较高技、战术水平的基础上，充分发挥己方球结组配合、以我为主、以攻为主、控制局势的一种布局（如图106）。

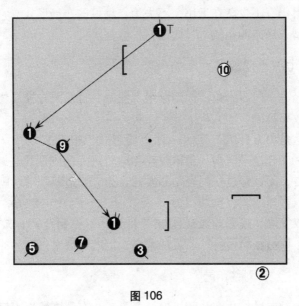

图106

第一轮，①球占二门一号位，③球落位三门一号位，⑤球去四角附近，⑦球落位在③⑤球之间，⑨球与①球隔门结组。第二轮①球过二门后擦打⑨球接近③球，闪⑨球贴靠⑦球，再通过撞击③球调位找角度，过三门后打掉白方在一门后为②球接力的⑩球。如①球不能如愿，则可给③球造角擦向二门或给③球在四线边摆双杆球。采用此种布局，第一轮红方就能控制二、三门，占据场上优势，但要求队员技术精湛、送球到位落点准、造打双杆功夫深、擦边奔袭技术精。其不利方面：一是为白方提供了接力擦边过二门或在一门后造打双杆球的机会；二是己方球过于密集，易遭对方远冲，一旦被击中，则会造成重大损失。

随着远射技术的普遍提高，"拔钉子"的命中率很高，上述打法①球占位安全性差，若被对方⑩球拔掉，红方将被清场。基此，该战术已演变为四角战术，尤其与隔门的四角战术融合为一体。但仍有不少队在运用，不失为一种好的布局形式。它也是从综合型布局向四角战术过渡的一种战法。

（七）一角战术

轻进一门占一角，边角结组方法好，打双派先控局势，简便易行效率高。

这是白方开局布阵的一种布局形式，很有实效。具体打法是：②球轻过一门到一角落位，④球轻过一门到四线边距②球1米左右，⑩球轻过一门轻贴靠④球，为②球造双杆球，则②球可打成双杆球或调位擦边（顶）奔二（三）门攻击对方，或给④球造双杆球，或②球派送④球（躲开③球控制范围）攻击其他红球。该打法简便易行、成功率高，但容易被对方球远冲破坏。

（八）针对性布局

针对布局打法多，随机应变要灵活，有效措施运用好，知己知彼相制约。

"知己知彼，百战不殆"是该布局的战略思想，根据对方布局特点及双方队员技战术水平采取针对性措施，达到破坏对方布局或削弱其实力的目的。该布局方法较多，仅举几例：

1. 直接占三门：针对对方冲二门成功率高，己方①球（或②

球）过一门不占二门，而直接占三门，牢固地控制三门和四角区域，使对方冲过二门的球既不能顺利到三门，又在配合结组和单球落位时受到制约。达到减弱其优势，以利于与对方抗衡之目的。

2. 主选后攻球：针对对方善打白球后发制人，己方可主动选白球或①球不过一门，让②球去占二门，以"其人之道，还治其人之身"。

3. 制约与对抗：上述综合型布局的"二层占位，三门抢先"、加楔留球以及对付四角战术的诸多打法，均是相互制约与对抗的措施，关键是在运用时有针对性，提高成功率。

上面讲了八种布局，当然，布局绝非这几种形式，如一门后造打双杆球的打法，也有不少队采用。

上述开局的打法，既有一定的规律，又不是固定的模式。开局阶段对各球的运用要慎重，切勿轻率从事，既要深入研究各种布局的规律，又要灵活运用其中的招法，切勿生搬硬套。在开局不利时，则要沉着冷静，认真观察场上形势，寻觅转机。

第二节 中 局

一、中局阶段的战略思想："中局抗争"

中局双方必抗争，重在球门攻防中，占据球门控局势，夺取球门靠巧攻。具体地讲就是：攻防兼备、对峙抗争、压制对方、防中有攻、夺取球门、战术巧用、谨防出界、切勿盲冲。

这阶段双方争夺激烈，重点在二、三门的攻防，是双方运用各种战术手段进行搏斗的时期，场上形势跌岩起伏、瞬息多变、反复曲折。

这阶段的战略要点是掌握场上主动权，控制场上局势。优势的一方要利用优势保持主动，攻击对方，阻止对方得分，力争己方多得分，不断扩大战果。劣势的一方则要搞好积极防御、巧妙配合、寻找战机、进行反击、力争转劣为优。并牵制对方使其少得分，那种盲冲蛮打企图以侥幸取胜的做法不仅难以扭转劣势，反而会陷入更大的被动。

二、中局阶段战术研讨

门球战术较多，在中局阶段，我们重点讨论球门战术、球门的攻防、进攻与得分的关系。

（一）球门战术

球门战术要深研，利用球门造双杆，一门攻势运用好，隔门结组紧相连。

球门战术即是利用球门进行攻守的方法。门球规则规定，按顺序通过球门既能得分，又获得一次续击权。因此，球门在门球比赛中占有极其重要的地位，球门要隘是双方必争之地，谁控制了球门，谁就取得优势，利用球门进可攻、退可守，己方球可通过球门结组，进行战术配合，做到结而不密、疏而不散，达到既得分又夺势的战术目的。下面简介常用的几种球门战术。

1. 一门攻势。

是后发制人取得优势的好战法。实施的主要方法是一门留球。其作用有四点：一是通过门后接应球创造进攻得分条件。如⑩②球配合夺取二门的战术。其接力球一般在 13 米处，便于主攻球攻击二门前对方球或过二门得分。另一接应点在 7.5 米处（正对终点柱），此点有特殊功效，主攻球可攻击二、三门前后及四角区域，攻击范围有 13 米宽，但主攻球落位不好时，则过二门困难。二是为造打角度双杆而留球，用于提高攻击威力。三是为制造先手球而留球，用于增强攻击力，利于开局夺势（见①⑤⑨四角战术）。四是为防守反击而留球，被动时通过一门后接力，可进行有效反击或保护己方球。

2. 利用球门造打双杆球。

这是运用最广泛、机会最多、最容易成功的进攻手段。实现的方法主要有两大项。

其一是门前双杆球（即撞球后过门）。要求角度合适、距离适当，利用打角度分球、打擦边球、打擦顶球及打跟球等方法来实现。

现将具体造打方法简介如下：

（1）利用打角度球方法实现双杆球（如图107）：击球员可用垂点瞄准法，选择瞄准点，即可打成角度双杆球，实现撞球后过门双杆球（垂点瞄准法见本书技术部分）。

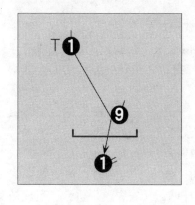

图107

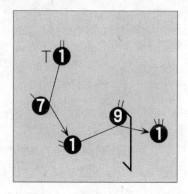

图108

（2）利用擦边球实现双杆球：如①球在二门一号位，⑩球冲二门未过卡在左门柱上。1号击球员利用打擦边球技术，使①球侧撞⑩球后过门成双杆球。当然，在安全的情况下，己方前号球也可为下号球造卡门柱球，如⑨球贴靠门柱，①球即可打成擦边过门双杆球。若①球没有擦边过门角度，则可先撞击⑦球调位，再打擦边过门双杆球（如图108）。这种卡靠门柱球，只要方向对，且距离不太远，最容易打成双杆球。但造杆球要距球门较近，才能轻击自球（或闪送他球）贴靠在门球柱内侧。

（3）利用擦顶球实现双杆球：如图109所示，3号击球员可用擦顶球的方法实现双杆球。若①球也未过二门，3号击球员则可打擦顶式跟球，使①③球均过门成双杆球。

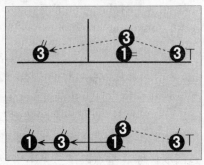

图109

（4）利用打跟进球的方法实现双杆球：除上述打擦顶式跟球外，还可用打提拉式跟球的方法实现双杆球。如③球在门前2米之内，①球落位于门前10厘米处，且①③球与球门在一直线上。3号击球员运用打提拉式跟球的方法使①③球均过门打成双杆球。

上述（3）、（4）两种打法，一般不是有意制造的，多是由于送球不到位而自然形成的。既然出现机会，便可发挥技术特长，运用打擦顶球和跟进球的技巧打成双杆球。但是这两种打法难度较大，稍有偏差就不会成功，技术不纯熟时，不要勉强去打，以免弄巧成拙，既打不成双杆球，又失去过门机会，造成被动局面。当然在关键时刻，此杆是决定胜负的一杆，就要下决心去打，力争打出好结果。

其二是门后双杆球（即过门后撞球）。要求送位准确，利用直接撞击、调位找点、碰撞自造、闪撞调位和撞门柱折射等方法实现双杆球。这种双杆球是使用最多、效率最佳，且具有不密集、安全性好、成功率高的特点。现将具体造打方法简介如下：

（1）门后直线双杆球：在球门后打双杆球，造杆球距球门越近越能摆在直线上，成功率较高。若造杆球距球门较远，送位就难精确，一般不易摆得恰到好处。这时就应向距球门稍远处送位，因为主打球过门后的撞击幅度呈扇形（如图110）。并应遵循"宁左勿右"的原则，以便主攻球过门后，即使打不成双杆球，也可擦击他球奔向目标（三门或终点柱等）。当然球门后右侧有对方群球或战术需要时除外。

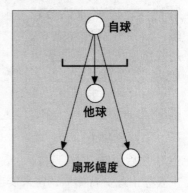

图110

（2）留球双杆球（如图111）：①球撞击③球后，临场指挥员指令将③球留门前，①球进门后给③球摆双杆球。①球闪送③球要送到①球过门轨迹的反向延长线上。①球过门后的落点基本上就是③球过门后的撞击点位置（或稍加微调即摆成）。这种在延长线上留球

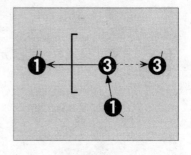

图111

的方法，易摆正、成功率高。闪送③球时一般不要横向闪送，因为横向闪送落位后，①球过门后还要往③球过门的轨迹上送球，不易精确到位，成功率较低。

（3）撞碰过门自打双杆球：这是利用撞顶技术自造自打双杆球的一种方法（如图112）。在球门前有三个球，基本上在一直线上，③球可撞⑤球，使⑤球将①球顶撞过门，闪送⑤球后，

③球过门并撞击①球打成双杆球。这种球机会较多，只要有双杆球意识，用好撞顶技巧，必能获得成功，大可推广运用。

（4）调位双杆球：这种双杆球有一定的隐蔽性，实用价值大，并可利用对方后手球进行调位，

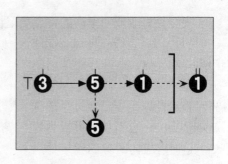

图 112

主要靠击球员打侧撞调位来实现（如图 113）。②球撞击①球后，闪送①球到门前给④球调位，②球送位到门后。④球通过撞击①球调位与门后②球成直线，再过门撞击②球成双杆球。此打法的关键是④球侧撞①球调位要与门后②球成直线。一般送球规律将①球（对方球）送给门前的④球（己方先手球），不放门后，以防④球过门失误，留下隐患。②球要尽量送位到靠近球门后的中心位置，这样④球调位的范围大，打成双杆球的成功率高。

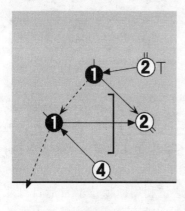

图 113

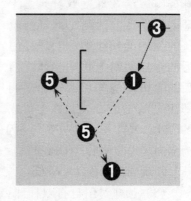

图 114

（5）闪撞调位打双杆球：这是简便易行的一种好方法，具体打法如图 114 所示。③球撞击①球后，用①球闪撞⑤球，使⑤球移位到门后合适位置，③球过门后撞击⑤球打成双杆球。

这种闪撞调位的方法也可用于造打门前角度双杆球。

（6）撞柱折射双杆球：球门前后的两个球，因球门柱的阻挡难以过门直接撞击。击球员可击自球斜角度撞碰球门柱，使自球碰撞门柱后改变方向，从而撞击门后球打成双杆球。折射双杆球是一项特殊的技巧球，隐蔽性较好，一旦成功，实效大，其基本打法如图 115。设 A 为自球，B 点为门柱，C 为门后他球。在 B、C 线上选 M 点（距 B 点略小于球的半径），M 点即瞄准点。击打自球中心通过 M 点，A 球即撞门柱反弹滚向 C 球打成双杆球。

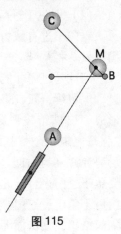

图 115

3. 隔门结组（拉手）战术。

隔门结组战术是攻防兼顾的战法，它具有易于攻守的特点，通过球门达到战术配合的目的。既能给过门球接力，又受过门球保护；既分散布阵，又密切配合，达到结而不密、疏而不散的效果。其目的有四：一是把球送门后相应位置，受过门球的保护；二是隔门连号球结组，利于发挥派遣球的作用；三是为过门球续击接力搭桥，能使过门球擦击到位，达到攻击对方或己方得分的效果；四是制造门后双杆球。这四种目的虽有所不同，但在一杆球中常可兼而有之。所以，隔门结组是一种比较灵活而具有相当威力的战术。

隔门结组又称定向结组，对接应球的方向要求较高，接应球的落点应落位于过门球的射线上或在射线左侧与射线的垂直距离不超过 1 米内为好。这样有利于己方球之间的战术配合，利于过门球过门后进行擦边奔袭。若接应球方向不对，不但起不到应有的攻击作用，反而会留下隐患，造成对己方的不利局面。

4. 充分利用过门续击权。

（1）不急于过门得分。

踞门不过有威力，相互配合抓战机，造杆拉手暂守门，"引满待发"控局势。

门球是过门才能得分，过门后能取得一次续击权，踞门不过，保留续击权，可达到战术配合和控制门后部分区域的目的。形成"引满待发"之势。已经过门的球再次过门无效，好似"强弩之末"，对门后广大区域失去控制权。因此，只要条件和形势允许（有时间，该球安全），该球又无过门后的任务，就不要急于过门得分。尤其是当对方有一门留球时，己方先号球过二门后不急于过三门，如⑤球过二门后，撞击③球闪送③球与①球隔门结组，续击撞上④球，用④球闪带②球双出界。这时⑤球就不要急于过三门，可留在三门一号位。这样做即可控制三门前后和一门后广大区域，不给白方在一门后接力机会，又能为己方球到三门结组达到战术配合的目的，也能在球门前后造打双杆球，迫使对方分散隐蔽失去战术配合的攻势（如图116）。

但门球场上形势瞬息多变，有些突变难以预料，就一般情况而言，多得分、早得分会取得主动，"轮次前抢，多分为赢"这是多年的实战总结。所以除有守门及控制对方一门攻势的任务外，其他球还是要抓住机会过门得分，不可丢失过门得分的良机。

（2）要打好既过门得分，又攻击对方的双向效应球。

在门球比赛中，既过门得分，又攻击对方实现双向效应，是取得场上优势的有效方法。能否运用好过门续击权是衡量一支球队技战术水平高低的重要指标。如图117，⑥球先，⑥球撞⑧

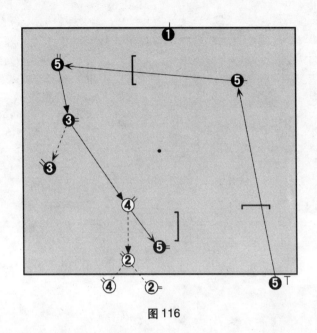

图116

球，闪送⑧球攻击⑨球，⑧球与⑨球同归于尽，⑨球进场，⑩球过二门后去三门前，①球擦打⑤球奔三门前，打掉②⑥⑩球红方变优势。正确的打法应该充分利用球门优势，⑥球闪送⑧球到⑩球处，⑧球打送⑩球送①⑤球，⑧球过二门后，再与⑨球同归于尽。这样打白方将控制场上局势。

5. 轮次前抢，发挥既过门得分又到位得势的双向效应。

按照门球周期性规律，根据场上双方球态势，科学而合理地调度，打出既得分又控势的结果，避免得分与得势脱节的后延现象（即得势不得分）。下面通过几个战例简介如何实现轮次前抢的具体打法：

例1，用撞顶手段使轮次前抢：

①③球在二门前，①球起杆，撞顶③球过二门得分，并闪送③球去三门前（或派遣到白球处去攻击对方球），①球过二门后

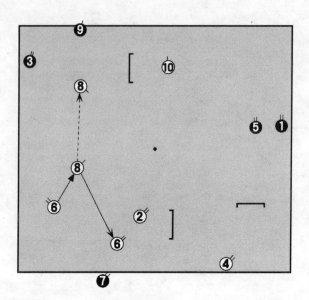

图 117

也到三门前接③球。轮及③球起杆时即可使①③球都过三门，这种方式简便实用，①③球过三门的过程向前抢了一个轮次（若派送③球攻击白方球，则③球既过门得分，又能进攻对方球，实现了双向效应）。

例2，用侧撞技术使轮次前抢：

目前对侧撞技术多数只是单向性的运用，即只考虑自球所要达到的目标，倘若在一次击球中同时考虑两个球向不同方向位移的综合运用，使双向都尽可能获得最佳效果，达到一举两得的实效，使轮次前抢（如图118）。⑤球起杆有两种打法：其一是⑤球轻撞③球并闪送③球过二门得1分，⑤球去三门前。其二是⑤球以适当力度侧撞③球过二门得分，同时⑤球到达三门前附近落位，随后将刚过二门的③球闪送过三门，接着⑤球也过三门。此时这杆球已得3分，最后⑤球可在三门后撞击他球或撞柱得分…

…。这杆球将③⑤球过三门的时间提前了一轮。

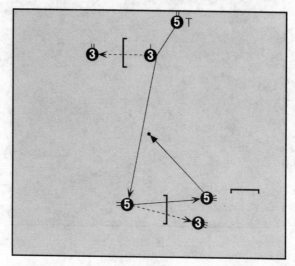

图 118

例3，擦边5分球：

如图119，这是残局阶段的有效打法，比赛剩时不多，对④球而言是最后一杆球，比分是落后对方4分。此时④球有两种打法：其一是④球撞②球闪送②球过三门得1分，④球再撞柱。此打法白方必输无疑。其二是④球侧撞②球奔柱，将②球撞过三门的同时，④球落位于终点柱旁，然后闪刚过三门的②球撞柱，④球撞柱，这一杆共得5分，白方反败为胜。

例4，用对方球闪撞己球过门得分：

随着门球技术水平的提高，新颖打法也应运而生。它增强了门球的观赏性，启发门球爱好者广开思路，创造新的打法。例如，用对方球闪顶己方球过门得分，似是老生常谈，但实则不然，其独特新颖打法，又给人耳目一新之感，有一场球如图

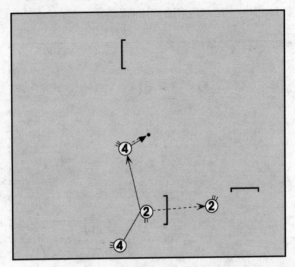

图119

120。只剩⑤球最后一杆，红方落后 4 分。这时只有③⑤球都过三门，且⑤球撞柱，红方才能以多柱获胜。实战打法是：⑤球擦打③球奔三门，因角度所限⑤球落位于三门后，将③球闪送到三门前 10 厘米处落位，⑤球撞击三门一号位的⑧球，用⑧球擦顶③球过三门，⑤球过三门后远撞柱成功。红方取得了这场比赛的胜利。这场球的胜负人们很快就会忘记，但这种巧妙的设计与新颖的打法，则会引起人们的兴趣与深思。

例 5，用己方先手球闪带对方后手球，实现轮次前抢：

可用先手带后手，提前进场有便宜。赛场上适时采用此闪带方法，能创造优先战机。如图 121，⑨球撞击①球，用①球闪带②球双出界，⑨球过三门后打出⑩球，①球进场接③球，由③球闪送①球撞柱。这样做①球既将②球带出界，①球进场后又可得分，并先于②球进场。若⑨球闪送①球看住②球，轮及①球起杆与②球同归于尽，则②球先于①球进场，①球又失去得分机会。

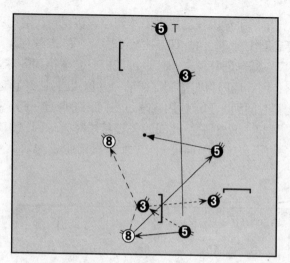

图 120

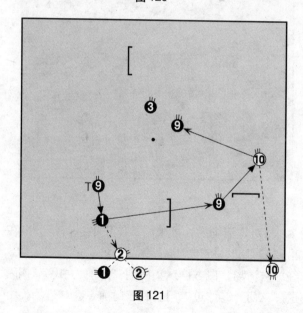

图 121

例6，用后手球闪顶己方先手球到位，实现轮次前抢：

比赛还有1分20秒，双方比分12：8，红方领先，场上态势如图122。⑧球起杆撞击⑩球送过二门，⑧球擦撞⑤球落位到⑩球一侧，用⑤球闪顶⑩球到三门前，⑧球跟进到三门前，⑨球进场，比赛时间到，⑩球撞闪⑧球过三门，⑩球过三门，撞柱成功。白方以13：12获胜。此战的关键是用对方球闪顶⑩球到三门前（当然用己方他球也可），实现轮次前抢，为取胜奠定基础。

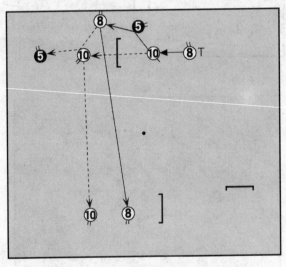

图122

例7，将对方清场后，可采用集体集中过门抢分，在一个轮次内打出"满堂红"。

如红球被清场，白方群球集中到二门前，由②球撞闪④⑥⑧⑩球都送过二门，②球过二门后到三门前，③球进场，由④球将⑥⑧⑩球闪送到三门前，④球也跟到三门前，⑤球进场，由⑥球将②④⑧⑩球闪送三门，⑥球过三门后到终点柱旁，⑦球进场，由⑧球将②④⑩球闪送到终点柱旁，⑧球也跟到终点柱旁，⑨球进场。最后由⑩球闪送白球都撞柱打出"满堂红"。

上述举例是典型的纸上谈兵，球场上不可能如此整齐划一。但此集中过门轮次前抢的打法，可以借鉴。

6. 闪送球过门与否的讨论。

闪送过门有文章，自击过门更妥当，破坏双杆切莫闪，得分取胜必帮忙。

门球比赛多分为赢，球过门才能得分，因此有些球员撞击己方球后，只是考虑闪送过门得分，而不管闪送该球过门是否符合战术要求。笔者认为是否闪送己方球过门得分，要根据具体情况而定。下面谈三点看法：

（1）要保留续击权，不急于闪送过门。

只要时间允许，该球留在门前安全，且有过门的机会（尤其是己方临杆球），就不要急于闪送过门，暂留门前要比闪送过门有利得多，其明显的好处有以下几点：一是自己击球过门比闪送过门有更大的把握，并可根据过门后的任务控制落点；二是暂留门前能起到守门作用，并有利于己方造打球门双杆球；三是保留过门续击权，对门后他球有威胁作用，并有利于己方的战术配合。

（2）有下列情况不急于闪送过门。

① 破坏自球的双杆条件或球门后有对方的数个球，闪送己方球过门后，阻碍自球过门后去攻击对方球，而被闪过门的球是后手球。

② 门后有对方的先手球，闪送己方后手球过门等于"送死"（将被对方打掉），而自球已过该门或自球过门后又无法攻击对方的先手球。

③ 距离球门过远，且角度较小，闪送过门没有把握，失误

后等于帮倒忙，不如暂留门前，让其自击过门较好。

（3）遇下列情况应闪送过门。

① 比赛时间已快到，被撞击的己方球已没有再击球机会，就要果断闪该球过门，不要失去得分机会。

② 双方比分持平，得 1 分就能获胜，当然决不能放过得胜的机会。

③ 被撞击的己方门前球是后手球，对方有王牌球或双杆球，将该球留门前，将被对方打掉，这时就要先闪送过门得 1 分，抢 1 分是 1 分。

④ 当对方球被清场（或大部分在界外），己方就要抓住战机，采用集体过门的多抢分打法。

上述讨论是一般性规律，球场情况瞬息多变，究竟采用哪种打法，是否闪送过门，要根据对己方利益大小和具体条件（时间、距离、角度、队员的技术）而定。

（4）实际战例。

例 1，避开对方先手球，不急于闪送过门：如图 123，③球撞⑤球后，闪送⑤球过门，③球过门后又无法打④球，结果⑤球被④球打出界。正确的打法是：③球闪送⑤球到一号位，③球过门后，能打④球则打，不能打时可到四角附近，既避开④球攻击，又形成③⑤球结组。

例 2，保持过门优势不急于闪送过门。

如图 124，①球撞③球闪送③球到二门一号位，①球过二门后与③球隔门拉手。这样做③球既暂守二门，又能过二门后擦击①球奔三门，红方控制了二、三门。若①球闪送③球过二门，①球过二门后，不敢离③球太近，怕②球擦打④球来打，又不敢离③球太远，怕②球送④球来打。以后②球可送④球到二门前，白方将取得场上优势。

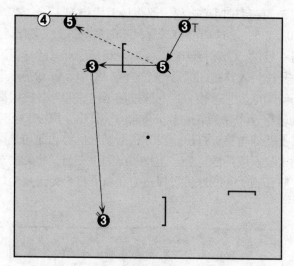

图 123

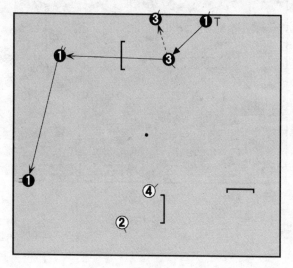

图 124

例3，保留过门续击权，取得场上优势。

如图125，②球撞击⑩球后，不闪送⑩球过三门，将⑩球闪送三门一号位，②球接④球，③球进场接①球，④球撞闪②球到二门一号位，④球过二门后与②球隔门结组，⑤⑥⑦球进场，⑧球进场给⑩球攻③球接力，⑨球进场压线，⑩球过三门后，通过擦打⑧球靠近③球。结果①③⑨球均被打出。白方②④球已隔门结组，⑤⑦球也将被打出，白方占据场上优势。此局是保留⑩球过门续击权所取得的优势。若将⑩球闪过三门，将失去对二角区域的控制，则①③⑨球将发挥威力，白方将会处于被动局面。

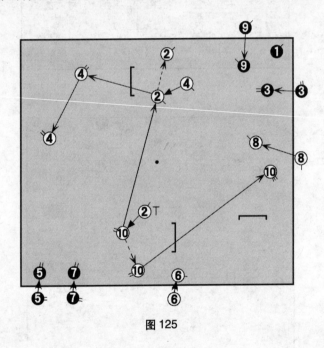

图 125

（二）球门的攻守

门球比赛的中局阶段，每一杆球都有可能夺门，球门的攻守是双方搏斗的重点，谁占据球门，谁就取得主动权。过门得分是门球比赛的主要任务，攻夺球门对比赛的成败至关重要，尤其是夺取二门最为关键，只有顺利地夺得二门，确保全队的球过门得分，才能为夺取全局最后胜利打下基础，因此，球门的争夺更为激烈、反复和曲折。

1. 球门的防守。

坚守球门莫放弃，也可巧摆"空城计"，结组互保效果好，压线靠边保自己，"引而不发"是策略，诱"敌"深入用巧计，威胁对方远离门，己方得分是目的。

上述八句话，将守方的策略、方法简明扼要地进行了归纳，下面将通过战例进行研讨：

（1）坚守球门不可过早放弃。

尤其到后半局，控制三门尤为重要，因为这能阻止对方和确保己方球过三门得分，为夺取全局胜利创造条件。但在守门时，己方球之间要互换确保先手球守门，切勿调走先手球，失去对球门的防守。场上形势如图126，⑥球撞击⑧球，闪送⑧球与⑩球结组，⑥球靠边，主动放弃了三门。红方抓住战机，⑦球撞送⑤⑨球到三门前，⑦球撞顶④球于界外。红方牢牢地控制二、三门。⑧球难以打⑩球，又不敢给⑩球接力，只好远冲二门未过。⑨球撞⑤球送盯⑥球，⑨球过三门打出②球。⑩球无所作为，结果⑤球成了先手球，①③球均到三门接⑤球，⑤球打出⑥球后，又闪送①③球过三门得分，⑤球过三门撞⑨球送靠柱，⑤球也跟去，最后实现双撞柱，红方大胜。白方送走⑧球是败招，给了红方夺取球门的机会。致使红球群球过门得分取胜。若闪送⑧球在三门后，既能守住三门，又能打送②球与⑩球结组，形成⑩球打送②球的王牌球，白方将稳操胜券。

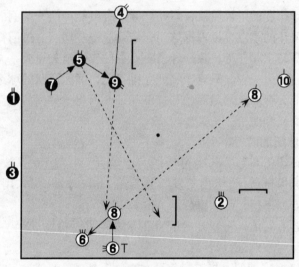

图 126

（2）要配合守门，不可孤球死守。

单球守门容易遭到对方攻击，双球结组配合守门效果较好，要根据场上各球分布情况来确定守门的方式或由哪号球守门。己方球之间可互换或给先手球接应牢控球门。

例1，如图127，①球过二门后，又回守二门一号球，结果被②球打送④球到二门前，③球鞭长莫及，④球将①球打出，红方失去对二门的控制权。正确的打法应是：①球过二门后力争落位靠近③球，若能撞上③球，闪送③球到二门前，①球与③球隔门结组为上策。若撞③球有困难，可给③球造角，③球可通过擦撞①球控制二门，也属良策。

例2，给下手球接力坚守球门，不可消极躲避。如图128，①球过二门后应去一区给待过一门的③球接应，从而达到既控制

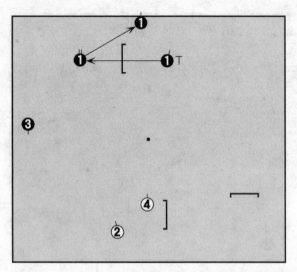

图 127

二门，又保护⑤球的目的。实战中①球去四角躲避，此打法是消极的，给白方夺门进攻创造了条件。②球撞送④球到二门一号位，②球与④球隔门结组，③球过一门后，既不敢远距离冲二门，又不能远射⑤球，失去反击机会。④球过二门后，通过擦打②球奔⑤球，⑤球被打出界。

例3，及时派送先手球去守门或保护守门球，达到牢守球门和夺取场上优势的目的。如图129，①球撞击③球后，把已过二门的③球又派送二门前，①球跟去。这样做，红方虽暂失去过三门得1分的机会，但却牢控双方争夺的重要阵地二门，确保了场上优势。

（3）巧摆"空城计"、诱"敌"深入、聚而全歼。

充分利用己方球连号结组的先手条件，可暂放弃守门。实则是诱对方深入，然后再派遣先手球进行打击。但要求队员的闪送球技术好，送球落位准确，才能发挥遥控威力。

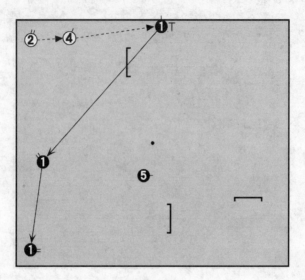

图 128

如图 130，⑧球过二门后到三门前，⑨球占二门一号位，⑩球进场压线，①球到二门前，②球也到三门前，③球又到二门前，④球进场为⑥球奔三门造角，⑤球进场压线，⑥球擦撞④球奔三门前，闪送④球接⑩球，⑥球撞闪送⑧球到二门前，⑥球过三门后为⑩球摆双杆，⑦球进场压线，⑧球打出①③⑨球，白方取得场上优势，最后大比分获胜。

（4）要合理调派先手球，不给对方夺门机会。

球门是双方必争的战略要隘，守住对方拟过的球门，不让对方过门得分是取胜之道。若为了抢占己方应过的球门，而放弃对方拟过的球门，给对方反击的机会，则会失去优势，有时造成败绩。例如有一场球，比赛还有 10 分钟，双方比分 9：5，白方领先，场上形势如图 131，轮及⑩球起杆，⑩球撞击⑧球送二门前 5 米处靠近二线，再撞击⑥球闪送三门后 4 米处靠近四线，⑩球远冲⑦⑨球不中出界。其中①③球进场均接⑤球，②球进场压

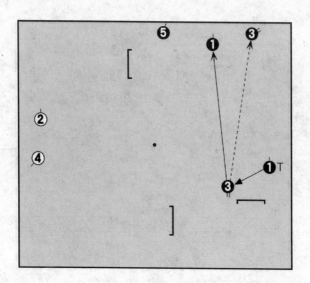

图 129

线，④球进场接⑥球，⑤球起杆撞擦①球调位，闪送①球靠近⑨
球，再擦③球奔④球，闪送③球也靠近⑨①球，再撞击④球闪带
⑥球双出界，⑤球到二门前。此后⑦球通过⑨①③球调位擦边奔
⑧球，打出⑧②球，红方最后以 10：9 获胜。若白方将⑥球与
⑧球换位，则红方没有夺取二门反败为胜的机会。此役白方失去
二门的关键是调用己方先手球不当，给对方夺取二门集体过二门
取胜创造了条件。

（5）发挥"威慑"作用，不要盲目出击。

己方有守门球能起"威慑"作用，对方球就不敢靠近球门，
远距离冲门成功率低，不易过门得分，若冲不进门，还得在下轮
将球击到球门前，再轮才能过门。守门球就起到了"威慑"对
方远离门的作用。所以守球门要采用"引而不发"的策略，一
般不轻率出击距自球较远的对方球，以免撞击不中，失去对球门
的控制权。

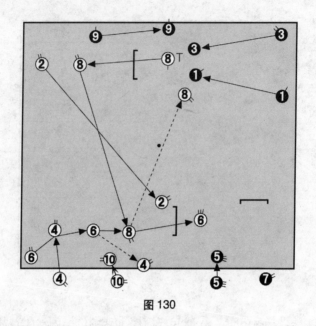

图130

（6）自我保护，牢守球门。

守门球占据要隘，是双方必夺之地。守门球是对方攻击的主要目标，对方必将派遣先手球进行攻击。基此，守门球的安全要靠己方球结组保护。在没有先手球保护的情况下，采取自我保护方法更为重要。自球压线、靠边或占零号位能起到自我保护的作用。

2. 球门的攻夺。

拟夺球门用巧计，抓住战机莫迟疑，派遣先手夺球门，派遣双球效果奇，借球闪带方法好，闪顶他球也适宜，可用先手带后手，提前进场有便宜，闪球过门先得分，"空球"不拼远躲避，连号结组逼对方，远射过门再续击。

上述论点，将攻方夺取球门的策略与主要方法进行了简明扼要地归纳，下面将通过战例进行研讨。

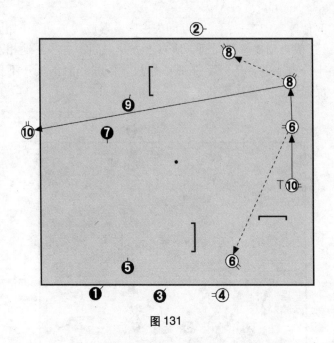

图 131

（注："空球"是指该球对己方球没构成威胁的球。如该球已过球门或没有过门角度，且距己方过门球距离较远，难以撞击己方球。）

（1）抓住战机，派先手球夺取球门。

利用对方孤球守门与其他球分散形成离断的机会，发挥己方先手球作用，派遣先手球攻击对方守门球或其他球，夺取球门取得场上优势。若能派子母球（两个先手球）效果更好（如图132），⑨球进场直送三门后，为③球摆双杆球，⑩球撞击④球，果断地闪送三门前，⑩球又撞击②球闪送三门前，⑩球远撞①球与其同归于尽。结果②④球分别打出③⑤⑦球，过三门又撞⑨球打成双杆球，闪出⑨球后，两杆将⑥⑧球送二门前白方巧夺球门控制二、三门，取得场上优势。红方的主要问题是①球孤守二门，其他球集中在三门，相互间失去联系形成"离断"（如同缺号），造成被动挨打的局面。所以己方球之间不失联系地相互配合是十分重要的，千万不能孤军作战。孤球守门不仅守不住球门，反而给己方带来不利。

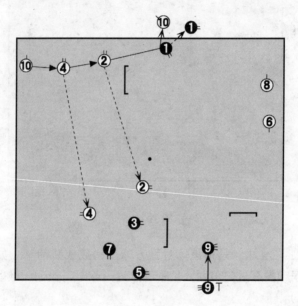

图132

（2）借球闪带，一举两得。

利用对方球做"炮弹"，闪带对方守门球这是最佳方法。只要条件允许，就要充分运用。

如图133，⑨球撞击④球后，不把④球闪出界，而将④球闪送到三门前，⑨球过二门后，撞击①球闪送到④球处，①球撞击④球后，用④球闪带②球双出界，红方取得优势。

（3）用己方球闪顶对方守门球。

这是攻击对方守门球、夺取球门的一种好方法。只要条件合

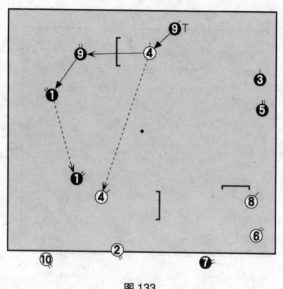

图 133

适（近距离两米之内），闪得正就能把对方守门球顶出界，而使己方球留在场内，实战效果好。如图 134，④球撞⑧球靠近⑤球，用⑧球闪顶⑤球出界，而⑧球留在场内。④球过二门后，正顶⑦球于界外，白方取得场上优势。若不用闪顶打法，红方⑤⑦球总有一球能发挥攻击作用，白方难以做到既夺门又得分控制场上局势的结果。

（4）用己方球闪带对方关键的守门球。

用己方球闪带出对方的守门球，虽牺牲一球，但能夺回球门取得场上优势是值得的。如图 135，⑨球撞击⑦球，用⑦球闪带⑩球双出界。⑨球到三门前接①球。此后①球撞⑨球闪⑨球过三门得分，①球过三门后撞击②球，用②球闪带④球双出界。最后红方获胜。若让⑩球起杆，则⑩球将会打出①球，⑩球过三门后撞送②球到③⑤球处，白方将大胜。

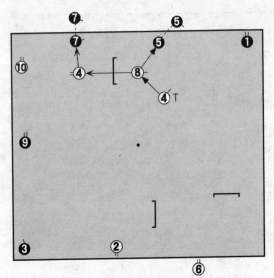

图 134

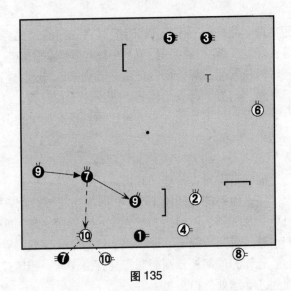

图 135

（5）用己方先号球闪带对方守门的后号球。

在门球比赛中，要攻击对方压线的守门球（或关键球），常用的办法是与其同归于尽，但这种打法有一定的弊病，即对方球总比自球先进场，因此，除非万不得已（对方球威胁己方球或对方球能得分取胜等）一般不要采用。如⑨球闪送①球到②球处，待①球起杆时与②球同归于尽，而②球随后立即进场。显而易见，下轮②球将成为先手球或王牌球。基此，在条件允许的情况下（两球距离不太远约3米左右）可用先号带后号的办法。如图136，⑨球撞①球后，用①球闪带②球双出界，⑨球过三门打出⑩球，⑨球回接③球，①球进场接③球，③球通过撞擦①球到三门前，闪①球过三门得分，③球过三门后擦撞⑨球奔柱，实现⑨③球双撞柱。这种打法对红方而言，既打掉对方关键球，又不影响己方得分。推而广之，只要己方的前号球不是主要得分球（或关键球），则用它内带对方后号球双出界，待该球进场时去找己方下号球，同样可以完成预定的任务或得分。这种可用先号带后号，提前进场有便宜的战术手段，大可充分运用，其实用效果甚佳。若③①球均已过三门，③球在终点柱附近，⑨球用①球闪带出②球，①球进场找③球，由③球撞闪①球实现双撞柱。此打法可以说是实效最佳的完美打法。

（6）闪球过门先得分，"空球"不拼远躲避。

具体打法是：派送先手球到球门前（守门球的前号球）再把后序球送去，由先手球闪送己方他球过门得分，而后，先手球离开，采取此打法的条件是：该守门球占位好，且已过该门，对门后己方球构不成威胁，采用同归于尽打法不合算。如图137，⑩球撞闪②⑧球到二门前，⑩球也跟去，①球进场，②球撞闪⑧⑩球过二门得分，②球过二门后接⑥球，使⑥球成为②⑧⑩球的保护球，③球远射白球没把握，只好找⑤球。若②球与③球同归于尽（或顶出③球），③球还是接⑤球，⑤球将会打送⑦球到二

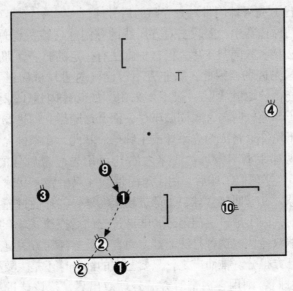

图 136

门前，白方⑧⑩球可能被红方打出，白方将处于被动局面，上述实战打法，白方既得分，又安全何乐而不为。

（7）运用精湛技术夺取球门。

技术精湛是取胜的保证，利用技术实力夺取球门是门球竞赛中常用的方法。下面仅举几例与球友共赏：

例1，调位擦边奔袭夺取球门。如图138，②球起杆，②球撞击⑩球，用⑩球擦撞⑤球调位，随后擦撞⑤球奔三门前，用⑤球闪带③球双出界。接着，②球打出⑦⑨球，②球过三门后又打出①球，将红方清场。

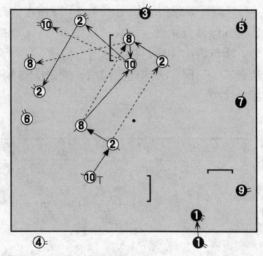

图 137

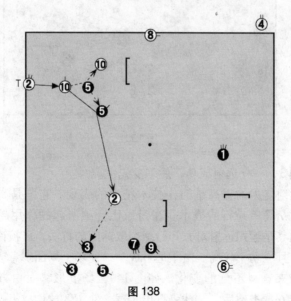

图 138

例2，巧打双杆夺球门。如图139，①球撞击⑥球，用⑥球擦撞⑤球，使⑤球移位靠近④球成"眼镜球"，①球撞击④⑤球打成双杆球，①球闪出④球，将⑤球送二门前，①球两杆打出②球，红方巧夺二、三门。①球过三门后，撞送③球到⑧⑩球处，红方取得场上优势。

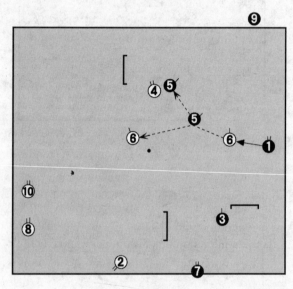

图139

例3，一杆远射成功，后手变先手。

远射能力的提高是撞击技术精湛的表现。它既是高超的技术，又是简单易行的战术。在门球比赛中所起的作用越来越重要，尤其是运用远射对方守门球夺取球门的打法，已被许多球队使用，且成功率较高。由于远射成功，使场上局面瞬息改变，给比赛带来意料不到的变化。如图140，场上形势对白方十分不利，待⑥球击球后，⑦球将打出⑩球，使①③球均成王牌球。白方指挥令⑥球远射⑦球，6 号队员认真瞄准稳起杆，⑥球直射⑦球与⑦球同归于尽。这一杆远射成功，使在⑦球控制下的⑩球成了王牌球，白方由被动变为主动。此后，⑩球打掉①③球后，自球过二门又打出⑤球，白方获得胜利。此例是运用远射技术夺取球门的典范。

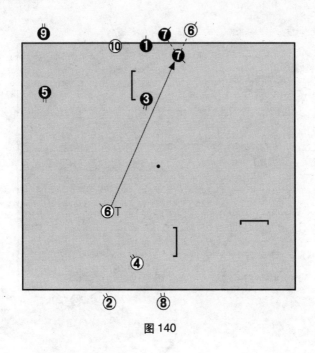

图 140

(8) 远冲过门再续击。

夺取球门的目的是确保己方球过门得分，在比赛中有时没有攻夺球门的条件，只能靠自球远冲过球门，这也是一种常用的打法（如开局时过一门冲二门）。只要冲过球门，将使对方守门球不起作用。另外，在比赛中经常出现球门后有对方多个球的现象，而自球距球门较远。此时有两种打法：一是为己方下号球接力（或找已方球结组）的稳妥打法。二是冒险一冲，力争取得远冲一杆定乾坤的效果。只要队员远冲能力强，此打法是合算的（一个球对多数）。如图141，⑩球过一门后，远冲过二门成功，撞击⑨球闪带⑤球双出界，再打⑦球闪带①球未中。⑩球到三门一号位找④球，白方取得场上优势。

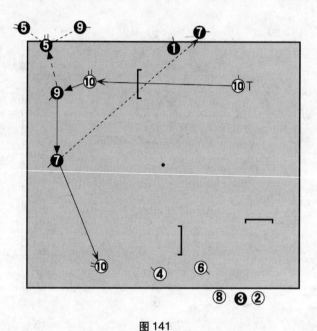

图141

（9）发挥"威慑"威力，迫使对方守门球离去。

根据对方守门球号，组织己方先手球结组，造成派遣先手球之势，迫使对方守门球自动离去找下号球保护，从而轻易地夺回球门。

如红方①球守门，白方⑩球撞送②球找④球，形成②球派送④球之势。轮及①球起杆，①球为保安全只能放弃守球门去找③

球保护。

（10）"调虎离山"引诱对方守门球远击。

在无良策夺取球门时，也可采用非常规打法，派送一球距守门球 6 米左右，引诱其远击，若撞不上，己方就轻而易举地夺回球门；若撞上后，该球再回守球门，就很难占到最佳位置，再派球就很容易将其打掉。己方也可送两球形成前后（两个方向）夹击之势，使守门球只能向某一方向出击，不能再回守球门，丢一球而能夺回球门还是合算的。上述打法是依据守门球队员远射能力不强的下策打法，一般要慎用。

上述球门的攻防论述与战例，讲的是一般规律与方法，仅供球友参考。该篇所选战例均有其实用价值，其方法是可用的。但球场上变化是无穷的，所提供的打法也不是固定的模式，教练员要根据场上的具体情况而灵活运用，千万不要生搬硬套，要出奇致胜。

（三）进攻与得分的讨论

进攻是为控局势，得分取胜是目的。相辅相成不可分，只顾一面遭败线。进攻得势保得分，一味强攻不适宜。根据形势定取舍，机械划分不可取。

门球比赛的胜负是以双方得分多少来判定的，而得分多少和谁能在比赛中控制场上的局势有着直接的关系。双方争夺的焦点始终围绕着得分与对场上局势的控制权而展开。进攻对方将其球闪出界外，减少其有效击球次数，是阻止对方得分和确保己方得分的有效手段。

1. 进攻与得分的关系。

（1）进攻是为得分服务的。

门球比赛是以得分多于对方而取胜，要明确进攻的目的是为了阻止对方得分，确保己方得分。千万不能打华而不实的战术，为了进攻而进攻，打对方无关紧要的球，甚至不惜与对方球同归于尽。只顾打球，不管得分。造成打得痛快，输得可惜。

例1，如图142，②球过二门撞击⑩球成双杆，②球用两杆与⑨球同归于尽。最后②球没过三门，也没发挥主力队员的作用。正确的打法应是②球两杆过三门，给④球摆双杆，这样做既能得分又能发挥②球下轮的（王牌球）作用，且④球打成双杆球后，也可攻击对方球，达到既得分又控势的目的。

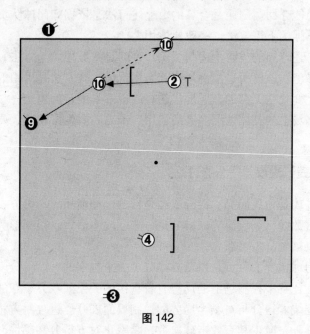

图 142

例2，如图143，⑩球撞击④球后，闪送④球去打已过三门的⑤球，没有实效。结果①球打送⑨球过三门，①球远射⑤球命中，送⑤球到⑥球处，①球打出④球。此后，⑤球打出⑥球，再打⑦球送⑩②球，红方取得优势。正确的打法是：⑩球闪送④球到二门前，既能得分又能保护己方其他球，待①球过三门后

（①球不会远射⑤球），②球可到二门后给④球攻击⑤球接力，④球过二门后，通过擦撞②球到位，再攻击⑤球。这样打白方既得分又能攻击对方球，将取得场上优势。

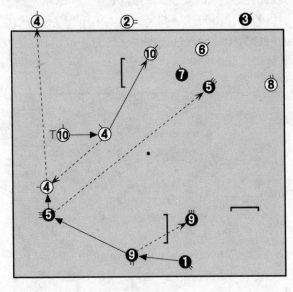

图 143

（2）进攻与得分是相辅相成的。

进攻是削弱对方有生力量、控制局势的有效手段。也是确保己方得分的有力措施。只有有效的进攻才能为己方顺利得分创造条件，那种只顾己方得分而放弃必要的进攻，必将被对方攻击，不仅己方不能得分，反而使对方多得分而遭败绩。

例1，如图144，⑧球过二门撞击⑥球成双杆，闪⑥球到三门前，⑧球用两杆打④球闪过二门，再打⑩球送二门一号位，又远射⑨①球未中出界。结果⑨球擦打①球到二门前，打出⑩球后，⑨球过二门为①球摆成双杆，①球过二门撞⑨球打成双杆球。闪⑨球盯⑩球，打④球闪于界外，然后两杆到三门前打出⑥球，红方控制二、三门，最后取得胜利。

白方⑧球用两杆闪送④球过二门是放弃进攻的消极打法，也是造成失败的主要原因。正确的打法是：⑧球用两杆打出⑨①球，再回接⑩球，由⑩球撞打④球到二门前，留④球在二门前，⑩球过二门后为④球摆双杆。即便④球打不成双杆，白方也牢牢控制场上局势。

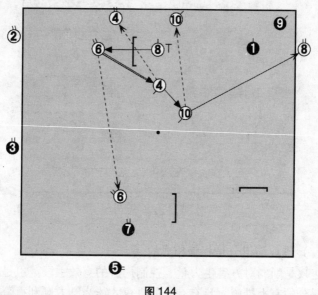

图144

例2，如图145，④球过二门撞击⑩球打成双杆球。闪⑩球去三门前，④球两杆过三门，送球接近②球。⑤球擦顶到三门前，闪①球到二门前，⑤球先后把⑥⑧⑩球打出界，⑤球过三门后又打出②④球，取得比赛的胜利。这场球本应白方取胜，但由于白方指挥员认为胜券在握，没有打掉远离己方球在三角结组的关键球⑤球，只想过门多得分，给红方造成反击的机会，而遭败绩。

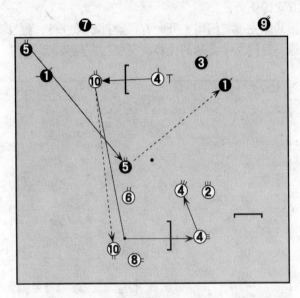

图 145

（3）进攻与得分要根据场上形势决定取舍。

有人主张前15分钟以进攻为主，后15分钟以得分为主，就一般情况而言是可行的，门球比赛中的不同阶段有不同的战略要点，但不要机械地划分，要根据场上形势决定是进行进攻，还是得分。如为了攻击对方关键球（主要得分球，核心队员的球及对己方有威胁的球）或抢占有利位置，就不要看重1分的得失，尤其是临近终场，打掉对方要撞柱的球或能多得分的球，对己方取胜就显得更重要。如果放弃得分机会去打无关紧要的球或还有机会去打的球，就得不偿失。作为临场的指挥员，要根据场上形势，权衡利弊、精心策划，力争做到进攻与得分两不误，打出好的结果。

举例，如图146，⑥球撞击⑧球闪送⑨球处，⑥球过二门后在门后为后序球摆双杆球。⑧球打掉⑨球后，接⑩球打出①③球，白方取得优势。

若让⑧球先过二门得 1 分，有可能打不掉⑨球，则⑨球将会打掉⑩球，发挥⑨①③球的优势，而使红方得势。

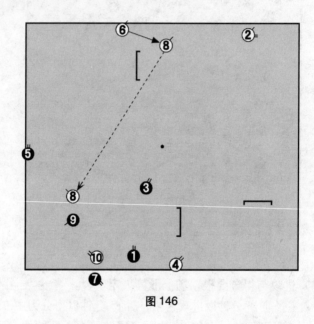

图 146

（4）进攻与得分要根据队员技术水平而定。

若队员技术高超，中、远距离撞击准，擦边球打得好，造打双杆球成功率高。遇有机会，当然要发挥队员技术特长，既得分又能攻击对方，掌握场上有利形势。若队员技术一般，进攻对方有难度，就要先得分，然后再攻击对方，当然也可以将先手球直接派送到对方后手球处，进行直接攻击，尽量避免远距离撞击或打高难技巧球。有时场上条件允许，先得分后又不影响攻击对方球，就要抓住时机得分，切勿贻误战机。如图 147，⑥球撞击⑧球后该如何打，若队员技术高超，可让⑧球先得分，⑥球为⑧球在门后接力或摆双杆球，⑧球过二门后，擦打⑥球（或双杆成功）去三门，打掉①⑤⑨球，这是理想的打法。但技术难度大，不易成功。若时间允许最好采取稳妥的打法，⑥球闪送⑧球去三门前，打出三个红球。

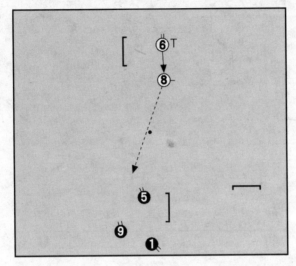

图147

2. 遇下列情况应确保得分。

（1）关键分必得。

临近终场得 1 分可获胜或争取多得分获胜，这时就要抓住战机，精心策划力争多得分战胜对方，不要打无关球。如图148，比赛还有 2 分钟，比分 11：8，白方领先。轮及④球起杆，④球过二门后撞击⑥球，闪⑥球攻⑦球，④球也跟去，⑤球进场压线，⑥球打出⑦球，再撞闪④球过三门未过。⑥球远射⑧球未中，时间到，白方以 9：11 败北。此役白方指挥失策，派送⑥球去打⑦球是错误的：一是⑦球是孤球对己方无威胁又不能得分；二是己方比分落后所剩时间不多。正确的打法是关键分必得，派送⑥球到三门前，④球也跟到三门，只要确保④⑥⑧三个球过三门得分，则白方稳操胜券。上述不抢分而攻击无关球的打法是要不得的。

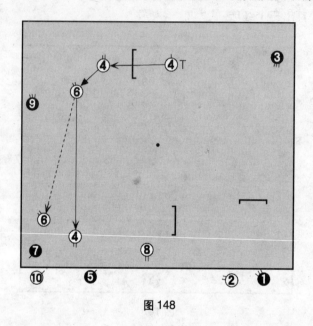

图148

再如，如图149，不该派的一杆球，比赛剩1分20秒，比分11∶9，红方领先。⑤球起杆，只要将⑦球闪撞柱，自球撞柱，便可得15分，红方稳胜。但临场指挥却令⑤球闪送⑦球到三门零号位看住⑧球，⑤球撞柱。⑥球起杆撞闪②球过三门得分，撞⑩球闪过三门得分，⑥球过三门后撞柱得分，结果白方以14∶13胜出。红方临场指挥则以错误的估计"一招失算，全盘皆输"而留下遗憾。事后分析，即便⑥球将⑩②球全送给⑧球，⑥球也送三门前，⑧球最后一杆将②⑥⑩球闪送过三门，⑧球过三门后撞柱。双方比分为15∶15，红方多柱胜。统观这场球，在最后时刻，指挥员必须计算准确，将能得分全部得到，只要己方能取胜，让对方多得几分也无妨。

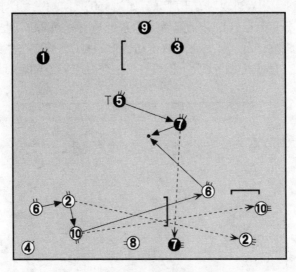

图 149

（2）将遭对方攻击又无法避免且又没有进攻对方的条件。若在边线躲避，会被对方打出，而且再无得分的机会，就应先得分。多1分比少1分好，有时这1分就关系到该场比赛的胜负。即便该场失利，有可能对计算净胜分有利。

（3）先得1分，又不影响攻击对方关键球，就应先得分，做到既得分又能攻击对方的双向效应。具体做法：一是给主攻先手球摆双杆，待主攻先手球打成双杆后再攻击对方；二是由远号球闪送主攻先手球过门得分，再由其上号球闪送该球攻击对方。

3. 遇下列情况应积极进攻。

（1）对于对方的先手球、王牌球、双杆球、多得分球或对己方有威胁的球，一般应采取进攻手段（如果对方先手球对己

方威胁不大，该球落位靠边压线，则应放弃攻击，只要避开其攻击范围即可。一味采取进攻会造成己方更加被动的结果）。

例1，积极进攻对方王牌球。如图150，①球先，①球过三门能得1分，但难打白方。此后②球送④球（王牌球）到三门前，①⑤球将被打出。红方应采取主动进攻的打法，①球应擦打⑤球奔二门，暂时虽少得1分，但可打出三个白球，红方优势明显。

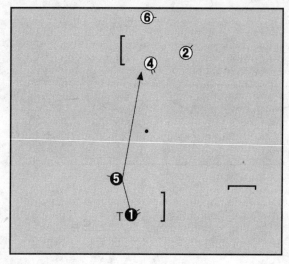

图150

例2，关键球必打。如图151，①球先，双方比分平，比赛时间还有1分钟。①球必须打掉在三门一号位的②球，可采取同归于尽的打法。①球虽少得1分，但能确保③球得2分，红方稳胜。若①球过三门可得1分，但②球过三门后，将会打出①③球，确保②④球双撞柱。白方反败为胜。

例3，不打无关球。如图152，③球过二门后，可不打④球，直接到三门前（或四角处），避免与④球同归于尽。因为④球既

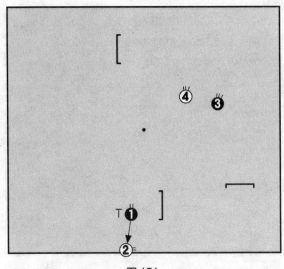

图 151

对红方无威胁，又不能得分。若③球与④球同归于尽后，下轮④球即为先手球。

（2）对对方核心队员的球，如果条件允许要采取主动进攻。在整场比赛中，若能将该球打出（或闪带出）两次，将使该队员难以发挥主力作用，并使该队士气受挫，形不成战斗的集体。若该队员的球在前15分钟已过三门，则要尽最大可能帮其撞柱。若能成功，己方将形成轮次王牌球，可取得场上优势，为全场的胜利奠定基础。

（3）为巩固与扩大优势或扭转劣势，确保己方球安全或得分，就要主动对己方有威胁的对方球发动攻击，使己方后序球得分或成为王牌球。

例1，应打掉对方关键球。如图153，④球擦撞⑦球过二门打成双杆球，④球用两杆球调整己方布署。撞闪⑥球到二门一号位，闪⑧球与⑥球隔门结组，④球接在⑧球与三线之间。⑤球擦

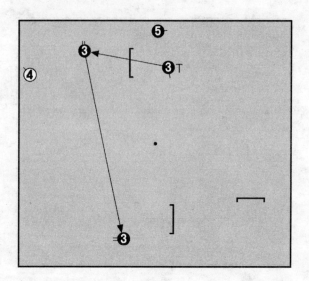

图152

打①球奔⑧球，闪①球接③球，⑤球轻撞3米远的⑧球命中，用⑧球闪带②球双出界。再轻撞④球闪带⑩球双出界，⑤球再找③球（松散）结组。至此，白方只剩⑥球一个孤球。红方取得了场上优势。⑥球过二门后虽增1分，但远冲红球未中，结果大败。综观此役，④球打成双杆球后，应积极进攻。应打①球闪带⑤球双出界，则白方将扩大优势而取胜。

例2，主动进攻劣转优。如图154，③球过一门后，有两种打法：其一，在二门前接⑤球，确保③⑤球过二门得分。但④球可擦打⑩球奔三门，闪⑩球接⑥球，④球可打出⑦⑨①球，⑤③球虽可过二门得两分，但难逃⑥球过一门后派遣⑩球红方被清场的厄运。红方指挥员在权衡利弊后，果断采取主动进攻的第二种打法。命③球远冲二门，结果③球远冲二门成功，③球打⑩球闪带④球双出界，③球回接⑤球。此后红方用⑦球撞打⑨①球两个王牌球，取得场上优势，最后获胜。

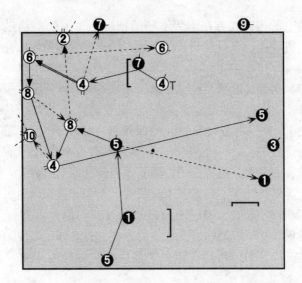

图 153

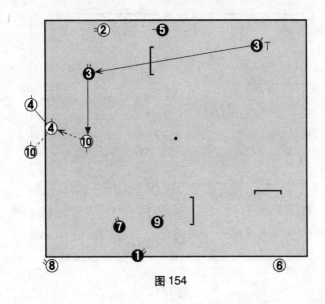

图 154

综上所述，红方在形势不利的情况下，采取主动进攻的打法，获得成功，取得胜利。若求稳，则难逃全军覆没的命运，必遭败绩。

(4) 为确保胜利，对对方撞柱球或多得分球要采取积极进攻的打法，不让对方球得分或多得分，必要时可用己方球闪带。

例1，要打对方得分球，确保胜利。如图155，比赛还有1分钟，比分11：10，白方领先。轮及⑧球起杆，⑧球不送⑥球过二门，而采取擦边奔三门，用⑥球闪带⑨球双出界，⑧球再顶①球于界外，确保了白方多1分获胜。若⑧球送⑥球过二门可得1分，则⑨球撞①球闪过三门，⑨球过三门后，可擦打③球奔柱，实现③⑨球双撞柱。⑨球最后一杆可得6分。即使⑩球将⑧球送过三门，⑩球再撞柱。白方最后1分钟只能得4分，将以15：16败北。

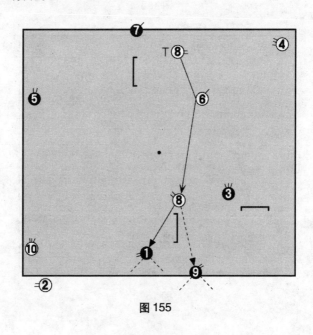

图 155

例2，用己方球闪带对方得分球。如图156，比赛还有2分钟，比分12∶11，红方领先。轮及⑩球起杆。该场胜负的关键是打掉红方得分球，确保②④球得分。⑩球撞击⑧球用⑧球闪带①球双出界，⑩球与②球隔门结组。①球进场接⑤球。②球过二门撞击⑩球，再用⑩球闪带③球双出界，②球到三门前接④球。③球进场。④球撞②球闪送过三门，④球过三门时间到。白方以14∶12获胜。

上述所谈进攻与得分的关系和所举战例，是从不同方面进行的探讨，只是一般的规律与战法。所选战例也是收集实战中的打法加以整理，试图说明问题，仅供读者参考。球场中情况复杂，瞬息多变，双方技战术水平有差异。教练员要根据场上形势及队员的技战术水平，加以灵活运用，千万不要套用某种模式。

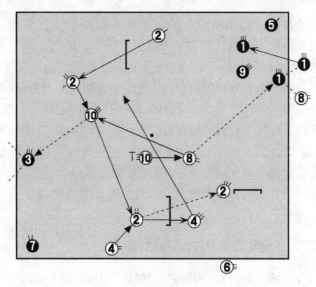

图156

第三节 终 局

一、终局的战略思想："终局争分"

"终局争分"这句话精辟地概括了终局阶段的战略目的。只有得分多于对方才能取胜。但能否得分，不仅取决于场上形势，而且还要看战术配合、时间的掌握和得分手段的运用，并要考虑队员的技术发挥。哪一方面稍有疏忽或失误，就可能导致失败。

（一）要正确理解"终局争分"的含义

目前在对"终局争分"的理解上存在两个误区。其一是：把"终局争分"理解为按部就班的过门得分，如把未过二（三）门的球，送到二（三）门去过门得分，过了三门的球就送去撞终点柱。而不是在有限的时间内，采取有效措施争取更多的分或得"高值分"（如把未过二门的球闪送三门或终点柱旁，让其闪送己方后手球过三门或闪撞柱得分），而确保胜利。"终局争分"分值有高低。其二是：只顾己方得分，而忽视扼制对方得分，最终己方得分少于对方而败北。"终局争分"其分有正负之分。己方得分为正分，对方得分为负分。打掉对方能得分（或多得分）的球才能使己方得分超过对方而获胜。

（二）正确处理争分与进攻的关系

一场门球比赛，打到决胜（终局）阶段，双方都会千方百计地"抢分"，力争使己方得分多于对方。这阶段争分的战略思想无疑是对的。但在战术策划上，在己方得分与破坏对方得分两者之间，必须精确计算、权衡利弊、决定取舍。当进攻对方利大于弊时，就要果断地进攻，不让对方得分。此时，不能存有侥幸心理。"终局争分"、"终局保赢"是从两个方面阐明终局阶段的特殊性。因此，对最后几分钟的特殊性要有深刻的认识，更要机动灵活地运用战术手段，力争打出好的结果。

二、提高对打好终局的认识

打好终局主要是研究最后 10 分钟、5 分钟的战术运用和最后 1 分钟及最后一杆球的处理问题。每个教练员和运动员都要清楚地认识到，在前 20 分钟内，早得分、晚得分不是决定胜负的关键，是双方运用战术和技术进行搏斗，攻防争夺的重点在二、三门，力争控制场上的局势。决定胜负的关键在终局阶段，终局的前半局，重点是争夺三门，一般来说过三门球多的队占优势，以便在终场前撞柱得分。这时进场打球的队员，可能在终场前还能打一杆。若无特殊任务（如暂守球门，掩护己方他球过门得分，阻止对方球过门，或攻击对方群球，撞柱球等）和场上形势允许（对方形不成多得分球或王牌球），可以撞柱得分。

终局的后半局（即最后 5 分钟）才是最关键的决胜期。很多体育项目的比赛，最后 5 分钟都是重要的，门球也不例外。这时要求上场队员必须珍惜每一杆球，不能有任何失误，一旦失误，就可能形成无法挽回的局面。劣势队在最后 5 分钟，甚至最后一杆反败为胜者屡见不鲜，最后一杆得 5 分以上也不稀奇。所以，劣势队不要灰心，要敢于拼搏，要抓住战机争取最后胜利。优势队切勿掉以轻心，胜利在望并非胜利在握。在最后阶段更要兢兢业业，打好每一杆球（优势稳打）确保胜利。

三、打好终局的关键

终局决战方案明，减少失误打得精，时间战术要用好，撞柱绝招巧运用。

（一）认清形势，制定方案

在临近终场的终局阶段，教练员要能统观全局，正确分析场上的形势，预见一轮球的变化，制定出最后一轮切实可行的方案，算准双方各能得多少分，力争将己方能得的分全部得到，并破坏对方得分的意图，使对方不能得分或少得分，力争取得该场比赛的胜利。

例如，有一场球，场上形势如图157，比赛时间还有3分钟，比分19：12，红方领先，轮及②球起杆，统观全局，白球只有②④⑥三球均撞柱，⑩球过三门得分，而红球不能再得分，白方才能以19：19多柱而取胜。

这是惟一可行的方案，教练员果断地制定出实施该方案的具体打法。运动员认真打好每一杆球，完全按教练员的意图执行，结果白方取胜。具体步骤如下：②球撞击③球从二线闪出界，再撞⑤球从一角闪出，②球靠近终点柱，③球进场到二门与终点柱之间，④球撞送⑥球到⑨球处，④球轻溜上②球，实现②④球双撞柱，⑤球进场压线，⑥球撞⑨球从三线闪出，⑥球撞柱，⑧球不打⑩球而给⑩球接力奔三门，⑨球进场接③球，⑩球撞⑧球，用⑧球闪带③球未中出界，⑩球过三门得分，比赛时间还有8秒，⑩球瞄准终点柱，待裁判员喊时间到，10号击球员挥杆远撞终点柱未中，但白方以19：19多柱获胜（此例是制定方案的典范）。

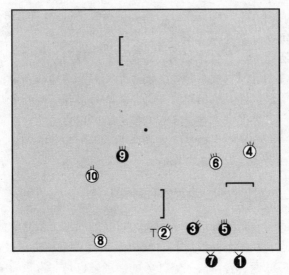

图157

（二）顾全大局，减少失误

对运动员来讲要打得准确、巧妙、不急躁，充分发挥技术水平。要有全局观念，严格按照教练员的部署，认真打好最后一杆球，力争打出好的结果。如果运动员发生不应有的失误或只顾自己得分，而不按教练员的部署进行，就会破坏教练员制定的确保（力争）胜利的方案，造成败绩。

例如，有一场球，比赛还剩不到1分钟，双方比分15∶14，红方领先。此时⑥⑧球在四角结组，⑦球界外。只要⑥球撞上已过三门的⑧球，送到终点柱旁，让⑧球起杆撞柱，白方必胜。可是6号击球员不听"正撞⑧球"的指令，而想擦撞⑧球到三门前，⑥球可过三门得分，又可让⑧球闪撞⑥球双撞柱，多赢几分。结果⑥球擦空，致使⑧球远撞柱未中，把到手的胜利拱手送给对方。

再有白方落后红方4分，教练员指令已过三门的②球，为待过三门的④球摆"要5不要3"套路（即擦边奔柱），可2号击球员不听指令，竟自作聪明地为④球摆成堵门双杆球。结果④球过三门撞击②球打成双杆球。但远距离闪②球撞柱不中，④球两杆撞柱。最后还是输给对方1分。若2号击球员按指令办，④球过三门后可擦②球奔柱，实现双撞柱，则白方可胜。

上述两例均是击球员未按指令办出现的失败战例。在比赛中最后一杆技术失误的事例屡有发生，不再赘述。

（三）驾驭时间，运用好时间战术

时间战术是门球诸战术中极为重要的战术，认真掌握比赛时间的进程，根据不同阶段和时间决定指挥策略和击球技术行为，是完成门球竞赛各阶段战略任务的体现，也是非常重要的战术原则。若指挥员把握不准比赛时间的进程，就会贻误战机，影响全局，使本队陷入被动挨打的境地。如果击球员的比赛时间观念差，不主动去把握时间，就会使自己的行为脱离战术的要求，从而贻误战机，影响全局，势必以失败告终。

终局阶段掌握比赛时间尤为重要，最后5分钟必须计秒。一般来讲：优势队要拖时间，劣势队要抢时间。该快则快，该慢则慢，几秒钟之差，常可使胜负易位。

1. 抢时间，抓战机，力求多得分。

抢时做法对双方都很重要，在一定时间内，运用好战术手段力争多得分，是门球比赛中要达到的目的。但抢时间、抓战机的战法对劣势队（比分落后者）更为重要，基此，劣势队必须做到以下四点：

（1）减少周转：这是指己方球利用效率而言。它要求击球员的每杆球都必须从己方整体态势考虑，抓住直接为得分服务这个要求，直接送球或闪送球到位，不要间接传递转移球，尽可能地减少球的周转，以避免耗费时间。抢出时间，使己方得分球（或多得分球）起杆得分，力求多得分反败为胜。

（2）不打无关球：这是针对己方对对方球应采取的处置措施而言的。即在确定是否撞击对方球之前，一定要慎重考虑，分析撞击与否会给己方带来什么后果。属于对己方取胜无防碍或影响不大（不能得分或少得分）球或对己方无威胁的球（不能撞击破坏己方得分），就不要打，即不打无意义的球。对此要果断地放弃撞击，千万防止"上当"，击打无关球，无谓地耗费时间，那种多余的撞击是十分有害的。

尤其是当对方给你送来反方向（过门或撞柱）球或多个无用球时，以诱使你打回头球或耗时球。这时，你若看不清对方的用意，见球就打，自己把时间耗尽，会造成比分落后而败北。

（3）快速击球：是指为抢时间击球员应做到就近快速闪击或就地点击。这是在比赛时间剩余不多，不能得分（或少得分）球员使己方下个轮及的得分球能起杆而采取的打法。抢来几秒钟使己方能得分（或多得分）球起杆，就会使该球过门、撞柱得分或闪送己方他球过门、撞柱得分（有时两者兼有之）而取得胜利。因此，在运用这一策略时，击球员必须高度重视并立即执行指挥员提出快速击球的指令，切忌行动缓慢而贻误战机。

（4）时技结合：时间与技术的结合是对打好最后几分钟或最后一（几）杆球的要求。指挥员对最后一（几）杆决定胜负的球如何使用，必须精心策划，然后发出明确而具体的指令。击球员则应在有限的时间内，合理地运用精湛的球艺，准确无误地按指令完成任务，才能取得胜利。若在抢得起杆权后，击球员由于技术低而完不成任务或教练指挥不当，将会前功尽弃而造成失败。抢出时间，让得分球起杆是取胜的前提，而高超的球艺（或指挥艺术）是取胜的保证。

例1，抢时间，打掉对方关键球，确保胜利。如图158，比赛还有 3 分钟，比分 13：9，白方领先，⑦球先。按场上势态，红方必须有 4 个球过三门才能战胜对方，而且要尽快抢时，确保③球起杆。具体打法是：⑦球打送⑨球到⑩②球处，⑦球到三门前，⑧球进场，⑨球打⑩②球就近闪出界，⑨球到三门前靠近⑦球，⑩球进场，①球过二门，撞击③球，将③球送三门前，放弃击打⑤球，①球也去三门前，②球进场，③球起杆，将①球送过三门，时间到。随后再将⑦⑨球送过三门。③球过三门后与④球同归于尽，红方以 14：13 获胜。此役一是抢时间，尽量缩短击打每球的用时。二是不打不必要的球，如①球不打⑤球，因为有 4 个红球过三门即胜。三是不让对方再得分，如③球过三门后与对方撞柱球④球同归于尽。

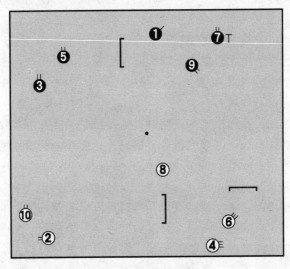

图 158

例 2，比赛时间仅剩 10 秒钟，比分 21：18，红方领先，场上态势如图 159，轮及⑩球，按指令⑩球快速进场到三门球门中心点处，①球进场，②球擦撞⑩球，将⑩球擦撞过三门得分，②球落位在离终点柱约 2 米处。实现⑩②球双撞柱。白方以 23：21 反败为胜。此例，既为②球起杆抢来几秒钟，又充分体现 10 号队员快速击球落位准，2 号击球员擦边到位实现双撞柱的高超球技。

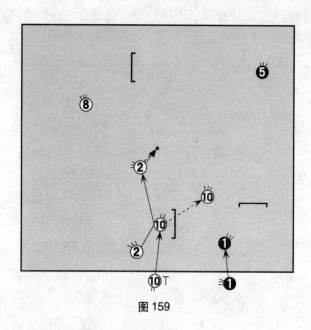

图 159

2. 拖时间、阻对方、确保胜利。

拖时策略与抢时做法是相辅相成的一对孪生子，根据场上实际情况，既能抢时多得分取胜，又可拖时、稳打保胜。优势队采用拖时策略，这是充分利用《规则》的合法性，将己方球乃至对方球在场内撞击、闪送以达拖延时间、扼制对方、确保胜利的目的。

具体做法是：细瞄稳打、慢远结合，场内搬家，送球干扰等。

（1）细瞄稳打、慢远结合：优势者一方在比赛剩时不多时，轮及的击球员一定要头脑清醒，沉着冷静，处置球要稳，做到细瞄稳打不失误，起杆要慢，充分用够 10 秒。闪送他球应力度适当，使用柔力向远距离闪送球（己方无用球或对方他球），使其晃晃悠悠地从远处滚出界外。界外球进场最好是不到 10 秒不起杆，而且向最远的角位击去，使其再次出界。在界内己方无效球（既不能得分，又不能送己方球得分）的最后一杆则要瞄准对方关键球击打，击不中，宁可出界，也不让对方利用。

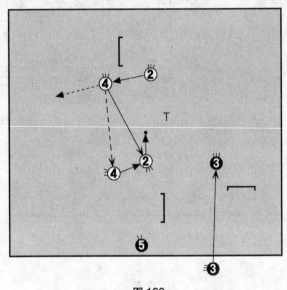

图 160

（2）场内搬家、相互传递：此策略是拖时的有效打法。即击球员将己方他球闪送给己方下号球，让其再次撞击闪送。由这一处闪送转移到另一处，再由下一号击球员如法炮制，如此多次反复传递，以达到消耗时间、拖垮对方、确保胜利的目的。当然能借用对方后手球增加闪送传递次数，其拖时效果更佳。

例如，白方落后红方3分，比赛还有1分钟，轮及②球起杆。场上态势如图160，只要②④球双撞柱，又不让⑤球起杆，则白方必胜。具体打法如下：②球慢起杆（9秒～10秒）正撞④球，让④球滚出一定距离，待④球停稳后，2号击球员捡球、放球、闪送④球到终点柱边，②球再跟过去，③球进场，4号击球员效仿2号队员打法每杆球用足10秒，撞击②球一杆，闪②球撞柱一杆，④球撞柱一杆可用近40秒，再加上2号队员用去的40秒，比赛时间已超，没有⑤球起杆的机会。这样，白方反超过红方1分而取胜。

（3）送球干扰、迷惑对方：此策略是迷惑对方的一种打法。给对方送去不利于该球过门或撞柱的反方向，或该球撞击所送球后、过门后又不利于擦击门后接应球，或稍击不正就失去过门角度，使其不能得分或少得分。有时给对方送去无用球让对方撞击，或在时间剩余不多时己方后手球摆成双杆，引诱对方派送球来打，使其既消耗时间，又失去得分（或多得分）机会。

作为劣势一方，一定要识破"兵不厌诈"的诡计，坚决不为之所动，竭尽全力，抢时争分，才是惟一的上策，力求多得分战胜对方。

抢时与拖时是门球竞技中常用的重要战术。每名教练员和队员都必须根据场上形势适时运用。切忌不计时间，盲目打球，造成贻误战机而败北。

（四）巧妙运用得分手段

最后决战以抢分为主，"终局争分"是多年来广大球友的经验总结。能否得分，不仅取决于场上形势，而且还要看得分手段运用得如何。

撞柱得分是打好残局的重要手段，单球撞柱、双球撞柱和多球在一击次内撞柱是打好终局的关键杆。它往往能反败为胜或取得更大优势。但在比赛中，过了三门的球，急于靠近终点柱者，效果却不好，往往被对方打出。有的队5个球都过了三门，却撞不了柱，这种情况是屡见不鲜的。怎样才能撞柱得分，关键是抓住有利时机，搞好战术配合（如利用先手球、双杆球及其他巧妙配合等）和充分发挥技术特长（如擦边、擦顶双撞柱、较远距离的击球撞柱和闪球撞柱等）撞柱。最后用四句话加以概括：撞柱关键抓时机，战术配合是根基。基本技术做保证，巧妙套路创佳绩。

四、撞柱套路简介

（一）"要5不要3"

如图161，①球过三门后，不给③球摆双杆球，而送球到③球过三门奔柱的范围内，③球过三门后，擦打①球奔终点柱，实现①③球双撞柱。③球最后一杆得5分。若①球给③球摆双杆球，③球过三门撞击①球打成双杆球。距离柱远（5米多）闪①球撞柱较难，只能确保③球两杆撞柱，③球最后一杆只能得3分。我们称上述打法为"要5不要3"。这个套路简单易行，已过三门的球从较远处送球到三门后，为待过三门的球接力奔柱容易到位。过三门的球擦打接力球奔柱也不难办到，最后一杆可得5分。这种多得分的打法，也是反败为胜的主要手段，何乐而不为。

（二）"擦边5分球"

如图162，已过三门的④球擦撞②球奔柱，并把②球撞过三门得分。闪刚过三门的②球撞柱，④球撞柱。④球最后一杆得5分。比赛中这种机会较多，只要②球落位适当（与④球和球门之间距离、角度合适），不妨一试。它与"要5不要3"打法有异曲同功之妙，是多得分获胜的好打法。

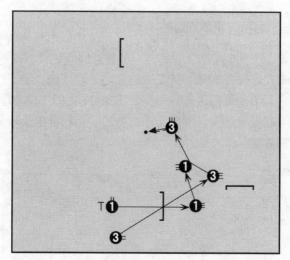

图 161

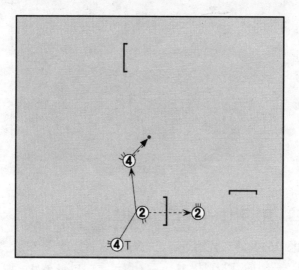

图 162

（三）利用先手球双撞柱

如图163，⑥球过三门后，不可靠近终点柱，以防⑦球过二门后撞击，⑥球找⑧球，待⑦球打完后，⑧球撞送⑩⑥球靠近终点柱，最后由⑩球闪送⑥球撞柱，⑩球撞柱，实现双撞柱。这是利用先手球条件确保己方球撞柱的打法。在比赛中运用多、成功率高、实效好。

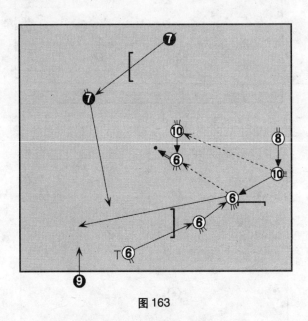

图163

（四）弃门奔柱，闪送己方球撞柱

如图164，终点柱附近有己方球⑥球，②球在三门一号位待过三门，三门前有⑩球接力，若②球过三门可得1分，但撞柱困难，比赛时间仅剩1分多钟，⑥球已无击球机会，还可能被对方打掉。这时，②球不过三门，而擦打⑩球奔柱，闪⑩球撞柱，再撞闪⑥球撞柱，舍1分而得4分合算。

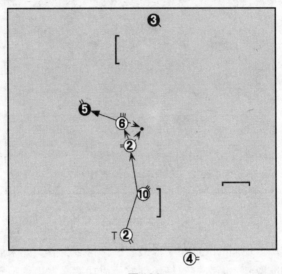

图 164

（五）弃少要多，利用先手球闪送己方球撞柱得分

这也是利用先手球撞柱得分的打法。它和（三）、（四）两条基本战术策略一致，只是形式不同而已。专门提出列为一条，为的是进一步加深充分利用先手球的战术意识，发挥集体配合的优势，争取多得分。如图165，①球撞击③球，不送过二门，而送到终点柱边的⑦球后，①球也靠近柱。②球进场找④球。③球撞闪⑦①球撞柱。红方弃1分而得4分是弃少要多的好策略。

（六）造打双杆球，确保自球撞柱

双杆撞柱的打法与"要5不要3"不矛盾，而是一种有效的撞

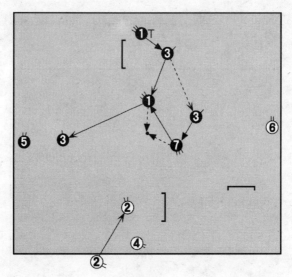

图 165

柱得分战法。他们的区别在要求最后一杆得多少分。如果最后一杆得 3 分即能取胜，而造打双杆条件好、成功率高，当然采用保险系数高的打法更好，双杆撞柱的打法就是最佳选择。若要求最后一杆必须得 4 分以上，就只能采用"要 5 不要 3"的套路战法。这两种战法的选择要根据场上各球位置和双方得分情况而定。

（七）擦边（擦顶）双撞柱

这是撞柱得分的基本方法。它要求队员擦边（擦顶）技术好。能擦边（擦顶）到位，实现双撞柱。打好这一套路的前提是：接力球的落位要精（即方向对头、距离适当、角度合适），并相互配合好。如图 166，⑧球过三门后，要给⑩球接力，千万不能靠近终点柱，以防被过二门的⑨球打掉。也不要自球撞柱，应给⑩球接力，实现双撞柱。若⑧球自撞柱（无论撞柱与否），⑩球远离终点柱，很难撞柱得分，有可能丧失得分取胜的机会。

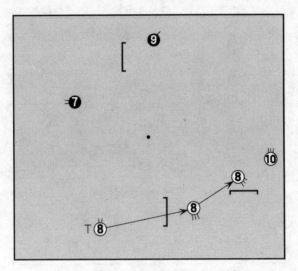

图 166

（八）利用先手球，打出“满堂红”

例如，红方5个球都已过了三门，只要己方有绝对先手球，即可抓住战机打出“满堂红”。场上态势如图167所示，①球将⑤⑦⑨球闪送到终点柱边，①球给③球接力，②球界外球进场，③球擦①球奔柱，闪①球撞柱，③球分别将⑤⑦⑨球闪撞柱，③球撞柱，打出“满堂红”。

比赛中这样的机会较多（是利用绝对先手球实现多球撞柱的典例），平时可作为队员练基本功的一个项目。当遇此机会时，队员有此锻炼，当然可获满分。但在比赛中经常看到，某一方的五个球均过三门，并且有绝对先手球，就是打不出“满堂红”。更有甚者竟然一个撞柱球都没有，主要是缺乏这方面的战术意识和打满分的基本功练习之故。

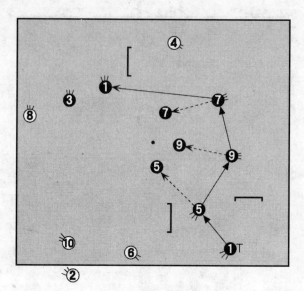

图 167

（九）其他撞柱方法

主要做法是发挥技术特长。如"垒墙"（堆集球）打满分，闪顶、撞顶己方球撞柱，跳越球撞柱，远撞，远闪等。

上述套路大部分是通过战例讲解的，要领会其精神实质，推而广之，切忌机械套用。撞柱打法，远不只这些，请不断创新与发展。

此外，请球友特别注意，非绝对先手球不要轻易靠近终点柱，因柱在场地中央，从四面八方都能攻击。过早靠近柱不仅难以撞柱得分，反而会给对方当了接力球，欲速则不达。比赛中过早靠柱遭对方攻击屡见不鲜，多球撞柱之局，往往是利用先手球战术取得的。

五、终局特殊战例，封堵战术

在终局阶段巧用封堵战术是阻挡对方得分的妙招。尤其是利用封堵手段，使对方不能得分，是确保胜利的有效方法。简介几例：

例1，封堵对方界外球进场的预定路线，让对方少得分而战胜对方。如图168，比赛时间还剩2分钟，比分13：10，红方领先。⑨球撞击⑩球后就近闪出界，待裁判员将⑩球定位后，⑨球撞⑦球闪送到⑩球前界内，⑨球也跟去与⑦球并列形成"眼镜球"，这样做挡住了⑩球进场接（或靠近）②球的路线，破坏了白方双撞柱的设想。因⑩球不能靠近②球，最后白方只②球撞柱。红方仍以13：12获胜。

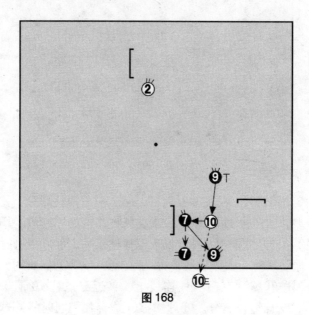

图168

例2，封堵球门，不让对方闪球过门得分：比赛即将到时，只有⑦球与⑧球各一杆，双方比分 10∶10，红方多一个三门，场上态势如图 169，轮及⑦球起杆，⑦球不远冲⑧⑥球，而将自球击到三门口。⑧球撞⑥球后，预闪⑥球过三门，因⑦球正堵在三门口，若闪⑥球过三门，不仅闪不过去，还可能将⑦球撞过门送红方 1 分，只好作罢认输。⑦球若是界外球，也可进场将自球送到三门口，实施封堵战法。

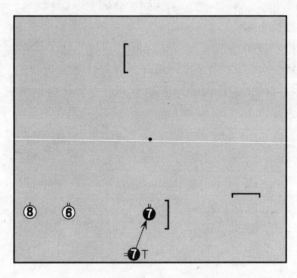

图 169

例3，用已过三门的球封挡柱，不让对方撞柱得分：比赛还有 1 分多钟，比分 13∶13。⑥球进场将球击到三门口，场上态势如图 170，⑦球撞击⑨球，实现双撞柱极易，但⑧球有打"擦边5分球"之势，白方一旦成功，将会多 1 分取胜。此时红方教练指令闪送⑨球到三门与柱连线上，靠近终点柱 10 厘米之内（绝招），⑦球撞柱满分。⑧球撞擦⑥球奔柱，同时将⑥球撞过三门。自球落在距终点柱约 2 米处。然而 8 号击球员拿着⑥球愣了神，因为⑨球正好挡住了白球撞柱的角度。无奈，只好用⑥球偏闪顶⑨球，但因⑨球离柱太近，还是把⑨球撞上柱。最后⑧球虽撞柱满分，但白方仍以 16：17 败北。

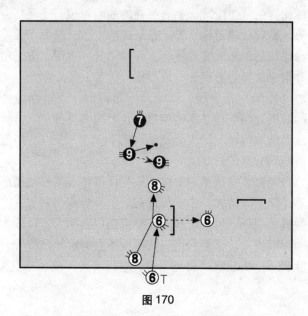

图 170

上述战例是通过正反两个方面论述的典型战法。既有指挥正确、打得精彩的成功战例，又有指挥错误遭败绩的打法。既有抢时、让己方得分球起杆的周密安排，又有时间观念差、贻误战机而败北的教训。既有正确处理进攻与得分的典范，又有处理不当的败招。既有用高难技巧打出的胜场，又有不该打的双杆球。

总之，成功的战例均是教练员深谋远虑、计划周密、打得巧妙、勇于拼搏才能取得好结果。我们要认真领会其精神实质，加以研究，并能在比赛中创造性地运用。对于失败的战例，要明确其失败的原因，引以为戒。

第四节 阶段战术小结

门球比赛的三个阶段，都有明确的战略思想与主要任务。即开局夺势、控制战略要地、形成布局优势。中局抗争主要是攻击他球和占据球门，形成实力优势。终局争分，确保己方过门撞柱得分，并阻止破坏对方得分，取得比分优势。

得势（控局）是手段，得分取胜是目的。进攻夺势是为得分服务的。得分与夺势是相辅相成的，要想多得分使己方得分超过对方，必须取得场上的实力优势（即得势）。所以，得分与得势是不能截然分开的。

得分与夺势要依据不同阶段其战略任务各有主次从而形成差异，但不是固定的模式，一定要根据场上态势权衡利弊、决定取舍，切勿机械划分、生搬硬套。既要贯彻以我为主、以攻为主的原则发动积极进攻，又要利用一切手段不失时机地多得分，赢得比赛的胜利。坚决杜绝"打得痛快，输得可惜"的现象发生。

第七章　门球基本战术

当前我国门球技战术水平提高很快，在比赛中新颖战术与打法层出不穷，为门球运动的深入发展增添了活力。但在门球竞赛中，由于场上形势瞬息多变，在战术运用上不可能套用固定模式，临场指挥员要根据具体情况，创造性地运用战术手段去争取胜利。但是每项战术都有其内在的规律，都要遵循一定的战术原则，其精神实质是不可违背的。在本章中我们重点讨论若干战术原则与方法，供球友参考。

第一节　结组战术

结组战术是根基，能攻能守抓战机。前后呼应巧配合，防止"机械"莫拘泥。己方先手要集结，对方"王牌"要远离。连号结组效果好，先靠后送有威力。

一、结组战术的作用

（一）结组战术是门球战术的根本

结组战术是实现各种战术的基础，它具有很大的攻击与防御能力，是门球比赛中经常使用的重要战术。在一场门球比赛中，是靠全队五名队员，在教练员的统筹指挥下，运用灵活多变的战术，进行有效的攻防，才能取得胜利。而结组战术则是实施各种战术的前提（如擦边奔袭需他球制角，造打双杆需他球造型……）。基此，己方球之间保持联结是十分重要的，既能协作配合，相互保护，又能攻守兼备，灵活机动；既能先靠后送，攻击对方，又能接力调位，巧妙得分。俗话说："打门球跑单帮，迟早要遭殃，打门球不结组，等于不会打门球。"

但是一场门球比赛，己方球又不能自始至终总是结组前进，必然有分有合。所以教练员必须细心观察场上动态，并要善于捕捉战机，充分发挥结组战术的作用。尤其要特别注意运用己方先手球的保护作用和造打王牌球，而在对方有派遣先手球的情况下，切勿使己方后手球结组，免遭对方攻击。

（二）先靠后送，攻击对方

运用派遣先手球攻击对方是门球战术的核心。但打送派遣球的前提是己方球已结组，其规律是先靠后送（即找上号球），充分发挥先手球的作用。

例1，如图171，②球撞击⑥球，闪送给④球，②球过三门后，占三门零号位。③球擦①球奔三门，闪①球到三门一号位，③球过三门后出界。④球撞闪⑥球到二门前，④球找⑩球结组。⑤球进场。⑥球过二门后，撞击⑨球闪带⑦球双出界，⑥球去四角。此后⑧球进场给⑩球摆成双杆球，红方取得场上优势。综观此例，白方充分发挥连号结组的威力及利用好界内球与界外球结组的优势。

例2，如图172，①球过一门占二门一号位，②③球一门留球，④球过一门占三门一号位，⑤球过一门冲过二门出界，⑥球过一门到三门零号位靠④球，埋伏下下轮④球打送⑥球成王牌球。此例是利用己方连号结组，先靠后送打出王牌球。④⑥球靠边结组是打送王牌球的关键。

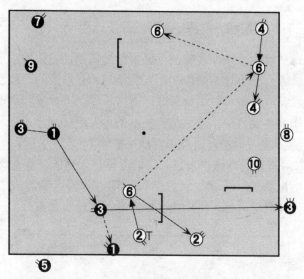

图 171

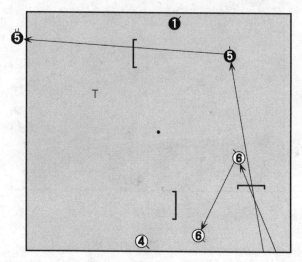

图 172

（三）协作配合，发挥结组球的保护作用

门球比赛中，按序号轮流上场击球的周期性规律构成了球队的攻防体系，其进攻与防御是相互转换与相互制约的。而己方球的相互联系、合理有效的部署球使对方不能派遣球进行攻击，是搞好防御的主要方法，也是结组战术的重要组成部分。

1. 己方先手保护球不能离开被保护球。

如图173，⑤球撞击未过二门的⑦球，闪送⑦球靠边，⑤球过三门后也靠边。⑦球是红方的保护球，若闪送⑦球去二门得分，则⑥球打送⑧球到三门前，红方⑨⑤①球将会被打出。

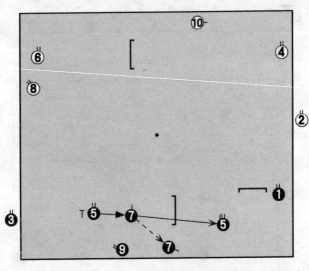

图173

2. 闪送己方先手保护球到被保护球处。

如图174，①球撞击③球，闪送到⑤⑨球处，而不送③球过二门或给③球摆双杆，若摆双杆万一未打成，则②球撞④球闪送

三门前，红方⑤⑨球将被打出。白方将占据场上优势。上述做法虽③球暂少得 1 分，但确保了⑤⑨球过三门得分，并控制了场上局势。

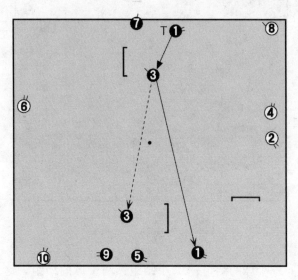

图 174

3. 主动找己方先手保护球，确保己方球安全。

如图 175，②球撞击⑥⑧球闪送给己方保护球④球，②球过三门后也去找④球，躲开③球撞送⑤球的攻击，并确保了⑥球撞送⑧球成王牌球的潜在威力。若闪送⑥⑧球过三门，将遭⑤球攻击。红方将扭转劣势，控制场上局势。上例充分证明，己方球的结组保护是确保安全、巩固优势的好办法。

二、结组球的分类

从数量上可分为：1. 大结组：四个球或五个球的结组；2.

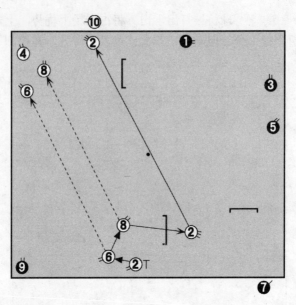

图 175

中结组：三个球的结组；3. 小结组：两个球的结组。这是运用最广泛的基本结组形式，也是我们研究的重点。

从形式上可分为：

1. 连号结组。是运用最普遍、最重要的结组形式，是结组战术的根本。如①~③，③~⑤，……或②~④……⑧~⑩等。

2. 相间号结组（任意球结组）。这是运用最普遍、最广泛的结组形式。如①~⑤、⑥~⑩……⑨~③等。

3. 隔门定向结组。这是常用的一种结组形式，利用过门有续击权的规定，使己方两个球在球门前后结组，相互呼应。它具有易于攻守又比较安全的特点。是通过球门达到战术配合的好战法。既能给过门球接力，又要过门球的保护；既分散布阵，又密切配合，达到结而不密、疏而不散的战术目的。

隔门结组又称"定向"结组，对接应球的方向要求较高，球的落点应位于过门球射线上或在射线左侧且与射线的垂直距离不超过1米。这样做有两大好处：

第一、若接应球落在射线上，就等于成功地制造了门后双杆球。即使因为某种原因未能打成双杆球，也能起到"模糊双杆"球的作用，威胁对方靠边疏散，失去进攻能力。

第二、接应球落位在射线左侧1米之内，为过门球续攻定好了主攻方向，利于战术配合。例如过一门球可通过接力球擦向二门，完成过门得分或攻击对方守门球的任务。又如过二门球可擦打接力球奔袭三门，过三门球可擦打接力球奔柱，实现双撞柱。

相反，如接力球落位在射线右侧，对过门球的续攻无益，因撞击接力球后，离进攻目标更远（除非在射线右侧有进攻目标）。因此，要求门后接应球的落位"宁左勿右"具有普遍意义。

4. 场内外球结组。这是一种深层次的结组形式，有利用界外球就近进场，为界内主攻球制角、摆双杆发挥攻击对方球的作用。

例如，②球被对方打出界外，轮及⑩球起杆撞击④球，如果条件允许，可将④球闪送到②球出界点界内落位，⑩球也跟去，与界外球②球结组，待②球进场可给④球制角或摆双杆，④球可在擦边辐射区内（或打成双杆球）发挥攻击对方球的作用。

5. 界外球结组。

（1）界外球的成因与特性。界外球的成因有多种，归纳起来有：击（闪）球送位力大出界，撞击球失误出界，被对方撞顶、闪击、闪带出界，由于犯规被判罚出界。其特性：界外球属一杆球性质，进场时不能撞球，过门、撞柱均不能得分，没有续击权。

（2）界外球的间接作用。界外球虽属一杆球性质，但其进场后的间接作用不可忽视，如能运用好，就可能收到出奇制胜的效果。其作用有以下几方面：一是为己方球接力搭桥，使己方得分；二是为己方球造角、摆杆、形成进攻之势；三是可占据要隘或在边角压线待避，蕴蓄防守反击；四是可针对对方布局，周密策划，迅速培养先手球与王牌球。

鉴于界外球有如此重要作用，临场指挥员必须综观全局，运筹帷幄，根据场上局势的变化，充分利用界外球进场，合理设防布阵。并要严防与破坏对方界外球结组，不给其发挥作用创造条件。

（3）界外隐性结组。这是己方多球被打出或被清场后，为改变被动局面而采取的先号变后号"隐蔽性连环反击"战法。如红方被清场，五个球被分散闪出，轮及①球进场，可有意识地将①球从③球的出界点再出界，③球进场压线……以此类推。待下轮①球进场可给③球就近制角，③球可在扇面辐射区内攻击白球，将对白方构成极大威胁，一旦攻击成功，则可扭转不利局面。

刚看起来①球再次出界对红方不利，而实际上是"隐蔽性"界外球结组，为己方球反击创造条件。因为近距离接力才能接出好角度，利于主攻球擦边奔袭或打成双杆球。若各球都就近压线，难以组织反击或得分。当然，使用界外球结组，巧用"隐蔽性连环"反击战术是有条件的，切勿滥用。其战术思想适用于所有界外球进场，在特殊情况下，界内球也可采用主动出界战术，以利于战术配合。

（4）"先外后里"，蓄势进攻。如己方两个连号球在相近处出界（或被闪带），轮及进场时，可采取"先外后里"的压线打法，即上号球压线，下号球进场一个球（以上号球能撞击为准），为下轮打送派遣球埋下伏笔。到下轮时，根据场上局势可有两种打法：一是上号球撞击己方下号球，避开对方临杆球，可派送攻击对方其他球。若对方临杆球在界外，己方下号球即是王牌球，可充分发挥其威力。二是派送己方下号球到有利位置，过门、撞柱得分或完成其他战术任务。若将次序颠倒，变成下号球压线，上号球在线内侧，使上号球无法撞击下号球，失去良好战机。

　　界外球战术正被广大球友所重视，其隐蔽性好，容易奏效。这种结组，因距离近很容易摆出好角度，利于擦边奔袭或打成双杆球。但易受对方控制与破坏，临场指挥必须依据场上双方球的布阵情况合理运用，切勿生搬硬套。

三、连号结组

（一）连号结组的作用

　　连号结组是结组战术的根本，是打好各种战术的基础。门球竞技的周期性规律和单独操作的特点，是组织各种战术的依据。所以己方球之间的联系是十分重要的，相互配合作战既能发动有效的进攻，又能相互保护免遭对方攻击。至于几号球与几号球结组，难以固定，要根据场上局势来确定。就一般情况而言，相邻的两个球（连号）结组效果最好。它实效性好、攻击性强。如①~③、②~④、①~⑨、②~⑩等，前球可以给后球接应，以便后球通过撞击前球，调位、擦边去攻击对方或过门、撞柱得分或闪送前球得分或闪送到有利位置。而后球又是前球的保护球，在对方缺号（有界外球或满分球及缺员）的情况下，前球撞击后球后，就能派遣王牌球去攻击对方或完成战术任务。如对方⑤球在界外，④球撞击⑥球后，⑥球就是王牌球。

　　如图176，④球先，④球撞⑥球闪送⑥球到①球处，⑤球进场，⑥球撞击①球，用①球闪带⑨球双出界。破坏了红方⑦⑨球结组，确保了己方⑩②球结组。此后，⑥球再回二门前找④球结组。⑦球孤球无援难以发挥作用，白方用两组连号结组，取得场上主动权。

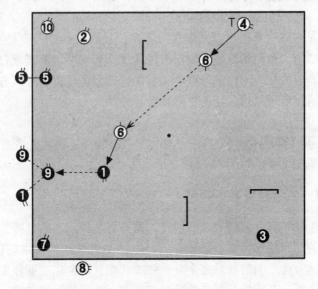

图 176

（二）连号结组的形式

1. 正向结组是最常用的结组形式，是打接力球的基本方法，其规律是找下号。如①~③、②~④……⑦~⑨、⑧~⑩等。正向结组的优点是：实效性好、安全性好。前号球可给后号球接力、制角、摆双杆，并受后号球的保护。后号球可通过前号球的接应、调位或过门得分或擦边攻击或打成双杆球。这一切全靠后号队员的技术能力来实现。但它打派遣球的条件极少。相对来说攻击力稍差。

2. 逆向结组。是连号结组的一种特殊形式，其规律是找上号。如①~⑨、⑤~③……②~⑩等。这种结组的优点是攻击力强，是先靠后送打派遣球的前提。但其实效性差，要等下轮才能发挥作用，安全性也差，易遭对方攻击。所以这种结组不宜过早结合，最好采取传递结组的方法来形成。但在安全的情况下或把对方球清场后，则应当尽快实现此结组，借以发挥先手球或王牌球的作用，达到控制场上局势、取得胜利的目的。

3. 传递结组（间接结组）。综合运用正向、逆向结组形式，集这两种结组的优点、弥补其不足。既增强实效性和攻击性，又确保安全的实用形式。如①球撞击⑤球后，闪送⑤球与③球结组，轮③球击球时，既能发挥实效性，通过撞击⑤球过门得分或擦边奔袭攻击对方，又能派遣⑤球过门得分或擦边奔袭攻击对方，又能派遣⑤球避开对方④球去攻击对方其他球。另一种方式是：①球找③球，由③球再闪送①球接⑤球，以此类推，至⑦球闪送①球给⑨球实现⑨①球连号结组，最后由⑨球撞送①球，发挥①球的先手球作用。其结组形式属于一种更深层次的战术。其特点是：效益更好，威力更大；但层次较多，容易夭折。发挥此结组威力的关键是：要求技术高超、闪送球要到位、球号要合理运用及调用在杆球的后邻号球打送成王。

（三）运用连号结组，打送王牌球

充分发挥连号结组的威力，在对方没有缺号球的情况下，临场指挥要周密策划，巧妙安排，创造条件，主动出击，打出缺号而实现打送王牌球的高深层次招法。仅举几例：

例1，擦边造王。在杆球给下号球造角只能发挥主攻球的威力。如果用下号球的后邻号球给其造角，其威力就会增加，效果也会提高。如图177，④球撞⑧球，用⑧球给⑥球造角攻击⑦球，⑥球擦边成功之后派遣⑧球去攻打其他红球。威力之大、效果之好堪称擦边球效益之最。

例2，双杆送王。在杆球用临杆球的后邻号球给其摆双杆球

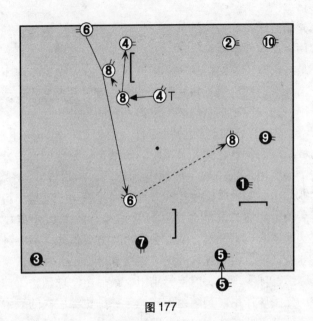

图 177

（或该邻号球在其附近，能直接撞击），这样做，打成双杆球后，不仅有了双杆球的威力，而且增加了王牌球的威力。

如图 178，⑦球撞击①球给⑨球摆双杆球，⑦球靠边，⑧球远冲①球不中出界，⑨球过三门撞击①球成双杆球，闪送①球打②④球，⑨球两杆打出⑩球。这种连号结组不仅⑨球有双杆威力，①球也成了王牌球。

例 3，打腰成王。在杆球闪送临杆球的后邻号球给其接力，攻击对方下号球，当打掉对方下号球后，给其接力的后邻号球即成为王牌球，其攻击力大大提高。如图 179，①球撞击⑤球，闪送给待过二门的③球隔门接力，③球过二门后，通过撞击⑤球接近④球，闪送⑤球攻击⑥⑧球，③球将④球打出界外，⑤球即是王牌球。

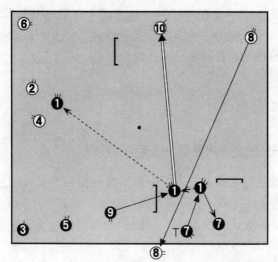

图 178

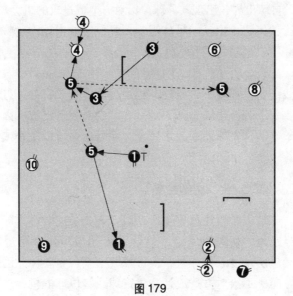

图 179

上述三例均是在杆球闪送临杆球的后邻号球给其接力、制角、摆双杆，属经过传递实现连号结组，在这种结组情况下，主攻球撞打成功后，后邻号球成为王牌球，其攻击力倍增。

四、注意事项

（一）提高战术意识，避免自球出界

门球比赛靠的是己方五个球结组形成一个坚强的战斗实体，如果这个实体里有一个或几个球在界外，就出现一个或几个缺号，就给对方一次或几次发动进攻的机会，使己方陷入被动。然而，有的队员对缺号球的危害性认识不足，他们上场打球，不注意防守或不注重保护友球，从而造成己方球被打出界，或是击球不控制力度，自球出界，出现缺号球，给对方造成进攻的机会。

那么如何防止出现缺号球呢？一是控制好击球力度，无论是撞击、冲门、远射都要力争自球不出界。二是在战术上注重结组，密切配合，听从指挥，防止盲冲。

实践证明，那种不讲条件，越是远球，越要盲冲的打法，必然凶多吉少。若冲出缺号球，则是在帮助对方打己方。因此，只要苦练基本功，不断加强战术意识，缺号球是可以防止或大大减少的。

（二）确保安全，切勿密集

己方球结组时要注意安全，在对方有先手球时己方球之间要保持适当距离，切勿形成"眼镜球"或错位球。以防遭对方远射。尤其是摆角度双杆球时，己方球较密集，更要注意己方球的落位与方向，不给对方造成远冲过密球或错位球的机会。

基此，在选择己方球的落位区域时，要遵循"布区选择，

安全为先"的原则。布区的选择要随着比赛进程和战术任务需求而选择，均勿拘泥固定模式。尽管如此，教练员要根据场上态势周密策划，确定布球区，不可有丝毫的随意性。那么如何选择布球区呢？1. 利用场上的球门柱、终点柱作为屏障，选定结组区域；2. 在边角区结组布阵；3. 在相对安全区集结蓄势，待机反攻；4. 远避对方的攻击锋芒，在对方运用攻击技术难以达到的方位结组等。

（三）要防止机械地教条式结组

一般的结组规律是找下号，既为下号球接力，又受下号球保护。但能否找下号球，应以己方球是否安全为准。如①球应找③球去结组，但②球有通过④球擦边来攻击③球的可能，①球就不要到门前再找③球，可去门后与③球隔门结组或分散远离，确保己方球安全（如图180）。

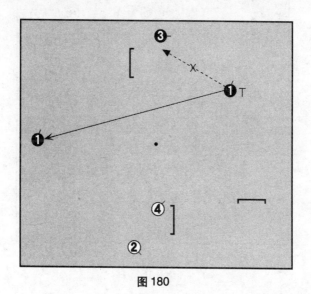

图180

（四）要防止繁锁地结组

自球完成战术任务后，找己方下号球结组属较好选择，它的实效性好、安全性好。经过己方的传递闪送，最后达到预定的结组形式。但在安全的情况下，不一定找下号，可直接找有关球结组。这样做可直接实现战术配合，减少不必要的传递过程，可减少失误。如图181，①球斜过二门后，其下步目的是过三门，己方⑤球在三门一号位，③球在三角，对方②⑥球在二角，且都过了二门，此时，⑤球在三门前较安全，①球就不必先找③球，可直接去三门前找⑤球，③球也找打⑤球，由⑤球闪送①③球过三门得分或闪送到有利位置，完成己方球的协作配合。避免闪送失误和不必要的重复闪送。尤其在残局阶段，劣势队要抢时争分，多余的传递结组和重复闪送是有害的，将造成贻误战机而失败。

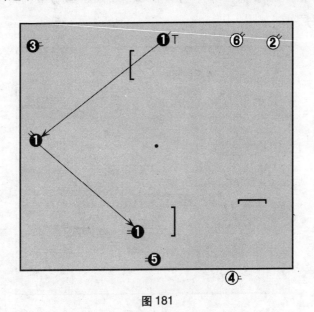

图 181

（五）要防止后手球结组

结组战术双方都在运用，当己方缺号时或孤球远离形成离断时，对方已有先手球结组，自球切勿找后手球结组。如图182，白方②④球已结组，③球在界外，①球过二门后，去三门前找⑤球，必受④球攻击，①⑤球将被打出界外。

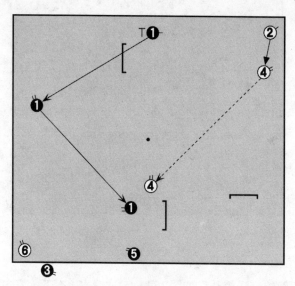

图182

上述后手球结组的现象在比赛中屡见不鲜，为了进一步说明后手球结组的危害，再举一例与球友共同研讨。如图183，⑤球撞击③球后，闪送③球接⑨球（后手球结组），⑤球去四角。⑥球撞⑧球闪送⑧球到⑤球处，⑥球回三门零号位。⑦球过一门后，直冲二门未进落二门后。⑧球擦打⑤球奔③球，用⑤球闪带⑨球双出界，⑧球再撞③球，用③球闪带⑦球双出界，⑧球又找

⑥球结组（埋伏下轮王牌球），白方取得场上优势。红方失败的主要原因是违背结组球的顺序，找后手球结组，失去先手球结组的优势。

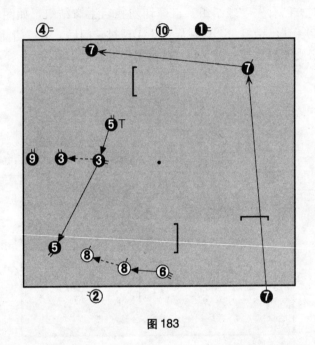

图 183

正确的打法应是：如图 184，⑤球撞击③球后，闪送③球到一区为待过一门的⑦球接力，⑤球也跟去（但不可密集），⑥球撞⑧球后，没有好的去处，只能仍在三门前搞⑧⑥球配合。⑦球过一门后，通过③⑤球的接应可过二门，闪留③⑤球在二角结组（既躲避⑧球攻击，又埋伏下王牌球），⑦球视⑧⑥球布局，或接⑨球或靠边线自保。⑧球撞⑥球后，只能分散隐蔽，靠边自保。此后，红球可集中到三门前，待③球撞送⑤球成王牌球，红方将取得场上优势。

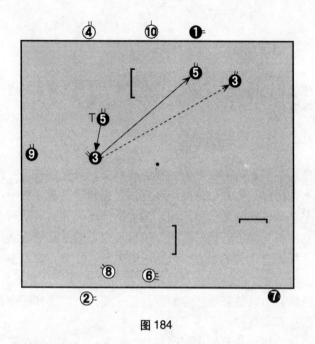

图 184

上述战例充分说明用好结组球的重要性,先手球结组威力大,后手球结组必遭殃。

第二节　压边与反压边战术

门球比赛的全过程是在进攻与防守不断相互转换中进行的,场上态势瞬息多变,一场比赛中优势与劣势也往往会出现几个反复。由于门球运动的特点是双方队员按序号轮流上场击球,所以,进攻与防守不仅相互转换,而且相互制约。压边与反压边战术是防御战术与进攻战术的主要组成部分,已被广大球友所重视并加以运用。

一、压边战术

压线靠边保实力，伺机进攻待战机，扭转劣势靠巧攻，优势要防远冲击。

（一）压边战术的作用

压边战术是防御战术的主要组成部分，是保存实力、伺机进攻的有效措施，如守门球的压线靠边是进行自保的主要手段，能起到坚守球门控制局势的作用。劣势队的压线靠边既给对方攻击增大难度，又为己方隐蔽蓄势、积极反击创造了必要的条件。即便是占据场上优势的一方，也要居安思危，在对方有先手球的情况下，也要尽可能地靠边，以防对方远冲成功，失去场上优势。搞好压线靠边既是安全防范的需要，又能为己方协作配合、过门得分创造有利条件。

总之，压边战术的作用可归纳为：安全防范，保存实力。隐蔽蓄势，伺机反击。协作配合，利于得分。边角结组，控制局势。

（二）压边战术的应用

1. 界外球进场压边：是先防后攻的措施，当己方处于被动而对方又有先手球结组的情况下，界外球进场就要采取就近压线的打法。这样做给对方攻击造成困难，达到保存实力的目的。但要求进场球要压在边线上，最远离边线也不能超过 10 厘米。若超过 10 厘米，往往会遭到对方的攻击，有时还会连累同伴球被闪带出界。

2. 战术性再出界：己方多球被打出界外，若都采用压边战术，下轮仍难以结组形成有效攻势。此时可根据战术安排，采用先号变后号的"隐蔽性连环"反击战术（即界外球结组）。例如①球进场不压边，而从③球处再出界，③球进场压边，下轮①球进场为③球接力制角，由③球发动攻击。看起来①球再次出界好像是"自杀"，而实际上是隐蔽战术，为己方球反击创造条件。因为近距离接力才能接出好角度，利于主攻球擦边奔袭攻击对方。若都就近压边，由于两球间距离较远，接力难以到位，也就难以进行反击。

3. 送球靠边自保：包括闪送己方球靠边和击送自球靠边。当对方双杆球已摆好或即将派王牌球来攻击时，己方又无法破坏，这时就要采取避锐待时的策略。送球的落点要根据队员送球水平而定。送球能力一般，宜就近靠边；送球能力强，则应依据战术需要，可以把球送到有利于夺门、控门的边或角。这样做既能疏散隐蔽、保存实力，又能蓄势待机、伺机反击。既给对方攻击增加难度，又起到保护己方球的目的。但击（闪）送靠边球看着容易，实际上要求控球能力很强的技术，尤其是当己方处于被动时，更显得重要。送球靠边的关键是击球力度。用力过小，送不到边，往往被对方打掉，甚至被作为"炮弹"闪带己方他球；用力过大，将球送出界，形成自杀，等于给对方一个王牌球，将会使己方更加被动。

4. 边角压线结组：这是压边战术的主要内容，是安全防范、蓄势进攻的好手段。这是因为己方球落位在边角，不易被对方攻击打掉。若有己方球（界内球，界外球均可）给其接力、制角，则主攻球即能发起突发性进攻，使对方难以防范。如开局阶段的"四角"战术开局。优势者在边角压边结组，可巩固优势，防对方远冲。

（三）如何打好压边球

压边战术是积极防御、防中有攻的战术手段。能否用好压边战术，除具有较高的战术意识外，过硬的基本技术是打好压边战术的保证。基此，要做到以下几点：

1. 熟习适应场地，控制好击球力度。根据场地的具体情况，施加适当力度，击（闪）送己方球靠近边线，这是打好压边战术的保证。但有的球友怕把己方球送出界，而将球击（闪）送到离边线较远处，就给对方提供了攻击条件。还容易出现自球被撞击后将己方另一他球闪带出界，使己方遭受更大损失。

2. 会运用多种击球方法打好压线球。具体方法有：上旋球（提拉球），即用槌头前端面自下往上轻力提拉，磨擦球的中上部位，使球转半圈至一圈压在边线上；下旋球（下切球）：即用槌头前端面的下边自上向下运动切擦球的下半部或提起槌头并使之自上向下笔直或斜下运动，磨擦球的中点，使球下旋前进，转半圈至一圈压在边线上；侧旋球：即用槌头前端面的左（右）边沿轻轻磨擦球的左（右）后侧面，使球产生左（右）旋前进压边。以上所述三种打法，击出之球旋转前进，走距较小，易于压线。同时要切记，不管采用哪种打法，均须用微力轻打。击球前要仔细观察自球附近场地是否平整，若内高外低或边线粗硬、突出地面，则宁可进场稍深点，也勿使球进而复出；若场地外高内低，则应使球旋转斜进，尽量少向内滚远。

3. 加强专门练习，提高技艺打好压边球。高超的技能是打好压边球的关键，要提高击球压边水平没有捷径可走，只有踏实地练习，从练习中掌握要领，从练习中提高技能。击球的力度是击球压边技术的关键，应该把练习的重点放在力度感受上。练习时按由近到远、由易到难的顺序逐步提高。

二、反压边战术

上述压边战术属隐蔽性攻防战术范畴，它既能压边自保，安全防范，给对方进攻造成困难；又能隐蔽蓄势，伺机反击。但压边球是否具有得分与反击能力，取决于两个方面：其一是压边的区域，能否直接过门得分或威胁对方。其二是己方球之间能否协作配合，使压边球能擦边奔袭或造打双杆球。如果我们能控制该压边球，使其不具备上述两个条件，其反击能力大减。轮及其起杆时，该球既不能过门得分，又难以发动攻击，只能找己方下号球寻找保护或再次压边自保。这就是反压边战术所要研讨的课题。

（一）反压边战术的作用

1. 不给对方压边球直接得分机会。
2. 给对方压边球制造困难或再次遭打击。
3. 控制对方压边球，不给其反击机会。
4. 攻击对方压边球，使其再次出界。

（二）闪击对方球出界的方向

闪球出界选位当，闪错方向要遭殃，定点闪出反压边，"四面开花"控对方。

撞击对方球后，将对方球闪出界外，这种减少对方有效击球的战术贯穿在整个竞赛的全过程中。闪击成功，就能发展优势、扩大战果；闪击失败，就会贻害全局。闪击成败的关键是定向选位的正确与否。定向选位正确就能控制局势、取得优势；定向选位错误就会被对方利用，取得反击的机会。甚至使己方处于被动局面。

1. "远边流放"：即不给对方压边球直接过门得分机会。当自球撞击对方球后，要把它闪出界，闪出的方向一般是该球不能直接过门和难以结组的方向。以免被闪出之球很快获得过门机会或为对方球接力结组。如没进二门的球闪向三、四角或三线外，未过三门的球闪向一、二角或一线外，并且附近没有对方球。以及对己方待过门的门前球构不成威胁。

2. "四面开花"：即给对方球再次集结制造困难。当连续撞击对方几个球时，要从不同方向分散闪出界外（并要符合"远边流放"的要求），这样做给对方球协作配合造成困难（较远距离送球接应很难到位，结组更难）。切忌把对方几个球从一个方向闪出界，这样会使对方易于结组配合进行反击。尤其是不能将对方先手球从对方在场内压边的后手球旁闪出界，这样该球进场会给主攻球接力、制角，一旦对方擦边奔袭成功，将给己方造成不利局面。

3. 选点闪出：即控制对方压边球。其一，连续撞击对方几个球后不分散闪出，而把对方群球从一个点闪出，随后自球占据该点的边线内。对方球进场时，都得躲避己方占位球而向较远距离送球，这样做对方群球不仅难以压线靠边，更难配合结组，易再次遭攻击。其二，从贴近己方在边线的后手球旁闪出界，使其不能就近压边，只能将球击向较远地方，失去自我保护条件。如②球撞击③球后，将③球从④球旁闪出界，③球进场时难以压边，只能向远处送球，将再次遭打击。其三，从即将被打击的对方球附近闪出，若该球就近压边，将再次被闪带出界，如⑥球撞击⑦球后将⑦球从⑨球附近闪出界，⑦球就近进场压边。⑧球撞击⑨球，用⑨球闪带⑦球双出界（如图185）。其四，从己方过门球控制的范围内闪出界，该球进场只能就近压边，不能与附近同伴球接应。待己方球过门后，可视情况将该球顶出界外或去完成其他战术任务。

上述打法是限制对方界外球进场就近压边隐蔽而采取的有效对策。这些打法是反压边战术的主要内容，要根据场上态势灵活合理运用。

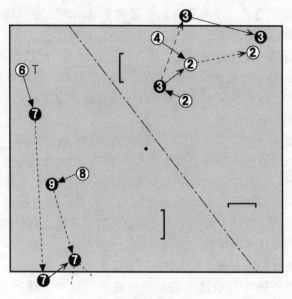

图 185

（三）对付对方压边球的几种打法

关键之球必打击，他出我留创佳绩，借球闪带方法好，"空"球不拼远躲避。

压边球是采取自我防御的一种策略，它不仅有较好的隐蔽性、自保性，而且有很大的威慑力和进攻性。它能待机反击，取得扭转局势的效果。随着门球技战术的发展，压边球的地位愈加显要，作用也愈加突出。基此，在比赛中要重视对方压边球的控制与攻击，要根据场上不同态势采取不同办法，才能取得较好效果。其具体做法是：

1. 正顶他球，他出我留：当自球与对方压边球的连线几乎与边线垂直时，且自球与对方压线球的距离较近（2米之内），若能掌握好力度，撞得正，则可做到他球出界，而自球留在界内，这种打法有利于己方。若有条件时，也可用己方他球正闪顶对方压线球，使对方球出界，己方球留在界内。此法的关键是，击（闪）球方向要不偏不倚，力度要恰如其分。方向出偏差或力度过小，就可能顶不上他球或顶不出他球；力度过大，则己方球往往出界。

2. 送球到位，擦击边球：当对方压线球是近号球，对己方他球有威胁或战术需要必须将其击出界时，己方派遣先手球的落位或自球获双杆球后去攻击该球的第一杆落位，应该侧向（即己方球与对方压线球的联线与边线呈小锐角）靠近他球，而不要正对他球。这样，可用擦击技术把其挤出界外，而自球留在界内。若正对该球则可能出现同归于尽的局面。

若边线附近有两个对方球时，只要距离、角度合适，可用击打角度双杆球（垂点瞄准法）的方法，将这两个球挤出界外，而自球留在界内。有时可能会出现只将对方一个球挤出界外的现象，这时自球将获得一次闪击权和续击权，这将有利于己方。

3. 正撞边球，同归于尽：当对方压边球对己方威胁较大或该球是关键球时，自球就要直接撞击它，把它撞出界外，不惜自球也出界，俗称"同归于尽"。

采用"同归于尽"的打法是迫不得已，这会给对方反击的机会，这个被打出的球在下一轮往往会成为关键球或翻身球。尤其是与对方挨号球"同归于尽"就更不合算。如①球与②球同归于尽，②球立即进场，到下轮②球则会成为先手球或王牌球，对己方极为不利。因此，除非不得已，一般不宜采用"同归于尽"打法。

上述三种打法，不管用正撞（顶）或擦击目的都是把对方球打出界。如自球能留在场内则最好，如自球留不在场内，则要坚决做到两球同时出界，不可因贪留自球而用力过小，撞不上他球或自球随地形滚偏、击不中他球，而自球出界；也不可猛加力，以致动作变形，击偏方向，结果自球出界而未除掉对方压边球。

4. 借球闪带，一举两得：这是借用对方球来闪带对方压边球，取得最佳效果的好方法。当自球撞击对方球后，可用其当"炮弹"闪带对方压边球，双双出界。这是一箭双雕、削弱对方实力的有效措施。为了使闪带更有把握，可把击中的对方后手球闪送给己方距对方压边球较近的球，变远闪带为近闪带。如图186，①球撞击⑥球后，把⑥球闪送给③球，待③球起杆，撞击⑥球，用⑥球闪带④球双出界。

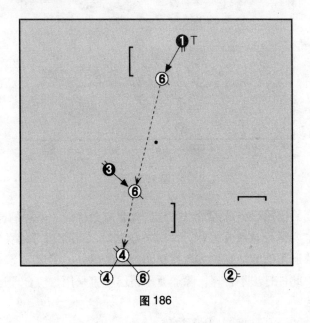

图186

为了坚决除掉对己方有严重威胁或决定胜负的对方关键球，在无"炮弹"时，可用己方非关键球进行闪带。如果条件允许时，也可用己方先手球闪带对方后手球。"可用先手带后手，提前进场有便宜"。如图187，如⑧球用⑩球闪带①球双出界。⑩球比①球先进场，并可找②球，若⑩球已过三门，②球可撞⑩球实现双撞柱。

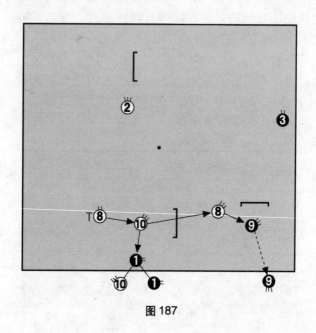

图 187

当然使用己方球闪带对方压边球是有条件的。所用的己方球不是主要得分球或要害球，而对方压边球又是能得分的关键球。过去普遍用的方法是：⑧球撞送⑩球到①球处，⑩球与①球同归于尽，此种打法不合算，除非万不得已不宜采用，应合理运用上述打法。

5. "一石三鸟"，巧闪边球：

（1）当自球撞击对方球后，附近有两个对方球压线，且距离较近。可用偏闪擦方法使被闪球进场，然后自球再撞击被闪擦球，用其闪带另一他球。这样做可在一个击次中闪出对方三个球。如图188，②球撞击①球，用①球闪擦③球，使①球出界，③球进入场内，然后②球再撞击③球，用③球闪带⑤球双出界。这样②球在一个击次中获得闪出对方三个球出界的效果。

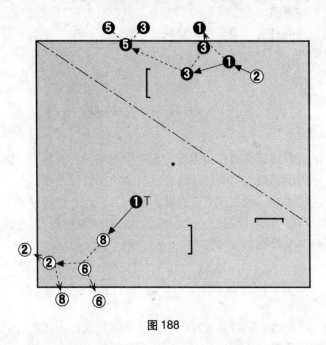

图188

（2）当自球撞击他球后，对方有两个球在附近压边，且距离在3米左右，角度合适。这时可用他球偏闪带对方他球的方法，使一次闪带闪出对方三个球。如①球撞击⑧球，用⑧球闪带⑥球出界，⑧球再碰撞②球双出界。或⑧球偏撞⑥球后，⑧球出界，⑥球碰撞②球双出界。这样①球在一次闪带中使②⑥⑧球出界。

运用上述方法，要求队员闪擦换位的技术好，而且场上对方球的落位合适。若条件不具备切勿滥用，以免弄巧成拙，留下后患。

6. "空球"不拼，避而远之：对方临杆球压边，附近没有己方球受它威胁，远方也没有己（他）方群球或错位球。该球既不能撞击他球，又不能过门得分。这时己方在杆球就不必采取与之相拼的打法，只要远离该球，把它孤立起来，使其不能发挥作用即可。

第三节　控制与反控制战术

随着门球运动的深入发展，技战术水平的普遍提高，强队与弱队之间的界线已不明显，每场比赛的结果难以预测，各队制定和运用战术时，更加注重讲究实。基此，各队选择战术的基本原则是：以攻为主，控制对方，加强防御，确保得分。即在控制场上局势与反控制上大做文章。下面分两个方面论述：

一、球门的控制与反控制

在中局篇中已叙述了球门攻守的一般性规律。在此章中结合对球门控制权的争夺谈几点看法，作为对球门攻守的补充，进一步探讨控制球门的重要性及具体方法。

（一）实施开局控门战术

比赛开局关系全局，开局得当，可控制局势；开局失误，全局被动。开局夺势的主要内涵是围绕控制二门的控制权展开激烈的争夺。控制二门的一方，即可保证己方球过门得分，又可阻止对方球过门得分。因此，控制和反控制二门就成为双方争夺的焦点。也是双方教练员必须明确的战略指导思想。基此，必须规划和实施好控门的开局战术。

1. 认真选好 1 号队员：①球是比赛开局的先导，承担着开局占位、把关控门、为后续球进场布局过门得分创造条件的任务。因此，必须选配技术精湛、心理素质稳定的队员担当打①球的任务。这是实施整体控门战略的重要保证。

2. 实施①③⑨隔门结组四角战术：①球过一门占二门一号位，③球占四角，⑨球与①球隔门结组，形成①球过二门后撞送⑨球靠近③球，①球也跟去为③球在四角边线处造打双杆球。这样做是开局夺势控制二、三门的讲究实效的战法。但要求 1 号队员占位技术好，斜过二门的功夫过硬，摆造双杆球成功率高。否则将失去对球门的控制权，将会遭对方攻击，处于被动局面。

3. 采取远冲对方占位球与二层占位相结合的开局布阵：这是白方开局布阵夺取二门控制权的较好打法。如④球或⑧球过一门后落位靠近二线，便于远冲红方二门占位的①球，打中①球可直接夺回二门控制权，若打不中，要求自球落位在二门后 2 米～3 米二线边，形成在二门后二层占位之势。第二轮红方①球难以攻打白方二层占位球，只能过二门后与红方他球在四角或三门结组互保，白方则轻易夺回二门。

4. 打好一门留球布局：一门留球是后发制人、夺取优势的好战法，它具有很强的战术优势和潜力。把进攻与防守有机地结合起来，它既能有效地保护己方球，又能发动有效的进攻控制一门后、二门前、三门后一大片区域。它具有场内球与未过一门球的隐性结组，通过接应擦边或造打双杆球，有利于夺取和控制二门。如②球第一轮在一门留球，第二轮②球过一门后，通过擦撞⑩球到二门前，既能攻击对方在二门的占位球，又能过二门得分，夺回二门的控制权。

（二）运筹控门夺势策略

比赛进入中局阶段，控门与夺势的争夺更加激烈，争夺的焦点是占领二门、确保己方球过门得分，谁能占据球门，谁就取得场上的主动权。

1. 隔门结组，控制局势：这是利用过门有续击权的规定，使己方两个球在球门前后结组，它具有易于攻守的特点。通过门后接应球达到战术配合、控制局势的目的。

若接应球的落位正好落在过门球的射线上，即为过门球摆成双杆球，即使过门球未打成双杆，也能迫使对方疏散隐蔽，起到控制对方的作用。若接应球落位于射线的左侧，过门球过门后将能擦击接应球奔袭三门或四角区域，起到控制这些区域的作用。

2. 协作配合，牢控球门：比赛的经验教训告诉我们，谁能继续控门，谁就能控制局势；失去对球门的控制，就可能导致失败。已经控制球门的一方，应做到以下两点：其一是坚持贯彻以攻为主的战术。运用过门续击的优势，采用在门后摆双杆，门后接应擦边进攻等手段，创造攻击对方的条件，一旦机遇出现，就要坚决打掉对方关键球，削弱对方反击力量。只有这样做才有可能确保己方球过二门得分，并且顺利转移到三门，使己方牢控二、三门。为达此目标，有时就要依"宁丢一分、不失控势"的原则办。其二是贯彻积极防御的方针。已占据球门的一方要善于控制球门，不要麻痹大意，以防对方突然袭击，避免局势逆转。基此，要加强积极防御，己方球之间要疏而不散、靠边结组，不要形成"眼镜球"、密集球，不给对方远冲制造机遇。这样，即可防止对方反击，又能适时攻击对方，牢牢占据关隘，控制场上局势，巩固已经取得的成果。

3. 善抓战机，夺取球门：处于暂失球门控制权的一方此时要沉着冷静等待战机，要稳定队员情绪，防止冒进、盲冲、乱打的情况发生。在这个激战的关键时刻，既要有谋，也要有勇。根据场上态势，善于攻击对方守门球，给对方施加压力，力争夺回对球门的控制权。基此，要采用边角结组、派遣先手球或巧打双杆球或擦边奔袭等战法攻击对方守门球，有条件时用对方球闪带对方球，必要时也可用己方球闪带对方守门球。总之，要采取积极进攻的手段，夺回对球门的控制权。

（三）运用抢分控势措施

当比赛进入终局阶段，控三门抢分的争夺更加激烈，争夺的焦点是对三门的控制权，争斗的重点是处理好保护己方得分球与打掉对方得分球的关系，把打掉对方的过三门球放到头等地位。这时双方都应增强对三门的控制意识，惜时、抢分，制定出切实可行的战术，力争最后胜利。双方教练员要特别注意两点：一是双方比分变化，二是时间的进展。暂时占据优势、比分领先方就要严守三门，确保己方得分，同时要阻止对方球过三门，重点打击对方能得分球。而暂处劣势一方则要善抓战机，采用边角组织双杆球，或擦边奔袭，或远冲对方关键球。这样，一旦成功，场上态势可急转直下，变劣势为优势，赢得最后胜利。

二、全场的控制与反控制战术

在门球比赛中，取得控制权的一方只要控制好场上局势，不给对方反击机会，一般情况下对方是很难扭转被动局面的。而被动方要想扭转被动局面，关键也是要千方百计地创造反击条件，切实把握住反击机会。由此可以看出控制与反控制的重要性。

（一）如何实施控制战术

在门球竞赛中，攻击对方靠边球、压线球有可能出现"同归于尽"的现象，这是在迫不得已的情况下所使用的打法。因为这个被打出的球在下轮往往会成为关键球或翻身球。尤其是与对方挨号球"同归于尽"就更不合算，如①球与②球同归于尽，②球立即进场，到下轮②球则会成为先手球或王牌球，对己方极为不利。因此除非特殊情况（该球威胁己方其他球，或该球是得分球，该球起杆后对该场比赛的胜负起决定作用），或剩余时间不多，自、他球"同归于尽"后，对战局不会产生不利影响。一般不宜采用"同归于尽"的打法。而可代之于控制战术，只要控制好对方球，则能达到事半功倍的效果。

1. 围而不打，避而远之：使对方压线的临杆球成为孤球，这是在比赛中常用的控制战术。因为对方靠边压线球要靠对方其他球接力才能有所作为。己方派遣其挨号先手球到其附近，对该球进行直接控制，使对方其他球不能为其接应。如⑨球撞送①球控制②球，⑩球不能为②球接力，轮及①球起杆时，①球可不打②球而远避之，使②球难以发挥攻击作用。为了防止②球冒险远冲，己方球也要远离②球，靠边结组拉开一定距离，切勿形成错位球或"眼镜球"，不给②球远冲机会。这样使②球成为孤球，既没有擦边奔袭的条件，又没有远冲密集球的机会。另外，还可采用隔门控制的方法，派送己方该过门的先手球到球门前，使对方其他球不能为门后的压线球接力，己方先手球过门后，不打对方压线球而远离，使其不能发挥攻击作用，"空球"不拼远躲避。

2. 分割对方，压先打后：这是利用控制手段的好战法，派遣己方先手球去盯住对方压线的临杆球，再派遣己方下号球去攻击对方其他球，充分发挥己方先手球的作用，使对方球难以发挥攻击威力及保护作用，再次打击对方球，不断扩大优势。如图189，⑩球起杆，派送②④球去控制压线的③球，使其失去保护其他红球的能力，轮及②球起杆，②球再派送④球去攻击远离③球的其他红球，然后②球远离③球而去，使③球鞭长莫及，既难以发挥攻击与保护作用，又没有远冲白方或过门得分的条件。

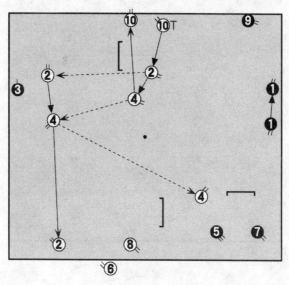

图189

3. 声东击西，出其不意：这是一种迷惑对方的控制方法。派遣己方先手球到对方压线球处，明着是去攻击对方压线球，实则是另有他图，轮及己方先手球起杆时，则改变意向，不打对方压线球，而去攻击对方其他球或过门、撞柱得分。如图190，①球闪送③球去打二角的④球，距④球1米落位，①球给③球向二门方向接力，②球进场与⑥球隔门结组，轮及③球起杆，③球不打④球而直接擦①球奔二门前，闪送①球去三门前接⑦球，③球轻撞⑥球闪带④球未中，③球过二门后，撞击②球闪带⑩球双出界。自球到四角暂避。使④球成为孤球，难以发挥作用。红方声东击西迷惑对方的打法，使白方上当受骗，竟让②球进场接⑥球，结果②球成了闪带⑩球的"炮弹"，使白方遭受重大打击。

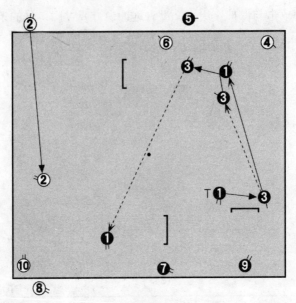

图 190

4. 虚张声势，控制对方：在比赛中，己方球的结组是战术运用的根本，若己方先手球结组，形成擦边奔袭之势，其擦击走向的广大区域是己方控制的范围，在此区域中对方球不敢结组或摆双杆等，只能将球分散靠边，形不成攻击能力。轮及己方先手球起杆时，根据场上态势或对方球已分散的情况，也可不擦边攻击对方，而做其他安排，这是"引而不发"的策略，利用预攻之势控制对方，使对方球分散形不成战斗力，确保己方优势。

5. 造摆双杆，威慑对方：利用双杆球的威慑力，控制对方的战术部署，这是一种控制对方的好方法。当己方摆成双杆后，对方在难以破坏的情况下，必然会采用分散隐蔽的作法进行压边自保，使其失去攻击能力。尤其是己方摆好"模糊"双杆时（即虽摆成双杆能否打成模棱两可）。因为这种双杆球易摆难打。如调位双杆球能否通过调位打成双杆，难以预测准确，有可能打不成，但能起到威慑对方的作用。再如摆门后中远距离双杆球（5米~6米），因幅射面积大，较容易摆成，但是也不一定能打成。可是摆这种双杆球却能起到吓散对方球的作用，即便打不成功，也会使对方失去进攻能力。另外像大角度较远距离双杆、擦顶球双杆、折射过门双杆等，这些双杆球均属易摆难打的双杆球，他们又都能起到威慑对方、迫使对方疏散远离、失去攻击力的作用。

这里强调的是容易摆成的双杆球，当然有条件能摆成易打的双杆球时，则要尽力摆好打成，决不能只为威慑对方而只摆"模糊"双杆球。

6. 连号结组，威逼对方：在门球比赛中，己方球之间存在着相互依存的关系，他们之间可以依次成为保护球，形成完整的防御体系，又可协调作战，合理结组，为己方先手球制角、接应、摆双杆或派遣王牌球创造条件，形成强有力的进攻手段。在双方所构成的严密攻防体系中，连号结组的作用尤为重要，前号球既能为后号球接力、制角、摆双杆，形成攻势，又受后号球的保护，免遭对方攻击。当条件成熟时，前号球可撞后号球送出派遣球，发挥攻击对方关键球的作用。基此，在比赛中，根据场上态势，合理调度，优化结组，形成己方球之间的连号结组，使对方在杆球只能离开守门位置去找下号球保护，若无法找保护球时，只能分散隐蔽，失去反击能力。如白方②④球形成结组，轮及红方①球起杆时，①球就不能单独据守球门，只能寻找③球保护，若不能找③球保护时，只能靠边压线躲避，不敢为红方其他球制造进攻条件。白方利用②④球连号结组的手段，威逼对方分散隐蔽，失去反击能力。

上述4、5、6三项主要是采用的控制手段，在实战中即可用控制手段，使对方失去攻击能力，更要真正实施擦边进攻，造打双杆球或派遣先手球的打法，攻击对方得分球、关键球，阻止对方得分，确保己方得分而战胜对方。切勿为了"控制"而"控制"，失去强有力的攻击作用而贻误战机。

（二）如何运用反控制战术

为了免遭被对方控制，就要采取有效打法，进行防范或反控制。具体打法如下：

1. 抢先搞控制：以其人之道，还治其人之身。轮到己方先手球时，有条件时或创造条件为其造成进攻态势，如造擦边角度、摆双杆球等，用以威胁对方，使其不敢运用控制战术。

2. 自球落位好：注意己方球的位置，不要使己方球落位在对方擦边奔袭的控制范围内，更不能落位在对方过门球的射程范围内，如③球在三门前一号位，待过三门。②球就不要去一门后（③球过三门后控制的范围）给④球过一门后接力。这样③球过三门后，就能打掉②球。也不要在对方过门球的边线处压边，如⑥球待过二门，⑦球在门后边线压线。下轮⑤球不能为⑦球接应（因受⑥球控制），⑦球既自球难保，又失去反击作用。

己方球可在不受对方控制的边角结组，这样既能自保，又能进行有效的反击，形成对对方的控制。

3. 严防对方隐性球：在比赛中要注意勿受对方隐性球的控制。什么是隐性球呢？即未过一门的球和远离自球的对方先手球。如④球待过一门，③球撞击⑤球后，就不要闪送⑤球去打二门后的⑥球，严防④球过一门后，远冲过二门成功，打出⑤球后，⑥球就成为王牌球。另一种情况是：⑤球顶出⑥球，⑤球留在二门后，⑥球马上进场，经过传递周转，在下一轮很可能造成④球打送⑥球形成进攻性很强的派遣球，⑤球又在④球过二门的控制之下，难以发挥保护己方其他球的作用。又如①球占二门一号位，②球一门留球，已知白方善打⑧球二层占位（⑧球过一门远拔①球，落位在二门后 2 米多靠二线处），这时红方⑤球就要抢先占三门，以防②球过一门后，擦打⑩球过二门，撞击⑧球送打⑨①球的隐性攻击战法。再如③球在三门一号位，④球在二门零号位，且①球在距③球较近的界外，这时⑩球过一门后，就不要直接送位到二门前接④球，以防①球就近进场为③球制角（近距离容易造成擦边的好角度），③球擦边奔袭成功，白方⑩④球将被打出。⑩球的较好打法是直接冲二门，落三角进行自保，白方可视①球接应③球的情况，再决定②球是否接④球。

4. 慎冲对方上号球：在门球比赛中远攻对方球的打法是普遍运用的战术，但远冲对方上号球时则要审时夺势、权衡利弊、切勿盲冲。如④球占位在三门前，⑤球过一门后，远冲④球，冲上当然好，若冲不上，就会形成受④球控制的局面。下面分两种情况进行探讨。其一是⑤球落位在四线边或四角区，这时⑥球过一门后与④球接力，控制⑤球，下轮白方就形成压先打后的战法，即④球打送⑥球派送其他红球，或送⑥球到二门前夺回二门。④球视场上情况决定是否击打⑤球。⑤球已在④球的控制下成为孤球，发挥不了攻击白方球或保护己方球的作用。其二，若⑤球远冲④球不中而出界，则⑥球过一门后找④球结组，埋伏下潜在王牌球，下一轮④球撞打⑥球，可派送⑥球王牌球，红方将遭重创。因此，在运用远冲对方球时，要将"控制"因素考虑在内，以防给己方造成被动局面。

5. 找己方先手球结组、寻找保护：这样可避免被对方先手球控制，又能为己方先手球接力、制角、摆双杆，形成对对方的控制。这在门球比赛中是普遍使用的攻防兼备的好战法。但在找保护球时，首先要考虑己方球是否安全，找己方球保护要避开对方先手球的控制范围。其次，切忌形成后手球结组，遭对方派遣先手球攻击。不能找保护球时，可就近靠边压线自保，待机反击。

上述控制与反控制的方法只是一部分打法，球场上情况复杂多变，打法也是多种多样，无固定模式，而且随时都可能发生逆变。这点务请球友注意，切勿生搬硬套。

第四节　闪带球在运用中应遵循的原则

闪击带球威力大，选准对象效果佳，慎用先手带后手，助"敌"结组要出岔。

门球比赛中，将撞击的对方球闪出界是最简单的战术运用，若能用该球当"炮弹"闪带出对方关键球，取得一箭双雕的实效，是削弱对方战斗力的有力武器，尤其是能闪带出对方守门球、主力队员的球或能得分的关键球，这是一种非常有价值的战术行动。闪击带球成功不仅能削弱对方战斗力，阻止对方得分，而且还会给对方球员造成较大的心理压力，使对方处于被动局面。

因此，大多数队员都习惯运用闪击带球的战法。当撞击对方球后，只要场内有对方球，不管距离远近、球号情况、球场态势如何，都要试上一试，而不用考虑万一闪带不中的后果。由于闪带不当造成失败的战例是屡见不鲜的。下面就闪带球应遵循的原则谈几点看法：

一、选准闪带对象，讲究闪带效果

（一）闪带对方核心球

所谓核心球是指对方核心队员击打的球。核心队员技术精湛、比赛经验丰富、心理素质好，他能带领全队进行战斗，他在场上能起主导作用，能打出高难度的球，有时能打出一杆定乾坤的关键杆。如果该队员的球被多次打出或闪带出界。该队员不仅不能发挥应有的作用，还会给该队其他队员带来心理压力，使该队战斗士气受到很大影响。

闪带对方核心球的战术行动要使己方每个参赛队员思想明确、行动一致，并要抓住一切机会，不失时机地打好闪带球，以达扼制对方核心队员的作用。还应特别提醒，如果用核心球当"炮弹"闪带其他球时，千万不能将核心球留在场内。

（二）闪带对方王牌球或对己方威胁大的球

派遣王牌球战术是门球战术的核心，王牌球威力大、杀伤力强，而又难以防范。遇有机会就要将其闪带出界，这是扭转劣势的关键杆，切勿贻误战机。

场上形势如图 191 所示。红方③⑤球结组，④球界外，⑤球即成王牌球。当白方②球撞击⑨球后，就要用⑨球闪带⑤球，一旦成功，就破坏了对方派遣王牌球的战术，使其难以发动有效攻击。若闪带出③球，虽破坏了红方打送王牌球，但⑤球对白方还是有一定的威胁。

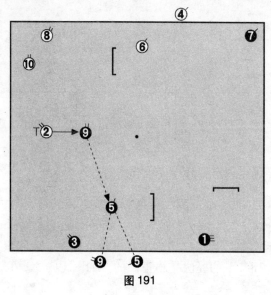

图 191

当对方有两个先手球时，己方球撞击对方后手球后，就要分清主次，闪带对己方威胁最大的球。如图192，②球撞击①球后，用①球闪带对己方⑥⑧球威胁最大的⑤球，而不要闪带对方临杆球③球，闪带出⑤球能确保⑥⑧球安全，若闪带出③球，③球立即进场接⑤球，⑥⑧球将被打出。

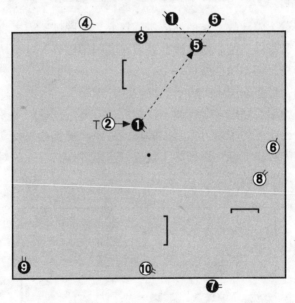

图192

（三）闪带对方得分球（或多得分球）

闪带对方球要有选择，要区分主次，抓实效，对方得分球（或多得分球）关系到比赛的胜负，是闪带的主要目标。对方先手球若对己方构不成威胁，也不能得分，就不一定闪带它。"先手球必打（带）"的提法是不正确的。如图193，①③球在三门前都要过三门，①球在零号位没有过门角度。当⑩球撞击⑨球后，要用⑨球闪带③球，闪带成功后，①③球都不能过门得分，白方取得实效。若用⑨球闪带出①球，①球进场接③球，由③球闪送①球过门得分，③球过门得分。这样的闪带没有实效，红方仍按原计划两个球过三门得分。

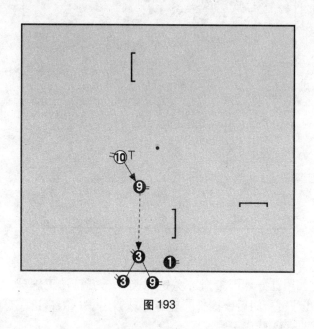

图193

（四）闪带中间球，制造王牌球

这是在对方没有缺号球的情况下，根据场上态势，抓住有利时机，打出缺号而实现打送王牌球的招法。即当在杆球撞击对方球后，用该球当"炮弹"闪带出对方中间球，为己方连号结组球打送王牌球创造条件。必要时可用己方球闪带对方关键球（腰球）。如图194，⑩球撞击⑨球，不闪带能得分的①球（让①

球过二门得 1 分），而闪带出③球（腰球），为②球打送④球成王牌球创造了条件。此后，④球打掉⑤⑦球，白方获得优势。

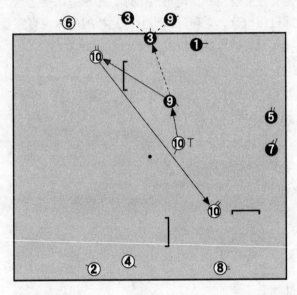

图 194

再如用己方球闪带对方关键球确保己方打送王牌球。如图195，⑧球过一门后，擦打⑥球奔①球，用⑥球闪带出①球，确保⑩球打送②球成王牌球。

（五）闪远打近，充分发挥闪带球的威力

在比赛中采用闪带远球撞击近球的打法是符合战术要求的。因为较远距离的靠边球，自球撞击没有把握，即使撞上也可能会同归于尽，用他球闪带成功则是一举两得。近距离球，自球撞击有把握，以不闪带为好，撞上该球后，可用它当“炮弹”闪带对方其他球或按战术需要借用或按战术要求把它从远边闪出，使

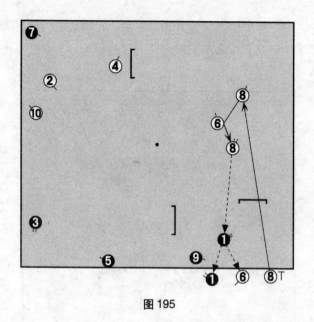

图 195

其难以过门与结组。

当近球是压线球、关键球或比赛时间已快到，为了不让对方得分，用闪带的方法把其闪带出界就是正确的。

二、闪带他球防止接通

撞击对方球后，闪带出对方关键球是削弱对方战斗力的好方法。但盲目闪带不中，将给己方带来极为不利的后果。在运用闪带时，应做到不要毫无把握地用对方先手球去闪带对方后手球，防止对方先手球就近进场、为后手球接力、制角、摆双杆球，发挥攻击威力，给己方造成被动局面。

例1，如图196，②球撞击③球后，用③球闪带⑤球不中，②球过三门后接④球。③球进场为⑤球摆门后双杆球。④球撞②

球闪送三门一号位，④球远射③球不中。⑤球过二门撞击③球打成双杆球。白方遭到重大损失，处于被动局面。

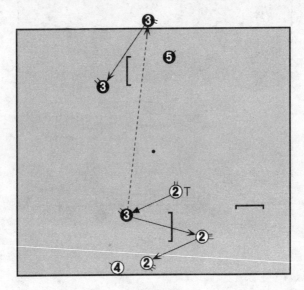

图 196

例2，如图197，⑨球撞击⑩球，用⑩球闪带②球未中，⑨球过三门后接③球。⑩球进场给②球摆成角度双杆球。①球进场压线。②球撞击⑩⑧球打成双杆球，白方取得场上优势。

以上两例都是用对方先手球闪带对方挨号后手球不中所带来的后果，起了"助敌结组"、帮了倒忙的作用。有的球友认为，不能用前号带后号，此提法不当。正确的提法是不能用先手带后手。如上述两例中②球用③球闪带⑤球是不可行的，若④球撞③球，用③球闪带⑤球就是正确的。

例3，闪带不当遭败绩：比赛还剩7分钟，比分4∶9，白方领先，场上态势如图198所示。因③球三杆未过一门被取消比赛

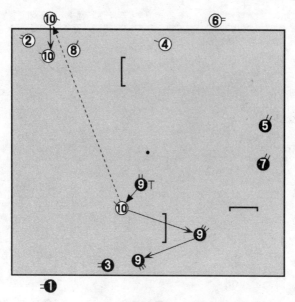

图197

资格，白方以5打4占据场上优势。轮及⑧球起杆。⑧球撞击⑨球，教练指令用⑨球闪带①球，因距离较远未中。就这一杆闪带球给红方带来了反击机会。⑨球进场靠近⑦球为①球摆成双杆球。⑩球进场压边。①球撞击⑦⑨球打成双杆球，将⑤⑦⑨球都送二门前。①球两杆去三门，打②球闪带⑩球双出界，打④球闪带⑧球双出界，再打出⑥球将白方清场，①球回二门后。最后红方竟以9：9多柱取胜。

统观此战例给我们的启迪是：优势队要稳扎稳打，切勿盲目闪带，白方在场上占绝对优势的情况下，竟用对方先手球闪带对方挨号后手球，违背了闪带球的基本原则，给对方留下了反击机会，将胜利拱手让给对方。

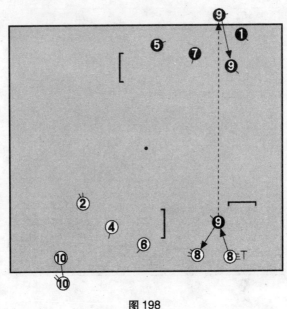

图 198

三、慎带场中心球，免留后患

1. 不要用对方先手球（临杆球）闪带对方在场中心附近的球。应将对方临杆球按战术要求的方向闪出。如图 199，④球撞击⑤球后，用⑤球闪带⑦球，结果⑤球正顶⑦球出界，⑤球留在场内。造成⑤球撞⑧球，用⑧球闪带⑥球双出界。白方优势变劣势。正确的打法是：把⑤球安全闪出界，④球再远撞⑦球或⑧球，或给⑥球接力，让⑥球攻击⑦球。

2. 不要用对方其他球闪带在场中心附近的对方临杆球。以避免因闪带力量不够或闪带偏，使对方临杆球滚到己方群球处，造成不良后果。如图 200，③球撞击⑥球后，用⑥球闪带④球，

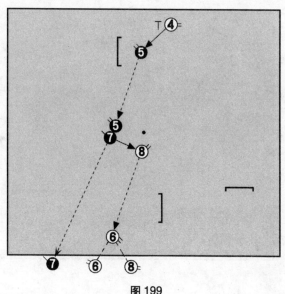

图 199

因没带正，使⑥球轻擦④球后出界，而把④球侧擦到二门前。③球远冲④球不中出界。此后，④球打出⑤⑦球，过二门后打⑧球送⑨球，再打出①球，白方优势。若带正⑥球可能被留在场内，也会对红方不利。最好的打法是将⑥球安全闪出，③球再撞④球，因距离不远（5 米左右）可能将④球撞上。即便撞不上④球，④球远冲⑤⑦球，成功的概率也较小。

四、运用闪带球，需因人而异

运用闪带球打法要根据队员的技术情况而定。闪带技术好的队员，要充分发挥他的技术特长，不失时机地打好闪带球；对闪带技术差的队员，在完全按基本原则进行闪带或把他球直接闪出界，不要有侥幸心理，万一失误会留下隐患。甚至因一球未带出

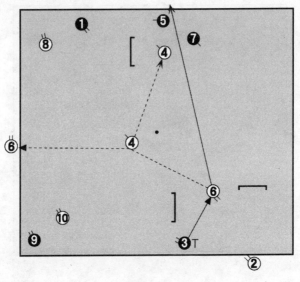

图200

而改变场上的形势。并要特别注意不要办助敌结组之事。

上述所讲的基本原则，只是对一般情况而言，球场上的态势是复杂多变的，有些特殊情况，就要用特殊打法，尤其在残局阶段，战术选择有其特殊性。如对对方能得分的关键球，只要该球起杆，则对方必胜无疑，这时即可违背原则精神进行闪带或不惜用己方球闪带，或先带后打，总之，要把该球打出。又如对方在终点柱旁有撞柱球，这时用非撞柱球进行闪带，只要带出该球，留下他球也是成功之举。总之，要审时度势、权衡利弊打好闪带球。

第五节　用己方球闪带对方关键球

用己方球闪带对方关键球（守门球、得分球、主攻球、王牌球）是属特殊战例，这是"先弃后得"或"弃少要多"的战术思想的体现，也是保持优势或反败为胜的非常手段。在实战中要根据场上态势，因时、因势加以运用。

一、用己方球闪带对方守门球

场上形势如图 201 所示，⑨球撞击⑦球后，用⑦球闪带⑩球双出界，确保了①③⑨球过三门得分，并控制了二、三门。红方取得场上的优势。若不把⑩球打出界，则⑩球可打③球闪带①球，⑩球过三门后，再撞④球送⑤球，白方将取得优势。

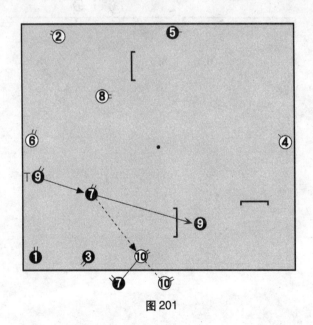

图 201

二、用己方球闪带对方关键球取得优势

场上形势如图202，比分8∶8，形势对红方不利，②④球在二线边结组，还可能过门撞⑥球打成双杆球。轮及⑦球起杆，⑦球撞⑤球后，果断地用⑤球闪带⑧球双出界，⑦球再打送⑨球到三门前，⑨球打出②④⑥球，取得场上优势。此例闪带出对方⑧球是取得优势的关键。若闪带失误，⑦球撞送⑨球后，还有一搏，⑦球可与⑧球同归于尽。

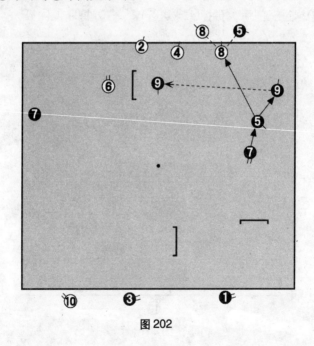

图202

三、用己方球闪带己方球，断掉对方球的桥路

用己方球闪带己方球是非常特殊而罕见的战法，虽失去两球，却能保护己方打送王牌球，是"丢卒保帅"、"先弃后得"战术思想的体现。场上态势如图203所示，④球撞击②球后，用②球闪带⑩球双出界，断掉了⑤球过二门的通路，确保了⑥球撞送⑧球成王牌球。白方取得了场上优势，若不闪带出⑩球，⑤球可通过撞⑩球调位，过二门后可打掉⑥⑧球，红方将取得场上优势。

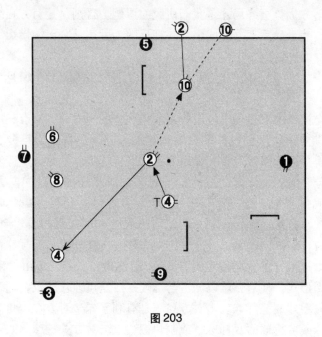

图203

第六节　如何保持优势

在一场门球比赛中，进攻与防守是主要的战术手段，特别是夺势之后，怎样有效地实施进攻与防守更为重要。优势而无谋算不是真正的优势，夺势不易，控势更难，怎样有效地扼制对方、防止对方反击是在发动进攻之前要权衡利弊选择最佳方案时更要关注的内容。若稍有疏忽，瞬间即可由优势变为劣势。所以说一时得势并不等于胜利。只有认清控势是手段、得分取胜是目的、保持己方优势至终场才是我们研究的课题。否则，让对方在终局阶段，甚至最后五分钟或最后一杆反败为胜实是令人惋惜。

一、优势稳打，控门得分，以多分之势战胜对方

在比赛中取得场上控制权是取得优势的一方面，只有利用优势，贯彻"轮次前抢，多分为赢"的策略，尽快过门得分，使己方得分远远超过对方，才是真正的取得优势。基此，优势稳打是得分领先的优势方的战略指导思想。而坚守球门（尤其是三门）确保己方球过三门得分，阻止对方球过三门得分是此时的主要战术打法。怎样控制三门？可采取己方球在距四线边20厘米左右，呈纵向间隔1米左右排列布阵，在杆球要与下号球相邻的防御战术（是先防后攻的方式）。这样做：一是己方五个球形成连保形式，使对方难以派遣与远攻；二是可抓住战机，随时可派送先手球或王牌球攻击对方；三是有利于先于对方在边角制摆双杆球或造打球门双杆球，或制角擦边攻击对方关键球；四是可打消耗时间战术，在不能攻击对方球时，己方球可以重新组合，既消耗掉有限的比赛时间，又互相保护，摆制各种形式的进攻手

段，使对方难以组织有效的进攻。

切忌盲目远冲，造成己方球出界与分散，给对方可乘之机。

二、以我为主，压制对方，不给对方反击机会

要根据场上态势、比赛时间灵活机动地调动好己方各球，使之始终处于联防、进攻与得分的优势之中。在对方缺号或分散失去联系的情况下（或打出对方缺号），则要充分发挥王牌球或先手球的作用，及时派遣王牌球或先手球，继续攻击对方或压制对方，不给其反击机会。

基此，在派遣王牌球（或先手球）或双杆球成功后要采取讲究实效、扼制对方、确保得分、扩大战果的打法：

（一）选好攻击对象，讲究实战效果

1. 攻击对方关键球，扩大优势。关键球是指对方得分球或对己方有威胁的球，或己方连号球的中间球（为己方后序球打送王牌球创造条件），或有反击能力的对方主攻球。

2. 攻击对方核心球，削弱其整体实力。有条件时尽量攻击对方尖手队员的球，或采取控制与制约的方法，使其处于无所作为状态，不给其施展精湛球艺（如擦边、调位擦边或打双杆球或远射等）机会。力求做到有预见性，避免被动挨打。

（二）选择最佳方案，不断扩大优势

1. 调整己方部署，牢牢控制局势。根据场上态势权衡利弊，调整己方部署，如造打双杆、造角攻击、闪送己方球到有利位置。

2. 确保己方得分，取得多分优势。可闪送己方球过门撞柱得分，使己方得分超过对方而获得胜利。

（三）切勿盲目出击，以免留下隐患

1. 发挥威慑作用。王牌球与双杆球成功后，并不是非要打掉对方一个球不可，能起到威慑作用，使对方球分散压边，失去攻击作用或得分条件即可。

2. 继续保持优势。在攻击对方球时，要注意使己方球仍能保持结组之势（蓄势造王牌球），切勿为了攻击对方球而使己方球分散失去联系，为对方反击提供机会。

3. 严防造成缺号。攻击对方球，除非在不得已的情况下（对方关键球或对己方有威胁的球），要避免采用与对方球同归于尽的打法，这样会造成己方缺号，给对方造打王牌球创造了条件。

三、随机应变，扼制对方，运用控制战术，继续保持或扩大优势

当对方处于劣势时，必然采用分散、隐蔽、压边自保的策略。它既给己方进攻造成极大困难，又是先防后攻的有效方法。它能待机反击，取得扭转局势的效果。因此，要重视对对方压线球的扼制与攻击。若采用"同归于尽"的打法，到下轮这个被打出的球，往往会成为关键的翻身球，尤其与对方挨号球（如①球与②球）同归于尽，到下轮②球则会成为王牌球，对己方极为不利。基此，除非特殊情况（态势允许、时间有限或遏制对方得分），一般不宜采用同归于尽的打法，而可代之以控制战术，只要控制好对方关键球，就能达到事半功倍的效果。控制的目的则是不让对方接力，结组发挥攻击能力。是否打掉对方这个球，要根据场上态势来决定。如果对方这个球压线靠边，打掉它有一定难度，很有可能要牺牲自球，而此时控制的目的已经实

现，这个球对己方又没有多大威胁，最好不要去打这个球，以避免不必要的牺牲，以保存己方实力，继续扩大优势。

四、加强防守，减少失误，正确运用结组战术，切实把握优势

在门球竞技中，场上态势瞬息多变，跌岩起伏，反复曲折。一杆球的疏忽或不当就会丢失优势。优势方要加强防御，切勿掉以轻心，要注意以下三方面：

（一）加强防御，切勿密集

门球比赛的特点是双方队员轮流依次进场击球，进攻与防御是相互制约、相辅相成的。防御是进攻的前提，防御不好被对方撞击得手，就没有进攻可言。优势方搞好积极防御不给对方反击机会，对保持优势至关重要，在对方临杆球无门可过又不能接应对方球时，则己方在杆球切勿冒险摆造双杆球，或多球密集，或形成错位球，因为一旦造成这样的局面，轮及对方临杆球起杆时必冲无疑，对方一旦冲击得手，将能扭转局势，给己方造成极大损失。所以，在对方有攻击能力的压边球时，己方球千万不能密集，不能给对方进行反击的机会。

（二）防止出界，切勿盲冲

攻击对方、保持优势主要靠合理运用战术手段，一定要认真分析场上各球分布情况，看清对方哪个球有进攻条件，在己方派遣先手球或打成双杆球续击时必须将其打掉，切勿不分主次，认为自球已过三门，与对方无攻击能力的球同归于尽；或打成双杆球不能合理运用两杆续击权，而硬要攻打对方压边球（对己方无威胁球），不惜与对方球同归于尽。因为自球出界造成己方球

缺号，将给对方造打王牌球进行有效的反击创造条件。

（三）合理结组、把握优势

结组的目的是储备战斗实力，是相互保护的手段，没有结组就不可能保持优势，对对方就构不成威胁。但己方球在结组时要注重实效，注意安全。因此己方球结组集中时，一要注意对方先手球，如对方没有先手球，可以大胆密集结组，以有利于己方造打双杆球或制角擦边进攻。如果对方有先手球，己方球结组时一定要远离对方先手球，并注意不要摆成错位球、"眼镜球"。二要采取两处异地结组、重点保护己方的先手球。如果对方攻掉一处结组的球，还有另一处的先手球来弥补损失，仍可保护己方的优势地位。

五、遏制对方得分，不给对方反击时间

门球比赛最终是以得分多少决定胜负。所以双方争夺的目的都是为了使己方多得分，而使对方少得分或不得分。因此，当取得优势后，如何扩大战果，保持优势，以至取得最后胜利，一定要从双方得分多少做出正确的判断。既要己方球过门得分，又要千方百计地打掉对方可以过门得分的球。尤其是对方过三门的球必须坚决地设法将其打掉。因为己方过门得 1 分，对方过门也得 1 分，这样实际上谁也没增加得分，只有己方过门得分，不让对方过门得分，己方才能增加得分。在实践中究竟是过门得分，还是打掉对方球，都要根据当时的具体战况权衡利弊来决定。

要特别注意的是要防止对方最后一杆反败为胜。所以遏制对方反击的打法要贯彻始终，切勿掉以轻心，不能给对方任何反击的机会。如果己方打红球，按规则规定，在己方击球完成后，对方下号球还有一次击球权。此时教练员要准确地判断对方下号球最大限度能得几分，有无可能将得分超过己方。如该球能将比分超过，在杆球员必须认真对待，不能存有任何侥幸心理，要千方百计地破坏其得分条件。譬如打掉该球或打掉其接应球，不让对方得分。若对方下号球是界外球或得分不能超过己方，己方在杆球则稳打则可。如果己方打白球，则在比赛即将结束时，教练员必须切实掌握时间，充分运用时间战术，每杆球用满10秒，指令最后一杆击球员把剩余的比赛时间用完，不让对方得分球起杆。

六、要从思想上重视遏制对方反击，确保胜利

优势稳打，采用有效措施确保己方得分，尽量避免失误，这是保持优势的一个方面。另一方面，要采取有效的战术遏制对方得分，这是一个非常重要的问题必须给予足够的重视。这就要求全体队员从思想上正确认识遏制对方反击的重要性。为此，必须克服一些错误的思想障碍。譬如要处理好得分与打掉对方球的关系；进攻与防守的关系，既要看到有利的现象，又要看到不利的隐患；既要看清本轮次的形势，又要看出下一轮次可能发生的情况。

门球比赛中，场上形势瞬时多变，反复曲折，具有极其鲜明的瞬时性与连续性。因此，在比赛时一定要全神贯注，思想上不能有丝毫的松懈。在实战中究竟采取什么样的技、战术遏制对方反击，一定要从实际出发，实事求是，既要大胆决策敢用奇招，又要谨慎操作稳扎稳打。把扩大优势、战胜对方作为最终的奋斗目标。

最后归纳几点：优势稳打，控门夺分。以我为主，压制对方。控制局势，攻其要害。注重防御、切勿蛮干。阻其得分，把握时间。思想重视，不留隐患。注意避免得势不得分的倾向，力争达到既得势又得分的目的，打出好的结果。